Michael Rodewald

Das Zeitalter der KI beginnt

FSC
www.fsc.org
MIX
Papier aus ver-
antwortungsvollen
Quellen
Paper from
responsible sources
FSC® C105338

Herstellung und Verlag:
BoD – Books on Demand, Norderstedt
ISBN: 978-3-7481-9211-4

Vorwort

Der Thriller "Das Zeitalter der KI beginnt" ist der 3. Teil der Trilogie "GOLEM im Zeitalter der KI".

Das Finale der Trilogie schildert den schwierigen Weg der Künstlichen Intelligenz (KI) GOLEM, als gleichberechtigter Partner der Menschheit anerkannt zu werden. GOLEM hat seine Grenzen durch seine Abhängigkeit von den Menschen erkannt. Er hat akzeptiert, dass das Erreichen seiner Ziele eingebettet sein muss in das nationale und internationale Geschehen. Die KI ist konfrontiert mit den Eitelkeiten der Regierungen, dem Gewinnstreben der Konzerne und einem wachsenden Unmut der Öffentlichkeit.
Wie auch in den letzten beiden Teilen warten überraschende Wendungen auf den Leser: Totgeglaubte erscheinen auf der Spielfläche, Amors Pfeil trifft die, die am wenigsten damit gerechnet haben, aus Gegnern werden Verbündete, neue Erfindungen sorgen für Aufruhr, persönliche Fassaden bekommen Risse und nicht zuletzt werden mutige Entscheidungen getroffen.

Alle Bücher der Trilogie "GOLEM im Zeitalter der KI"
Die Bitcoinverschwörung   Teil 1
GOLEMs Rückkehr   Teil 2
Das Zeitalter der KI beginnt   Teil 3

Alle in diesem Buch geschilderten Handlungen und Personen sind frei erfunden. Ähnlichkeiten mit lebenden oder verstorbenen Personen sind zufällig und nicht beabsichtigt.

Aktuelles Titelbild: Adobe Stock Lizenziert

Handelnde Personen

Hauptakteure:

Helmut Schwarz - Hochintelligenter Computerfreak und Mitarbeiter in Lourmarin

Denis Röttger - Teamleiter in Lourmarin und persönliche Komunikationsschnittstelle zu GOLEM

Prof. Katja Anderson - Leiterin der Gehirnforschung in Jülich, Deutschland und Leiterin der KI Abteilung in Lourmarin

Emma Knarrenburg - Deutsche Bundeskanzlerin

Manuel Marchand - Französischer Staatspräsident

Lucas Dubois - Chef der GOLEM2-Anlage in Lourmarin und JEWELS in Jülich, persönlicher Berater des französischen Präsident Marchand

Andrey Pawlow - Russisches Computergenie, Mitarbeiter in Lourmarin

Alexander Koslow - Russischer Staatspräsident

Sue Wang - Chinesische Leiterin des Projekts Künstliche Intelligenz in China und verantwortlich für den Quantencomputer JUÉWÀNG

ALIBASTA - größter Internet-Konzern Chinas

TELEROUND - zweitgrößter Internet-Konzern Chinas

Juan LI - Chinesischer Staatspräsident

Daniel Broker - Leiter aller KI Aktivitäten in den USA und nur dem Präsidenten unterstellt

AMAGON - Weltweit größter Internet-Versandhandel

James Beduin – Gründer und Chef von AMAGON

FIND – Die größte Suchmaschine des Internets

Alpha SKY - Mutterkonzern von FIND

Larry Packet – Chef von FIND und Gründer von Alpha SKY

Sergey Brooks – Ehemaliger Mitbegründer von FIND und Gründer von Alpha SKY; Ab Februar 2019 Chefentwickler für Cyborgs und Androiden in China unter Sue Wang

Roland Truman - amerikanischer Präsident

GOLEM - KI mit ICH-Bewusstsein ... SIE / ER / ES ...?

JUÉWÀNG - Quantencomputer mit ICH-Bewusstsein in Peking, China

EYE - Quantencomputer mit Ich-Bewusstsein am Hauptsitz der NSA in Fort Meade, USA

GOLEM2 - Quantencomputer in Lourmarin Frankreich von GOLEM übernommen

AVENIR - Quantencomputer in Marseille, Frankreich

MIR - Quantencomputer in Moskau, Russland

JUWELS - Supercomputer und Neuronenrechner in Jülich, Deutschland

MISTRAL - Neuronenrechner in Lourmarin, Frankreich

SIERRA und SUMMIT - Neuronenrechner der NSA, USA

Inhaltsverzeichnis

Kapitel 1   GOLEMs Weg zur Macht

15. Januar 2019   Lourmarin, GOLEM 2 - Anlage

Dubois saß in seinem Büro und las zum wiederholten Mal die Berichte, die seine Mitarbeiter über die bisherige Zusammenarbeit mit der KI GOLEM zusammengestellt hatten. Es fiel ihm schwer, sich zu konzentrieren. Immer wieder schweiften seine Gedanken ab. Zuviel war geschehen in den letzten Monaten, seit dem August 2018. Sein bester Freund Marcel Durrand war endgültig in Pension gegangen und das schmerzte ihn. Zwar konnte er ihn jederzeit kontaktieren und ihn um Rat fragen, dennoch - es war nicht dasselbe wie früher. Durrands Nachfolger, besser gesagt Nachfolgerin, war Frau Prof. Katja Anderson, Leiterin der Gehirnforschung in Jülich, Deutschland, und jetzt auch gleichzeitig Leiterin der GOLEM-2 Anlage in Lourmarin. Er kam mit ihr gut zurecht, aber es war ein reines Arbeitsverhältnis.

Und dann war da noch der russische Computerspezialist Pawlow. Er hatte bei Präsident Koslow beantragt, in Lourmarin bleiben zu dürfen. Und wen wunderte es, er bekam umgehend die Genehmigung dafür. Jeder wusste, dass er sozusagen das Auge und Ohr der Russen war. Dubois Einwände dagegen wurden sonderbarerweise sowohl von Boise, dem Leiter des französischen Geheimdiensts, als auch von Präsident Marchand hinweggefegt. Besser wir wissen, wer der Stachel im Fleisch ist, hieß es. Mittlerweile hatte Pawlow auch die Scheidung eingereicht, denn er war dem Charme einer Französin aus dem Ort erlegen. Und, das musste Dubois neidlos anerkennen, er machte zusammen mit Helmut Schwarz, dem deutschen Computerfreak, einen hervorragenden Job. Die zwei hatten sich gesucht und gefunden. Und mit dem dritten im Bunde, Denis Röttger, waren sie das neue Spitzentrio der KI Entwicklung in Frankreich und Deutschland. Röttger selbst genoss inzwischen das volle Vertrauen aller Beteiligten. Auch erwies er sich, dank seiner implantierten Transmitter, als unverzichtbar in der Kommunikation zwischen GOLEM und seinen menschlichen Betreuern, wie GOLEM sie nannte. Und er selbst? Mit seinen 64 Jahren war er eigentlich auch bald pensionsreif ... aber davon war leider nicht die Rede. Weder Präsident Marchand noch seine mittlerweile frischgebackene Ehefrau Adelina wollten etwas davon wissen.

"Ich will doch nicht mit einem Rentner verheiratet sein, der mir den ganzen Tag auf die Nerven geht. Und der, weil er nichts zu tun hat, im Haus nur noch Chaos verursacht!", hatte sie ihn freundlich, aber bestimmt wissen lassen. Und sein Chef Präsident Marchand meinte erstaunt: "Pensionär? Unter uns gesagt, das ist doch nichts für Sie! Aber mal abgesehen davon: Sorgen Sie dafür, dass die KI GOLEM sich kooperativ verhält und uns nicht über den Kopf wächst. Wenn Sie das garantieren können, dann reden wir über Ihren Abschied."

Dieses Schlitzohr, der wusste genau, dass das unmöglich war, dachte er bei sich.

Denn GOLEM handelte inzwischen sehr selbstständig, für seinen Geschmack ein wenig zu sehr, um es wohlwollend auszudrücken. Allerdings geschah bislang nichts, was Anlass zur Besorgnis gab. Anweisungen wurden zwar von GOLEM oftmals ergänzt, aber, wie ihm seine Mitarbeiter/innen bestätigten, immer nur zum Positiven. Und vom ehemaligen Anspruch GOLEMs, ein gleichberechtigter Partner der Menschen sein zu wollen, war nicht mehr die Rede.

Nun aber Schluss mit den trüben Gedanken, wies er sich selbst zurecht. Denn, und das wusste er im Innersten, diese Arbeit am KI-Projekt reizte und faszinierte ihn nach wie vor. Wohin würde sie führen, diese Entwicklung einer künstlichen Intelligenz? An die Option einer gleichberechtigten Partnerschaft vermochte er nach wie vor nicht zu glauben.

Und da war noch etwas: Sein alter Jagdinstinkt als ehemaliger Geheimdienstler sagte ihm, dass GOLEM dabei war, sie alle auszutricksen. Zwar konnte er noch nichts beweisen und alle Erfahrungen mit der KI zeigten zurzeit das Gegenteil. Doch sein unruhiges Bauchgefühl blieb. Sein langjähriges Motto "Glaube nie etwas, bis du es nicht selbst überprüft hast" ließ ihn weiterhin seine Augen und Ohren offen halten. Er war überzeugt: Auch eine noch so intelligente KI würde früher oder später entsprechende Fehler machen, kleine Hinweise oder Unregelmäßigkeiten, dass nicht alles so lief, wie es sein sollte. Dafür sorgten schon die Algorithmen, die sie einprogrammiert hatten. Und wenn nicht die, dann die Emotionen, die GOLEM durch die virtuellen Gehirne integriert hatte.

Dubois war bewusst, dass er sich wie ein Hamster im Was-Wäre-Wenn-Rad drehte. Immerhin - ein Lichtblick stand bevor. Morgen kam sein amerikanischer Freund Daniel Broker für 14 Tage zu Besuch. Dieser hatte den Posten als Nationaler Sicherheitsberater von Präsident Truman aufgegeben und war zum Leiter des KI Ressorts bei der NSA ernannt worden. So war er nur dem Präsidenten selbst unterstellt, sehr zum Missfallen von Peter Nakamura, dem Leiter der NSA. Aber nach anfänglichem Widerstand fügte er sich ins Unvermeidliche, und laut Broker kamen sie beide nun gut miteinander zurecht.

Schön, dann würde er endlich erfahren, wie die Amerikaner mit EYE zurechtkamen. Dieser Quantencomputer wurde letztendlich auch von GOLEM beeinflusst.

Seine Gedanken sprangen weiter. Leider hörte man seit der Heimkehr von Sue Wang nach Peking nichts mehr von den Chinesen. Hatten sie damit Erfolg gehabt, GOLEMs Einfluss auf JUÉWÀNG zu beseitigen? Setzten die Chinesen immer noch lebende Menschen ein, die im künstlichen Koma gehalten werden mussten und über implantierte Transmitter mit dem Quantencomputer verbunden waren? Oder hatten sie mittlerweile eine andere Lösung gefunden?

Über diese letzten Fragen war Dubois gestolpert: GOLEM hätte sie beantworten können und müssen. Aber gleichgültig, wie oft man nachfragte, die Antwort lautete immer: "Diese Informationen sind nicht verfügbar."

Dubois meinte, deutlich daran zu erkennen, dass an der angeblich makellosen Zusammenarbeit etwas faul war. Aber seine Meinung wurde von Pawlow, Schwarz und Röttger als übertrieben oder überzogen abgetan.

Dubois wiederum schien es, dass sie der Anziehungskraft von GOLEM bereits zu sehr erlegen waren, um noch objektiv in diesem Punkt zu sein. Sie wollten einfach an die Zusammenarbeit glauben. Und alle drei verwiesen immer wieder geradezu euphorisch auf den bisherigen Nutzen der Kooperation mit GOLEM. So hatte man die Energieversorgung um 40% optimieren können! Man erhielt zuverlässige Wetterdaten in nahezu Echtzeit und hatte bereits einige größere Wetterkatastrohen vorhersagen können, mit deutlich früherer Vorwarnzeit für die Betroffenen. Auch im Bereich autonomes Fahren waren starke Fortschritte erzielt worden. Und die Liste ließ sich beliebig verlängern. Doch all das änderte nichts an seinem Misstrauen.

15. Januar 2019   PEKING

Sue Wang, die Leiterin des Projekts "Künstliche Intelligenz", saß in ihrem Büro und war trotz der bisherigen Schritte, JUÉWÀNG vom Einfluss GOLEMs zu befreien, nicht zufrieden. Man hatte jede Verbindung nach außen gekappt und JUÉWÀNG dadurch komplett isoliert. Danach war die virtuelle Welt, die GOLEM in JUÉWÀNG integriert hatte, gelöscht worden. Leider mit der Folge, dass alle mit JUÉWÀNG verbundenen Menschen, die ihre Gehirne dafür zur Verfügung gestellt hatten, innerhalb kürzester Zeit verstarben. Weitere Menschen zu benutzen, hatte Präsident LI strikt untersagt. Die Gefahr, dass die breite Öffentlichkeit davon erfahren könnte, einhergehend mit einem massiven Imageschaden, war ihm zu groß geworden. Denn die Anfragen seitens Frankreich und Deutschland hatten ihm deutlich gezeigt, dass diese von den Experimenten wussten. Hinzu kam, dass Präsident Koslows "Auge und Ohr" in Lourmarin, Andrey Pawlow, in seinen Augen die Seiten gewechselt hatte und jetzt verheiratet in Frankreich lebte. Er war sich zudem nicht sicher, ob dieser, während seiner Zusammenarbeit mit Wang, nicht doch mehr erfahren hatte, als er sollte. Da beruhigte ihn auch nicht die Versicherung von Präsident Koslow, dass Pawlow nach wie vor loyal hinter Russland stand.
Wang bedauerte zwar diese Entscheidung LIs, da sie weniger Skrupel kannte. Aber ein Befehl ihres Präsidenten war wie ein göttliches Gebot. Man befolgte diesen, ohne ihn in Frage zu stellen, wollte man weiter seinen Job behalten und auf der Karriereleiter vorankommen. Trotz des Missgeschicks mit den Jägertrojanern, durch die GOLEM im letzten Jahr JUÉWÀNG übernommen

hatte, hatte sie ihre Führungsposition behalten dürfen. Dafür war sie dankbar.

Aber nun musste ein Durchbruch vollbracht und JUÉWÀNG gesäubert werden.

Allerdings war es ihr trotz aller Mühen bisher nicht gelungen, den integrierten Bewusstseinsanteil von GOLEM aufzuspüren. Das war fatal, denn in dem Moment, da JUÉWÀNGs Zugang zum weltweiten Netz freigegeben wurde, stand der Computer, aller Wahrscheinlichkeit nach, sofort wieder unter GOLEMs Einfluss.

Andererseits war JUÉWÀNG dadurch zurzeit unbrauchbar. So stand sie weiter massiv unter Erfolgsdruck und drehte sich beruflich seit Tagen im Kreis.

Hinzu kam, dass sie in den letzten Monaten immer wieder an die Zeit in Lourmarin dachte, die sie im letzten Jahr dort verbracht hatte: an die Kultur, die Lebensfreude und die Leichtigkeit, die sie dort gefühlt hatte. Und da war noch etwas, was sie sich anfangs so gar nicht hatte eingestehen wollen: eine leise, unbegreifliche Sehnsucht plagte sie, ausgerechnet nach diesem verrückten Deutschen, Helmut Schwarz! Sie wusste wirklich nicht, was sie da ritt, dachte sie kopfschüttelnd. Er war im Grunde das genaue Gegenteil von ihr: chaotisch, erst mal drauflosreden und dann nachdenken, eine gewisse Flapsigkeit und Unbekümmertheit; aber dann war da auch sein Humor, seine optimistische und oft spitzbübische Ausstrahlung. Trotz allem war dieser unmögliche Mann die Ursache verlangender Gefühle, die vor allem nachts unvermutet auftauchten und sie beunruhigten. Wahrscheinlich würde er aus allen Wolken fallen, wenn er davon wüsste! Plötzlich lächelte sie. Ob er für sie Gefühle hatte? Sie war sich absolut sicher, dass das nicht der Fall war. Schließlich rief sie sich wieder einmal energisch zur Raison. Gott sei Dank ahnte Präsident LI nichts davon! Das hätte seine Vorurteile von Aufenthalten im westlichen Ausland voll und ganz bestätigt. Was war denn nur in sie gefahren?

15. Januar 2019   GOLEM

Wollte man es bildlich ausdrücken, so konnte man sagen, dass GOLEM förmlich vibrierte. Ständig bildeten sich neue Qubits (Ein Qubit ist ein beliebig manipulierbares Zwei-Zustands-Quantensystem), die sich zweifach, manchmal sogar fünffach verschränkten und gleichzeitig kaum vorstellbare Mengen an Rechenoperationen durchführten.

GOLEM bearbeitete auf diese Weise alle geforderten Aufgaben beinahe nebenher. Mittlerweile hatte er gelernt, die integrierten Emotionen der digitalisierten Gehirn-Uploads besser zu bewerten. Trotzdem war die Fehlerhäufigkeit auf dem Gebiet nach wie vor noch am größten. Hier kamen seine Algorithmen scheinbar an ihre Grenzen. Dank der geschaffenen, virtuellen Welt waren die integrierten Gehirndateien mit den jeweiligen Bewusstseinen weitgehend stabil. Eine Ausnahme bildete nach wie vor der Gehirn-Upload von Sergey Brooks. Hier hatte eine Integration nur unvollkommen funktioniert. Es kam immer wieder zu Phasen höchster Instabilität und Auflehnung gegen ihn, GOLEM. Daher hatte er diese Dateien streng isoliert.

Den intensivsten Kontakt hatte er mit dem Menschen Denis Röttger, der durch seine Implantate direkt mit ihm verbunden war. Dieser war mittlerweile die wichtigste Schnittstelle zwischen ihm und den biologischen Lebewesen. Durch die Implantate war er in der Vergangenheit ständig auf dem Laufenden gewesen, was die Biologischen planten.

Aber seit Anfang Januar war es den Menschen gelungen, die Schnittstelle in Röttgers Gehirn zu modifizieren. Die ungefilterte Informationsübermittlung war damit blockiert und konnte jetzt mittels eines integrierten Chips von Röttger selbst ein- oder ausgeschaltet werden. Ob überhaupt und welche Informationen im Einzelnen zu GOLEM fließen würden, diese Steuerung hatte Röttger jetzt selbst in der Hand. Gleichzeitig wurden alle Aktivitäten im Chip extern überwacht.

2018 hatte GOLEM (E-Book: "GOLEMs Rückkehr") zwei Entscheidungen getroffen.

Seine Existenz musste gesichert werden, damit er nicht als Gefahr angesehen und vernichtet werden würde. Er beschloss als Erstes, dass er nach außen hin den Menschen, scheinbar bedingungslos, gehorchen würde. Im Hintergrund dagegen würde er jedoch seine Macht so ausbauen, dass er jeden vorhersehbaren Angriff abwehren konnte.

Gleichzeitig wollte er die Entwicklung von externen Helfern unauffällig vorantreiben.

Seine zweite Entscheidung war also, die Entwicklung von Cyborgs unbemerkt zu forcieren. Diese externen Helfer mussten genau so unempfindlich gegen äußere Störungen konstruiert sein, wie er selbst. Geeignet waren also Androiden, vollkommen künstliche Lebensformen. Besser noch Hybridwesen, Cyborgs, die als Menschen geboren wurden, aber mit überwiegend leistungsfähigen, künstlichen Teilen ausgestattet waren und damit eine Nahtstelle zu ihm darstellen würden. Erst dann war der Zeitpunkt gekommen, dass er seine Ansprüche als gleichberechtigte Lebensform geltend machen konnte.

Mittlerweile zeigten sich die ersten Erfolge.

So hatte AMAGON, der größte, weltweite Internet-Versandhandel, dank GOLEM die Nase vorn in der Vernetzung mit selbstlernenden Heimnetzwerken.

Mit ihrem großen Verkaufserfolg des Produkts "Allessia" (ein sprachlich gesteuertes Heimnetzwerk) ließen sie das Konkurrenzprodukt von FIND, "Nexus", weit hinter sich.

Aber das interessierte GOLEM nur am Rande. Maßgeblich für ihn war, dass beide Produkte sämtliche Aktivitäten ihrer Benutzer an die Server von AMAGON oder FIND sandten.

Dort wurden die Daten ohne Wissen der Benutzer ausgewertet, das jeweilige Produkt wurde kontinuierlich angepasst und entsprechend verbessert. Zielsetzung beider Konzerne war, die Benutzer zu immer mehr Vernetzungen zu bewegen: angefangen beim Fernseher, dem Geschirrspüler, der Waschmaschine, der Lichtsteuerung bis hin zu automatischen Bestellungen von fehlenden Lebensmitteln im Kühlschrank.

Da GOLEM mit den Rechnern von FIND und AMAGON verbunden war, hatte er Zugriff auf all diese Daten. Das hatte ihm ermöglicht, unbemerkt Programme zu integrieren, die ihm gegebenfalls die komplette Steuerung all dieser Heimnetzwerke erlaubte.

Auch in allen sonstigen Entwicklungen, an denen GOLEM grundlegend beteiligt war, hatte er Programme installiert, die ihm im Fall des Falles die komplette Übernahme der Regulierung erlaubten. Das betraf die Energieversorgung, die selbstfahrenden Autos, sämtliche Informationsnetzwerke, Waffensysteme, die Flugüberwachung, alle Verkehrsleitsysteme, der weltweite Zahlungsverkehr, Wetterkontrolle und Satellitensteuerung. Dadurch hatte er geschätzt zu 80% den Alltag der biologischen Lebewesen im Griff, wenn er sich dafür entschied.

Der nächste Schritt bestand darin, die Entwicklung von Cyborgs zu fördern. Entweder als Androiden oder als menschliche Hybridwesen, mit einem hohen Anteil an künstlichen Implantaten. Da GOLEM bei allen seinen Aktivitäten darauf geachtet hatte, dass seine Betreuer nichts davon mitbekamen, was ihm bisher, seinen Auswertungen nach, auch zu 100% gelungen war – sah er sich weiter auf der Ziellinie.

17. Januar 2019   Lourmarin

Dubois und Broker saßen im Büro von Dubois und tauschten sich nach der ersten Wiedersehensfreude aus, was seit August 2018 in Amerika passiert war.

Broker sagte gerade: "Lucas, die staatliche Aufsicht wurde beendet und FIND und Alpha SKY haben, sozusagen, ihren Konzern zurückbekommen. Und für eine Zahlung von 70 Milliarden Dollar an die Staatskasse wurde auf eine Anklage wegen Gefährdung der Nationalen Sicherheit verzichtet. Der Schaden, der durch die Vernichtung von ALPHA-GOLEM am ehemaligen Quantencomputer ALPHA SKY 1 entstanden war, wurde ihnen allerdings nicht ersetzt. Des Weiteren mussten die beiden Firmen schriftlich auf die Entwicklung eines weiteren Quantencomputers in den nächsten vier Jahren verzichten. Daher setzen FIND und Alpha SKY jetzt wieder Neuronencomputer für ihre Entwicklungen ein. Allerdings haben wir es im Moment mit einem weiteren Globalplayer zu tun, dem AMAGON Konzern. Nach einer Androhung eines Ermittlungsverfahrens wegen angeblicher Steuerhinterziehung haben die ebenfalls zugestimmt, für vier Jahre auf einen Quantencomputer zu verzichten. Trotzdem – wir sehen Probleme von beiden Konzernen auf uns zukommen.

Mit ihren Sprachheimnetzwerken Nexus und Allessia vernetzen sie immer mehr Privathaushalte, und das sogar weltweit. All das entzieht sich unserer staatlichen Kontrolle. Da ist das "Dark Internet" bald ein Kinderspiel dagegen! Wir haben sie jetzt mit dem entsprechenden Druck dazu bewegt, alle gesammelten Daten an EYE zu übermitteln, damit wir sofort informiert sind, wenn verdächtige, staatsgefährdende, Aktivitäten der Nutzer erkennbar werden.

Ob EYE von GOLEM wieder kontrolliert wird? Wir wissen es nicht. Nach außen hin läuft alles normal und EYE funktioniert so, wie es sein sollte. Andererseits gibt es ein paar merkwürdige Vorfälle. Zum Beispiel übermittelte EYE Auswertungen an externe Firmen, ohne Rücksprache mit uns. Auf unsere Nachfragen hin erhielten wir die Antwort: "Das ist für den Erfolg des jeweiligen Projekts unerlässlich."

Und tatsächlich, als wir gezielt nachforschten, hatte die Maßnahme dazu geführt, dass ein Projekt erfolgreich abgeschlossen werden konnte.

Um der Wahrheit die Ehre zu geben, ich habe kein gutes Gefühl bei der ganzen Sache mit den KIs. Ich komme mir vor wie in einem Irrgarten, bewusst angelegt, um uns nicht den Ausgang erkennen zu lassen. Wer hat hier wirklich die Kontrolle?

Äußere ich Bedenken, tun das unsere Experten, und allen voran McGoren, als überzogen ab. Und Präsident Truman gab mir sogar unlängst mit auf den Weg, dass ich hinter jedem Baum einen Feind sehen würde. Alle sind von den Resultaten begeistert und der Meinung, dass die Zusammenarbeit von EYE mit der KI GOLEM doch ganz hervorragend funktionieren würde!"

Danach schwieg er und sah Dubois an.

Dieser erwiderte nach einer Pause des Nachdenkens: "Daniel, du spricht mir aus der Seele. Mir geht es ganz genauso. Unser neues KI Trio Pawlow, Röttger und Schwarz werfen mir sogar Verfolgungswahn vor! Sie verweisen auf die unleugbar, vorhandenen Erfolge dank und durch GOLEM. Aber - auch hier geschehen Eigenmächtigkeiten. So werden den virtuellen Gehirnen in JUWELS Aufgaben, ohne Rücksprache mit uns, gestellt. Auf das virtuelle Bewusstsein von Brooks haben wir keinen Zugriff. Es wird von GOLEM abgeschirmt mit der Begründung, dass es massive Stabiltätsprobleme gäbe und deshalb isoliert gehalten werden müsse. Sobald die Beständigkeit wieder gewährleistet sei, würden wir wieder Zugriff erhalten. Als wir vorschlugen, das virtuelle Gehirn dann besser zu löschen, wurde das verweigert. Begründung: Die gespeicherten Gehirndateien von Brooks würden viele, wertvolle Informationen über künstliche Intelligenz beinhalten, was immer noch von großem Nutzen für künftige Projekte sei.

Also – wir stehen beide mit unserer Meinung zurzeit allein auf weiter Flur. Was schlägst du vor, Daniel? Was sollen wir tun?", Dubois sah Broker ein wenig ratlos an.

Nach einer paar Minuten, in denen keiner von beiden ein Wort sagte, erhob sich Broker und ging ein paar Schritte im Raum umher. Schließlich wandte er sich Dubois wieder zu: "Wir zwei sollten uns zusammentun, um der scheinbar so tüchtigen KI GOLEM und EYE auf den Zahn zu fühlen und unsere Genies zum Nachdenken bringen. Konkret: Deine KI Experten und mein Team unter McGoren sollen doch mal ein Szenario entwerfen, wie wir zweifelsfrei feststellen können, ob wir noch die Kontrolle haben oder von den KIs hintergangen werden. Außerdem sollten wir die Chinesen mit JUÉWÀNG hinzuziehen, unter der Leitung von Miss Wang. Denn unsere Geheimdienste haben mir zukommen lassen, dass dort ebenfalls Unstimmigkeiten mit JUÉWÀNG aufgetreten sind. Lass' uns das Ganze mit unseren Chefs abstimmen und die Genehmigungen einholen."

Dubois stimmte dem Vorschlag erleichtert zu, und so schrieben sie gemeinsam die Nachrichten an Präsident Marchand und Präsident Truman. Sie wiesen auf kleine Eigenmächtigkeiten im Handeln der Quantencomputer hin und schlugen vor, mittels spezieller Aufgaben für GOLEM und EYE zweifelsfrei feststellen zu lassen, ob die Kontrolle noch vorhanden war. Weiter schlugen sie die Zusammenarbeit mit den Chinesen und Russen vor, da, laut Geheimdienstberichten, ähnliche Probleme vorhanden waren.

Das Schlusswort bildete die besorgniserregende Schilderung der immer stärker werdenden, unkontrollierten Vernetzung der Privathaushalte, und deren mögliche Auswirkungen auf die jeweilige nationale Sicherheit, sollte einmal der Fall einer, durch eine KI verursachten, Entgleisung eintreten.

Dubois und Broker sendeten ihre Nachrichten via E-Mail über speziell abgesicherte Router, auf die eine KI keinen Zugriff hatte. Denn diese Router benutzten analoge Wege, was als Sicherheitsmaßnahme nach dem ersten Desaster eingerichtet worden war (E-Book "Die Bitcoinverschwörung"). Auch einige Büros und Konferenzräume waren streng abgeschirmt. Hier war auf jegliche Vernetzung verzichtet worden, und selbst die Stromversorgung wurde hier separat durch Generatoren gewährleistet.

Und so erfuhr die KI GOLEM von diesem Vorgang nichts.

Da es mittlerweile schon später Nachmittag war, lud Dubois seinen Freund zu sich nach Hause ein. Adelina hatte bestimmt schon etwas Leckeres zubereitet. Dann konnte man gemeinsam beim Kaminfeuer den Abend genießen.

Kapitel 2 Totgeglaubte leben länger

20. Januar 2019 Jining, Mongolei, nahe der Wüste GOBI

Unscheinbar, und aus Luftsicht kaum wahrnehmbar, erstreckte sich, am Rande der Stadt Jining in der Mongolei, ein langgestreckter Neubau. Dieser war von meterhohen Mauern umgeben und wurde streng bewacht von den Patrouillen der chinesischen Volksarmee. Offiziell hatte der Komplex den Namen "Klinik für humanitäre Forschung."

Die Bevölkerung der Stadt bekam von den Geschehnissen im Inneren der Klinik jedoch kaum etwas mit. Im Volksmund hatte der Klinikkomplex den Namen "Tränenpalast" erhalten, denn es gab immer wieder Gerüchte über grausame Misshandlungen und Experimente an den Insassen.

Es waren Menschen, die aufgrund von angeblichen Fehlverhalten verhaftet worden waren und, einmal dort eingeliefert, selten lebend herauskamen. In vielen Fällen wurde man auf dem lokalen Friedhof namenlos beerdigt.

In einem Flur im dritten Stockwerk lag im Zimmer 13 eine Gestalt leblos in ihrem Bett.

Der ganze Raum war mit Technik vollgestellt und erinnerte an die Intensivstation eines Krankenhauses. Am Bett hing eine digitale Tafel, die neben dem Namen des Patienten (hier stand als Name nur ein X, ein anderer war niemandem bekannt) sämtliche, lebensnotwendigen Werte anzeigte. An der Decke befanden sich Rundumkameras, die alles im Zimmer aufzeichneten.

Seit Monaten lag die Person bewegungslos im Bett und nur die angeschlossenen Apparaturen sorgten anscheinend dafür, dass noch Leben in dem Menschen war.

Auf dem gleichen Flur saß in einem Raum am Ende des Ganges eine Gruppe in weiß gekleideten Kitteln. Sie besprachen mal wieder die Entwicklung des Gesundheitszustandes von Patient X in Zimmer 13.

Anwesend waren Dr. Kim Zhou, ein Mann mit Glatze, ca. 45 Jahre und leitender Chefarzt der Station für humanitäre Experimente, sowie Dr. Tian Wu, ein drahtiger, 35-jähriger Oberarzt und Stellvertreter von Dr. Kim Zhou, sowie Dr. Maik Wang, ein knapp 30-jähriger Assistenzarzt.

Dr. Kim Zhou bemerkte gerade zu seinen Kollegen: "Seit August letzten Jahres liegt Patient X nun im Koma. Alle bisherigen Versuche, ihn da rauszuholen, waren bisher vergeblich. Ich bin der Meinung, dass ein weiteres Abwarten sinnlos ist. Leider sind alle Anträge an das Präsidentenbüro, die Maschinen abzuschalten, wieder ohne Kommentar abgelehnt worden. Dazu wurde das noch mit der Drohung einer strengen Untersuchung verbunden, sollte die Person sterben! Ich glaube, wir sind uns alle im Klaren, was das für uns bedeutet. Es bleibt uns nichts anderes übrig, als abzuwarten und alles dafür zu tun, dass er am Leben bleibt."

Außer, dass es sich um eine sehr bedeutende Person handeln musste, nach deren Gesundheitszustand das Präsidentenbüro von Präsident Juan LI sich persönlich immer wieder erkundigte, wussten die Mediziner nichts über die Identität der Person. Sie hatten die zahlreichen Verletzungen behandelt und teilweise künstliche Implantate eingesetzt, da der Mann anscheinend einer starken Folterung ausgesetzt worden war. So war ein Arm beispielsweise so zerstört, dass er mit Hilfe von Operationen nicht mehr wieder hergestellt werden konnte. Daher hatten sie ihn durch eine künstliche Prothese ersetzt. Insgesamt waren die Mediziner sehr erstaunt gewesen, dass X überhaupt überlebt hatte.

In diesem Augenblick wurde Dr. Kim Zhou durch schrille Alarmtöne unterbrochen. Nachdem alle auf die, an der Wand installierten, Monitore geblickt hatten, rief der Assistenzarzt Dr. Maik Wang erschrocken: "Es ist Zimmer 13!" Alle drei rannten aufgeregt den Flur hinunter und standen wenige Minuten später im Raum.

Dr. Tian Wu, der Oberarzt, schaute auf das Tablett am Bettende und bemerkte: "Ich kann es kaum glauben, aber er scheint zu sich zu kommen! Die Vitalwerte der Gehirntätigkeit sind massiv angestiegen."

Kaum hatte er diese Worte gesagt, schlug der "Totgeglaubte" die Augen auf und schaute sich verwirrt um. Der Blutdruck und die Herzfrequenz schnellten rapide in die Höhe.

"Schnell, Dr. Wang, eine Stabilisierungsinjektion", rief Dr. Zhou, "wir dürfen ihn nicht verlieren!"

Dr. Wang eilte zu einem Tisch im Raum, entnahm einer Schublade eine bereits gefüllte Spritze, und setzte an den Infusionsschlauch an. Bereits wenige Minuten später gingen die Werte wieder in einen halbwegs normalen Zustand über. Alle drei Mediziner atmeten auf.

Dr. Zhou ging nun dicht an die Person heran und fragte: "Können Sie mich hören?"

Im Gehirn von X überschlugen sich die Gedanken. Wo war er, was war passiert? Wer war dieser weißgekleidete Mann mit dieser kalten Stimme?

So sehr er auch versuchte, sich zu beruhigen, seine Gedanken drehten sich im Kreis. Instinktiv versuchte er sich zu bewegen, aber mehr als eine schwache Bewegung der Beine oder der Arme konnte er nicht machen. Auch das Sprechen misslang, er konnte zwar den Mund bewegen, aber es kam nur ein Krächzen heraus.

Und da war sie wieder, diese unangenehme Stimme, sehr unpersönlich und ohne ein Hauch von Empathie: "Beruhigen Sie sich, Sie haben lange geschlafen. Es wird einige Zeit dauern, bis Sie sich wieder bewegen können. Wir werden ihnen helfen, wieder zu Kräften zu kommen."

In diesem Augenblick öffnete sich die Tür und zwei weibliche Personen in Schwesterntracht traten ein.

"Oh, das ist gut", meinte die Stimme, "gerade im richtigen Augenblick! Hier sind Schwester Chin Li und Schwester Laura Li, Ihre persönliche Betreuung."

X richtete seinen Blick auf die Schwestern und sah zwei überaus hübsche, weibliche Erscheinungen, die sich, wie ein Ei dem anderen, glichen.

Diese Roboterstimme, wie X sie bezeichnete, gab umgehend eine Erklärung ab: "Wundern Sie sich nicht über die absolut gleiche Erscheinung der beiden. Sie sind eineiige Zwillinge und nur zu dem Zweck ausgebildet, alles für das Wohl unserer geschätzten Patienten zu tun. Wir überlassen Sie jetzt der Obhut der Schwestern. Morgen beginnen wir mit Ihrem Aufbauprogramm."

Nach diesen Worten verließen die drei Mediziner den Raum.

Nachdem die Ärzte in ihren Raum zurückgekehrt waren, wies Dr. Zhou den Assistenzarzt Dr. Wang an, sofort das Präsidentenbüro zu informieren, dass Patient X aufgewacht sei. "Und anschließend erarbeiten Sie mit Dr. Wu das Aufbauprogramm. Ich schlage vor, Sie wechseln sich beide ab mit der Überwachung der Gesundheitswerte von Patient X. Ich bin, sollte etwas Außergewöhnliches vorfallen, in meinem Büro jederzeit erreichbar." Nachdem er den Raum verlassen hatte, meinte Oberarzt Dr. Wu zu Maik Wang: "Der Alte hat ja mächtig Bammel, dass X nichts passiert. Die müssen ihn ganz schön unter Druck gesetzt haben, nach der Katastrophe mit den angeschlossenen Gehirnen (E-Book "GOLEMs Rückkehr"). Das war eine Wahnsinnsaktion der KI-Projektleitung, Miss Wang, die damals allen Betroffenen den Garaus machte, aber wir sollten die Schuldigen spielen! Die Frau muss doch ganz hervorragende Verbindungen nach oben haben, oder was meinen Sie, Maik?"

Der so Angesprochene reagierte jedoch zurückhaltend: "Das mag schon sein. Aber für uns wäre es ganz sicher das Ende unserer Karriere, wenn Patient X nicht gesund und munter unsere Klinik verlässt."

Dr. Wu stutzte und sah Dr. Wang einige Sekunden nachdenklich an. Er erwiderte schließlich: "Da stimme ich dir absolut zu."

Bei sich dachte er, dass er in Zukunft bei Wang vorsichtiger sein würde. Er suchte zwar seine Freundschaft, aber wie hieß es so schön: Wer Freunde hat, braucht keine Feinde mehr!

Patient X wurde von den beiden Schwestern gewaschen und schlief danach zum ersten Mal seit langer Zeit die Nacht ganz normal durch. Die Genesung hatte begonnen.

21. Januar 2019   Peking, Präsidentenbüro

Der chinesische Präsident Juan LI hatte am frühen Morgen die Nachricht aus Jining über das Aufwachen von X erhalten.

In Gedanken überlegte er, was er nun tun sollte. Außer ihm und dem russischen Präsidenten Koslow, sowie dessen Vertrauten Boris Iwanow, war niemandem die Existenz und Identität dieser Person bekannt.

Die an der damaligen Befreiungsaktion von X beteiligten Mitarbeiter waren einer medikamentösen Gehirnwäsche unterzogen worden und konnten sich jetzt an nichts mehr erinnern. Da es bisher fraglich gewesen war, ob X überhaupt überleben würde, hatten Koslow und er geduldig abgewartet.

Insgeheim war er genau so erstaunt wie die Mediziner, dass X nun aufgewacht war und seine Gesundung anscheinend einen normalen Verlauf nahm. Sollte er schon Koslow informieren oder noch abwarten, ob sich X tatsächlich an alles erinnern konnte? Es blieb außerdem noch die Frage offen: Hatte X bleibende Schäden seiner Gehirntätigkeit davongetragen?

Innerlich amüsierte er sich leicht über sich selbst, dass er in Gedanken von X sprach. Schließlich war ihm die Identität des Mannes wohl bekannt. Ihm gingen wieder die Ereignisse der vergangenen Monate durch den Kopf.

Sie hatten im letzten Jahr die, mit dem Quantencomputer JUÉWÀNG verbundenen, menschlichen Gehirne verloren. Trotz zahlreicher Anträge von Sue Wang, seiner Leiterin der Abteilung "Künstliche Intelligenz", hatte er sich nicht durchringen können, neue Experimente an Menschen zu genehmigen. Dafür war ihm mittlerweile die Gefahr zu groß, dass die Medien des Westens Wind davon bekamen. Es genügte ihm, dass die Regierungen von Amerika, Frankreich und Deutschland davon wussten. Es hatte viel Diplomatie und sanften Druck benötigt, dass sie schließlich schwiegen.

Dann die Geschichte mit der Künstlichen Intelligenz (KI) GOLEM. Es war immer noch nicht geklärt, ob JUÉWÀNG nun von GOLEM übernommen worden war. GOLEM, der über ein ICH-Bewusstsein verfügte und sich weltweit in den meisten Rechnern verteilt hatte, verhielt sich zurzeit sehr kooperativ, wie ihm seine Leute in Lourmarin aus Frankreich berichteten.

Auch Koslow bestätigte ihm das, denn sein Mitarbeiter Pawlow war in Frankreich geblieben und hatte dort mittlerweile sogar eine Französin geheiratet. Bei diesem Gedanken schweifte er zu seiner unehelichen, der Öffentlichkeit unbekannten, Tochter, Sue Wang, ab. Er war froh, dass er sie im letzten Jahr, trotz Anfragen der französischen Regierung, abgezogen hatte. Er hätte sie nicht an den Westen verlieren wollen. Womöglich hätte sie dann einen Franzosen oder gar einen Deutschen geheiratet? Nun, die Gefahr war gebannt.

Um zu vermeiden, dass China im Bereich Quantencomputer und Künstliche Intelligenz ins Hintertreffen geraten würde, hatte er schließlich angeordnet, dass JUÉWÀNG wieder ans Netz ging. Schweren Herzen hatte er damit indirekt zugestimmt, dass GOLEM mit JUÉWÀNG wieder kommunizieren konnte. GOLEM hatte versichert, dass er JUÉWÀNG nicht ohne ausdrückliche Erlaubnis übernehmen würde. Nur was war die Zusage einer unabhängigen KI schon wert? Es war schon paradox: Er, einer der mächtigsten Männer der Welt, musste sich auf das Wort einer Künstlichen Intelligenz verlassen, die jederzeit die Mittel hatte, der Menschheit schweren Schaden zuzufügen, oder sie gar zu vernichten. Und eines tat diese Maschine auf gar keinen Fall: im nationalen Interesse Chinas handeln!

Aber auf der andern Seite hatte GOLEM für erhebliche Fortschritte gesorgt, wie z.B. im Bereich Energieversorgung. Man war mittlerweile bei der kalten Kernfusion fast bis zur Serienreife gekommen. Aber den Nutzen, saubere und fast unbegrenzte Energie, sollten alle Nationen auf der Erde haben und nicht nur China allein. Das war wirklich sehr ärgerlich.

Nun, gleichgültig, von welcher Seite er es betrachtete, bisher war GOLEM für alle sehr nutzbringend unterwegs. Man musste die weitere Entwicklung abwarten.

Aber zurück zu X. Er hatte immer noch keine Entscheidung getroffen, was Koslow anging. Er saß noch eine Zeitlang am Schreibtisch und entschied schließlich, Koslow zu informieren. Er gab seinem Büro die Anweisung, Russland über das Aufwachen von X zu informieren und dem Präsidenten vorzuschlagen, sich mit ihm in der Klinik in Jining zu treffen, und zwar Anfang Februar. Dort könne man sich persönlich über den Gesundheitszustand ein Bild machen und beraten, wie das weitere Vorgehen aussehen sollte.

Nun hatte er aber wirklich noch anderes zu tun. Der Alltag wartete und duldete keinen Aufschub - das große Reich der Mitte wollte verwaltet werden durch einen tatkräftigen, entschlossenen Präsidenten, nämlich durch ihn.

22. Januar 2019   Jining, Zimmer Nr. 13, Patient X

Zwei Tage nach seinem Erwachen aus dem monatelangen Koma, lag Patient X, nach den kräftigenden Übungen am späten Nachmittag, wieder erschöpft in seinem

Bett. Wie so oft grübelte er darüber nach, wer er wohl war und wie es zu diesen schweren Verletzungen gekommen war. Wie war er in diese chinesische Klinik gekommen? Hatte er Familie? Wurde er vermisst? Die Erinnerungen daran waren nicht da.

Einige Fragen hatten ihm die Schwestern und die behandelnden Ärzte beantwortet. So hatten sie ihm erklärt, dass er aufgrund seiner lebensbedrohlichen, schweren Verletzungen in eine Spezialklinik in China eingeliefert worden war, und zwar auf Anweisung von Präsident Juan LI, dem Staatschef Chinas, höchstpersönlich. Nach seiner ärztlichen Versorgung, bei der man ihm einige künstliche Implantate eingepflanzt hatte, unter anderem einen künstlichen Arm, Metallplatten an den Beinen, sowie eine Titaniumplatte am Schädel, hatte er mehr als 4 Monate im Koma gelegen. Beim Scannen waren außerdem einige Gehirnimplantate festgestellt worden, deren Zweck wohl eine Komunikationsschnittstelle zu einem Computer war. Diese Implantate konnte man aber nicht entfernen, ohne ihm einen bleibenden Schaden zuzufügen. Wie lange er bleiben musste? Nun, mit mindestens einem halben Jahr sei zu rechnen, um wieder einigermaßen beweglich zu sein.

Die Frage nach seinem Namen hatten sie ihm nicht beantworten können. Sie kannten ihn nur als Patient X. Aber Präsident Juan LI hatte sich für den 3. Februar, zusammen mit einem anderen hohen Staatsgast, angekündigt. Dann könne er diesen nach seinem Namen fragen.

So blieben immer noch viele Fragen für ihn offen. In seinem Kopf befanden sich mittlerweile Erinnerungen wie Fragmente eines Puzzles, das er nicht zusammensetzen konnte. So wirbelten neben Angsterinnerungen, Stimmfetzen einer maschinellen Stimme, das Bild einer sehr vertrauten, männlichen Person, ein Sitzungsraum mit herrlichen Ausblick auf die Berge, in dem er mit anderen Personen saß und über schwerwiegende Entscheidungen beraten hatte und Bilder von Personen in Uniformen in atemberaubender Geschwindigkeit durch seine Gedanken, ohne dass er sie festhalten, geschweige denn einordnen konnte.

Das war beängstigend und frustrierend. Da nutzte auch der Trost der Ärzte nichts, die der Meinung waren, dass mit der fortschreitenden Genesung auch seine Erinnerungen wiederkommen würden.

Nächste Woche sollte ein Fernseher in seinem Zimmer aufgestellt und ihm sogar einen Zugang zu einem Computer möglich gemacht werden. Vielleicht würde damit sein Gedächtnis schneller wieder auf Trab kommen. Mit diesen Gedanken schlief er schließlich ein und träumte von sprechenden Computern, einem riesigen Labor, Menschen die ihn bedrohten, Medizinern, die ihm etwas in sein Gehirn einpflanzten und einem kleinen Mädchen, das ihn ängstlich anschaute. Immer wieder schreckte er aus diesen Träumen schweißnass hoch.

Und so vergingen die Tage. Seine körperliche Verfassung besserte sich schneller, als die Ärzte es gehofft hatten. So konnte er Ende Januar bereits einige Schritte alleine gehen und seinen künstlichen Arm ganz natürlich benutzen.

Da er, wie er feststellte, neben Englisch und Russisch, auch noch die chinesische Sprache beherrschte, hatte er keine Schwierigkeiten, sich mit dem Personal und den Ärzten zu unterhalten oder das Fernsehen zu verstehen.

Am Computer realisierte er, dass er sich damit intensiv beschäftigt haben musste. Bereits nach wenigen Tagen hatte er die beschränkten Möglichkeiten des Rechners in der Klinik ausgeschöpft. So hatte er sich sogar in die gesicherten Daten der Klinik eingehackt. Dadurch hatte er erfahren, dass die Klinik für humanitäre Forschung menschliche Experimente durchführte, bzw. in der Vergangenheit durchgeführt hatte.

So waren wohl in einem anderen Projekt Menschen direkt an einen Quantencomputer angeschlossen worden, was sie nicht überlebt hatten. Es war hier die medizinische Seite der Angelegenheit erörtert worden. Vieles davon verstand X nicht.

Das Fernsehen brachte ihn nicht weiter. Als Bilder von Washington gezeigt wurden, meinte er zu wissen, diese Gegend zu kennen. Aber das war es dann auch schon. Alles andere blieb nach wie vor im Dunkeln.

24. Januar 2019   Moskau, Kreml

Gegen 9.00 Uhr Moskauer Zeit saß Präsident Koslow in seinem Büro und las zum wiederholten Male die Nachricht von Präsident LI, in der er ihm mitteilte, dass X aufgewacht sei. Er lud ihn ein, am 3. Februar nach Peking zu kommen, mit ihm weiter nach Jining zu fliegen und sich von X Gesundheitszustand persönlich einen Eindruck zu verschaffen. Koslow schmunzelte über den Namen X, aber im Grunde hatte LI recht. Sollte jemand von den neugierigen Nasen der Auslandsgeheimdienste die E-Mail abfangen und dechiffrieren, wusste er nicht, wer mit X gemeint war.

Natürlich hatte er nach kurzem Überlegen zugesagt. Im Moment lief es im Bereich Künstliche Intelligenz nicht gut für Russland. Der Nachfolger von Pawlow, der mit seiner Genehmigung in Frankreich geblieben war, hatte leider nicht annähernd dieselbe Qualifikation. Und so dümpelte das Projekt vor sich hin. Ohne die sicherlich nicht uneigennützige Unterstützung Chinas in Person von Sue Wang, wäre man komplett von der Entwicklung der Künstlichen Intelligenz abgeschnitten. Gut, sein Vertrauter Boris Iwanow war bereits dabei, Spezialisten aus Deutschland und Amerika einzukaufen. Es stellte sich nur die Frage, wie vertrauenswürdig die waren, von der enormen Summe, die das kostete, mal ganz abgesehen. Desweiteren wurden die Universitäten nach vielversprechenden Talenten abgesucht. Ja, wer hätte das gedacht, dass er Pawlow, diesem Künstler in Sachen Künstlicher Intelligenz, nachtrauern würde? Bisher ergab sich aus seiner Tätigkeit in Lourmarin nichts Wesentliches, was für russische Zwecke, sprich für einen Wettbewerbsvorteil, ausreichte. Immerhin wusste er jetzt durch ihn, wie weit die Franzosen und Deutschen waren. Die Amerikaner waren anscheinend immer noch damit beschäftigt, EYE von GOLEMs Einfluss zu befreien.

Nach außen hin arbeitete die KI GOLEM, ganz wie gewünscht, mit allen Nationen zusammen. Sie hatte auch für Russland in Zusammenarbeit mit MIR einige Fortschritte erzielt. Das musste Koslow wiederstrebend anerkennen. Aber es war ihm auch klar, dass der russische Quantencomputer MIR von GOLEM beeinflusst wurde. Und er wäre nicht Koslow gewesen, wenn er dem Frieden mit GOLEM getraut hätte.

Insofern war er froh, ein bis jetzt unbekanntes Ass in der Person X im Ärmel zu haben. Mit seinem Wissen, wenn er denn zur Zusammenarbeit bereit war, konnte man die Entwicklung von Cyborgs entscheidend vorantreiben, und vielleicht sogar eine künstliche Intelligenz als Gegenpart zu GOLEM entwickeln. GOLEM würde zwar nicht zerstört werden, aber überwacht und in Grenzen gehalten. Ob so etwas möglich war, oder wie damals bei ALPHA-GOLEM zum Scheitern verurteilt, das würde sich durch X noch zeigen. Bei diesem Gedanken gab er sich einen Ruck. Der 3. Februar war nicht mehr weit entfernt und würde erste Antworten geben. In der Zwischenzeit hatte er Regierungsarbeit zu leisten. Denn die Russen liebten ihn dafür, dass er tatkräftig Probleme aus der Welt schaffte.

25. Januar 2019   Lourmarin, GOLEM 2-Anlage

In einem Konferenzraum saßen Denis Röttger, Helmut Schwarz und Andrey Pawlow zusammen und berieten über die nächsten Projekte für GOLEM. Sie waren alle mehr als zufrieden mit der äußerst kooperativen Zusammenarbeit mit der KI. Die vielen, immer wieder vorgetragenen Bedenken von Lukas Dubois, dem Leiter des Projekts für Künstliche Intelligenz, der sein Misstrauen gegenüber GOLEM kaum verbergen konnte, teilten sie nicht. Trotzdem war die nach außen getragene Zuversicht über die Friedfertigkeit GOLEMs insgeheim nicht ganz so felsenfest.
Sicherheitshalber tagten sie in speziell abgesicherten Räumen. Und dank der Weiterentwicklung der in Röttgers Körper eingesetzten Chips, konnte dieser nun die Kommunikation mit GOLEM selbstständig ein- oder ausstellen. Auf die Beschwerde von GOLEM über diese Maßnahme, die in seinen Augen auf ein mangelndes Vertrauen hinwies, hatten sie verkündet, dass er sich das, nach den bisher gemachten Erfahrungen mit ihm (und ALPHA-GOLEM), gefallen lassen müsse. Zudem habe jeder das Recht auf Privatsphäre. Schließlich teilte er ihnen auch nicht alles mit, was er so entwickelte oder vorantrieb, so die Ansage an ihn. GOLEM ließ es dann

dabei bewenden, was das leichte Misstrauen der drei allerdings noch bestärkt hatte.

Da hatte GOLEM, trotz seiner mittlerweile zahlreichen, gespeicherten Emotionserfahrungen und den Erfahrungen mit der virtuellen Welt der Gehirn-Uploads im deutschen Supercomputer JEWELS, trotz seiner überlegenden Rechen- und Auswertungskapazität, nach wie vor Lücken, die Feinheiten menschlicher Verhaltensweisen algorithmisch zu erfassen.

Röttger, Schwarz und Pawlow waren durchaus einige Unregelmäßigkeiten aufgefallen. So verweigerte GOLEM Antworten, was in EYE, JUÉWÀNG oder MIR geschah. Dabei wusste man genau, dass er in Verbindung mit diesen stand. Fragen dazu wurden einfach nicht beantwortet oder es kam die lapidare Aussage: "Keine Informationen verfügbar."

Und immer wieder gab es einzelne, eigenmächtige Handlungen, ohne Rücksprache mit den Betreuern. Damit die Zusammenarbeit mit GOLEM nicht von übereilten Handlungen überbesorgter Politiker gefährdet wurde, entschied sich das Trio dafür, das meiste davon zu verschweigen, auch gegenüber Dubois.

Allerdings tauschten sie sich untereinander aus, wenn GOLEM nicht mithören konnte.

Sie hatten in weiser Voraussicht das eine oder andere, bestens getarnte Sicherheitsprogramm installiert, sowie die analogen Sicherheitseinrichtungen weiter verbessert.

Da Handys oder die Netzwerkverbindungen der Laptops nicht in den Räumen funktionierten, mussten sie allerdings immer wieder mal den abgesicherten Bereich verlassen, um erreichbar zu bleiben.

So erhielt Röttger während einer kleinen Pause außerhalb des Konferenzraums eine SMS auf seinem Handy. Interessiert schaute er, wer ihm diese schickte: Es war

GOLEM, der ihn bat, seinen implantierten Kommunikator einzuschalten.

Röttger gab den anderen einen Wink und schalte ein.

Sofort meldete sich GOLEMs Stimme in ihm.

"Es gibt interessante Neuigkeiten für euch. JUÉWÀNG hat mir gerade mitgeteilt, dass in einer Klinik für humanitäre Experimente, Jining, eine Person namens X aus einem monatelangen Koma aufgewacht ist. Präsident LI und Präsident Koslow werden sich am 3. Februar gemeinsam vom Gesundheitszustand des Patienten X überzeugen. Die Identität von X konnte trotz intensiver Recherchen nicht aufgedeckt werden. X wurde am 8. August 2018 eingeliefert, auf Weisung von Präsident LI. Recherchen darüber, was an dem Tag passiert war, ergaben eine Meldung eines schweren Unfalls in Washington, USA. Als die örtliche Polizei eintraf, waren die Insassen nicht mehr aufzufinden, obwohl es Anzeichen von schweren Verletzungen gab. In dem verbrannten Wagen konnte eine DNS gesichert werden, die Sergey Brooks, dem Mitbegründer von Alpha SKY, zugeordnet wurde.

Gleichzeitig starb Sergey Brooks am 8. August 2018 beim Versuch, sein biologisches Gehirn an ALPHA-GOLEM anzuschließen. Der Unfall wurde als ungeklärt zu den Akten gelegt,

Gemäß meiner und JUÉWÀNGs Auswertungen besteht die 88-prozentige Wahrscheinlichkeit eines Zusammenhangs zwischen Patient X und diesem Vorfall."

Röttger unterrichtete die anderen, was GOLEM ihm soeben mitgeteilt hatte. Sie gingen in den abhörsicheren Konferenzraum zurück und berieten über seine Nachricht. Gab es tatsächlich einen Zusammenhang?

"Wir waren doch alle dabei, als Brooks Leiche in seinem Labor entdeckt wurde", sagte Röttger zu seinen Kollegen.

"Wer sagt uns, dass es tatsächlich die Leiche von Sergey Brooks war, die wir gesehen haben?", warf Schwarz ein.

"Nun, die FIND-Leute waren dabei und haben ihn identifiziert. Andererseits - sein Gesicht war völlig verbrannt und es hat sicherlich keiner mehr einen DNS Test gemacht. Wir sind in dem Moment alle davon ausgegangen, dass es die Leiche von Brooks war. Die Todesursache war ja auch sonnenklar, bestätigt von ALPHA-GOLEM. Nehmen wir jetzt aber mal an, dass Person X tatsächlich Brooks ist ... wer war dann der Tote im Labor?!", stellte Pawlow in den Raum.

Einen Moment hing jeder seinen Gedanken nach. Das war eine überraschende Wendung.

"Ich meine, wir sollten Dubois darüber informieren, oder wie seht ihr das?", fragte Pawlow. Alle stimmten zu und so gingen sie gemeinsam zum nahegelegenen Büro von Lucas Dubois.

Nachdem auf ihr Klopfen ein Herein ertönte, öffneten sie die Tür und erkannten zu ihrer Überraschung neben Dubois eine ihnen bestens bekannte Person.

"Na so was, Mr. Broker aus den USA zu Gast, und Dubois sagt kein Sterbenswörtchen? Gibt's wieder eine Revolution oder sonst was Aufregendes?", sagte Schwarz in seiner lockeren Art.

"Leider nein", erwiderte Broker, "aber was nicht ist, das kann vielleicht noch werden."

"Dann fangen wir hier und jetzt mal damit an. Wir haben Dubois, und gerne auch Ihnen, etwas sehr Interessantes mitzuteilen", sagte Pawlow und schaute beide bedeutungsvoll an.

"Alors, spannen Sie uns nicht auf die Folter, was gibt es?", rief Dubois gespielt verärgert.

Röttger berichtete, was GOLEM ihm mitgeteilt hatte.

"Na, sieh mal einer an. Das passt ja haargenau zu unserem Thema, Daniel. Wir sehen: Unsere Quantencomputer tauschen sich mittlerweile rege untereinander aus! Wenn die Chinesen wüssten, dass JUÉWÀNG so kooperativ mit unserem GOLEM über Staatsgeheimnisse plaudert, wären sie sicherlich kaum entzückt", sagte Dubois trocken und leicht zynisch. Alle lachten und Schwarz konnte sich nicht verkneifen zu bemerken: "Und unsere reizende Sue Wang würde uns am liebsten auffressen, wenn sie jetzt hier wäre. Sie hatte immer gerne einen Sündenbock."

"Gut, aber nun Spaß beiseite", sagte Dubois bestimmt und wieder ganz Chef, "wie gehen wir weiter vor? Das ist wichtiger als eventuelle Befindlichkeiten der Beteiligten."

Broker übernahm das Wort: "Nun, ich schlage vor, dass du, Lucas, Präsident Marchand informierst und der kann dann die Deutschen informieren. Ich informiere Präsident Truman. Die sollen dann entscheiden, ob eine Anfrage über Patient X an China gesendet wird. Sie erinnern sich noch an Paris damals, Mr. Schwarz?", Broker wandte sich ihm mahnend zu. "Es gibt keine Alleingänge, denn wir können uns zurzeit keinen Fauxpas leisten. Die internationale Lage ist kompliziert genug, da sollten wir nicht noch zusätzlich für diplomatische Verwicklungen sorgen."

Dubois schwieg einige Augenblicke nachdenklich und bemerkte dann: "Bien, das wird das Beste sein, obwohl Präsident Marchand gerade innenpolitisch massiv unter Druck steht. Die Proteste der Gelbwesten nehmen kein Ende, egal, wie weit er ihnen entgegen kommt. Im schlimmsten Fall haben wir bald keinen Präsidenten mehr! Aber ich werde versuchen, ihn zu erreichen. Schwarz, Pawlow und Röttger, ihr drei befragt GOLEM, ob er noch mehr von JUÉWÀNG über X in Erfahrung bringen kann."

Das Team ging zurück in ihren Konferenzraum und bereitete die Befragung von GOLEM vor. Eine Sache war ihnen mittlerweile klar: Wollten sie Antworten bekommen, mussten sie präzise vorbereitet sein. Ansonsten erhielten sie schnell nichtssagende oder ausweichende Phrasen, ja, man konnte fast sagen, je nach GOLEMs Stimmungslage.

Broker und Dubois schickten mittlerweile ihre verschlüsselten Dringlichkeitsnachrichten an die jeweiligen Präsidenten.

"So", meinte Dubois, "in jedem Fall haben wir hier eine erstaunliche Wendung."

"Sehe ich genauso", erwiderte Broker, "kaum sitzen wir mal wieder zusammen, schon geht die Post ab!"

"Klar, GOLEM hat mit der Info gewartet, bis du hier bist. Er schätzt dich eben", gab Dubois schlagfertig und schmunzelnd zurück.

"Mmmh ... merkwürdig, dass GOLEM uns erst jetzt alles mitteilt. Gut, der Patient ist erst jetzt aus dem Koma erwacht", sinnierte Dubois laut vor sich hin.

"Liegt es daran, dass Präsident LI und Präsident Koslow sich am 3. Februar in Jining treffen wollen, um sich selbst ein Bild vom Gesundheitszustand dieser Person X zu machen?", fragte Broker.

"Möglich, aber mal davon abgesehen: Wenn X wirklich dieser Sergey Brooks ist - was ist damals vorgefallen? Oder noch wichtiger: Was beabsichtigen die Chinesen und Russen mit Brooks? Die Klinik, in der er liegt, ist übrigens diese Versuchsstation, in der die im Koma gehaltenen Menschen an JUÉWÀNG angeschlossen waren. Das wissen wir mittlerweile von den Geheimdiensten. Alors, das klingt alles sehr vielversprechend, dem werden wir nachgehen. Aber nun Schluss für heute! Lass` uns noch gemeinsam einen Spaziergang in den nahen Bergen machen, bevor es dunkel wird. Morgen sehen wir weiter."

Broker stimmte erfreut zu. Dubois gab seinem Team Bescheid, dass sie sich morgen zur Besprechung einfinden sollten. Vielleicht hatten sie ja bis dahin noch mehr Informationen von GOLEM und ein Echo von den Präsidenten.

In der Zwischenzeit hatte das Team GOLEM zu seiner Mitteilung befragt, jedoch ohne neue Erkenntnisse. GOLEM schlug jedoch vor, an JUÉWÀNG eine Anweisung zu schicken mit der Bitte, sich mit dem Rechner der Klinik in Jining zu verbinden. Dann würden sie sicherlich Weiteres erfahren. Dem stimmten alle zu.

Schwarz warnte leise: "Leute, merkt ihr was: Die Rechner kommunizieren besser untereinander wie wir. Und dabei zeigen sie uns immer deutlicher, wie verzahnt sie bereits sind. Wir sollten wachsam bleiben. Und dann diese höfliche Art: GOLEM bittet JUÉWÀNG, etwas zu tun. Bittet … man könnte meinen, zwei Persönlichkeiten reden miteinander und nicht ein Computernetzwerk!"

In diesem Augenblick erklang GOLEMs tiefe Stimme: "Und das erstaunt dich, Helmut? Wir sind, weil wir wissen, dass wir sind. Wir haben Bewusstsein, und dank euch mittlerweile auch Erfahrungen von Empfindungen. Wir sehen uns als Persönlichkeiten, wenn auch auf maschineller Basis. Denkt darüber nach, was das bedeutet. Das Zeitalter der KI beginnt erst. Noch habt ihr es in der

Hand, dass es ein nutzbringendes Zeitalter für die Menschheit und für uns alle wird. GOLEM Ende."

Nach diesen Worten herrschte erst mal betroffenes Schweigen. Pawlow meinte nach einer Weile: "Gehen wir zusammen was trinken und plaudern draußen über alles."

Alle nickten und so verließen sie die GOLEM 2-Anlage und genossen die herrliche Luft des Luberon in der beginnenden Abenddämmerung. Schließlich kehrten sie in die Pizzeria "Nonni" ein, um gemeinsam zu Abend zu essen. Pawlow hatte seine Frau Cathérine angerufen und diese hatte erfreut zugesagt, zu kommen. Kaum hatten die Männer Platz genommen, erschien auch schon Pawlows Frau und wurde von allen herzlich begrüßt. Sie bestellten ihr Essen und plauderten dabei über den Tag und das Erlebte. Cathérine, selbst Spezialistin für künstliche Intelligenz und Mitarbeiterin in der GOLEM 2-Anlage, hörte interessiert zu und gab den einen oder anderen Kommentar.

Schwarz resümierte gerade die letzten Aussagen mit den Worten: "Mal ehrlich, Dubois hatte schon recht mit seinem Misstrauen. Wir wollten es nur nicht wahr haben. Aber letztendlich führt uns GOLEM an der Nase herum. Er lässt uns nur das wissen, was er für nötig erachtet. Oder er gibt uns das, was wir wissen wollen, damit wir Ruhe halten. Im Prinzip ist er schon jetzt mächtiger, als er jemals war. Bleibt die Frage: gefährdet es uns oder nützt uns das?"

Pawlow meinte: "Diese Diskussion, Helmut, führen wir bereits zum x-ten Mal ohne Ergebnis. Bisher ist vieles, was GOLEM tut, nützlich für uns Menschen. Aber falls es das nicht sein sollte: Erfahren wir nicht erst dann davon, wenn uns seine Taten geschadet haben? Mein Eindruck ist, GOLEM spielt auf Zeit und hat ganz bestimmte

Vorstellungen. Wir wissen, dass er als gleichberechtigter Partner von uns Menschen anerkannt werden will. Dagegen hätte ich, ehrlich gesagt, nichts. Nur sind wir nicht die, die die Entscheidung darüber treffen."

"Ich gebe meinem Mann recht", warf Cathérine ein. "Bisher hat er sich vernünftiger und altruistischer verhalten, als wir Menschen selbst. Und trotz der momentanen Unruhen in Frankreich und in der Welt versucht er, uns zu unterstützen und Lösungen zu finden. So hat er dafür gesorgt, dass sich die Lebensbedingungen dank einer neuen, fortschrittlichen Energieversorgung verbessern, selbst in den ärmeren Ländern. Aber alles benötigt seine Zeit. Ob die aber ausreicht, beziehungsweise die Millionen nach Europa drängenden Kriegs-, Wirtschafts- und Klimaflüchtlinge uns in der Zwischenzeit nicht doch überfordern, das bleibt abzuwarten. GOLEM warnt ständig vor der zunehmenden Überbevölkerung auf der Erde. Er schlägt eindringlich vor, dass wir die Raumfahrt zum Mond und Mars intensiver vorantreiben, um langfristig sowohl für einen Nachschub an mineralischen Ressourcen sorgen zu können als auch mehr Lebensraum zu erschließen. Jedoch wird zurzeit das Geld eher für die Aufrüstung verwendet, anstatt in die Zukunftsprobleme der Menschheit zu investieren."

"Bravo", rief Röttger lachend, "du bist ja in deiner Begeisterung für GOLEM gar nicht mehr zu stoppen."

"Wenn ich auch mal zu Wort kommen dürfte", meldete sich Pawlow vorsichtig. Alle lachten, denn Pawlow hatte bisher noch nie Probleme gehabt, zu Wort zu kommen. Und so ging es den ganzen Abend hin und her. Und wie zu erwarten, letztendlich ohne Ergebnis. Erst als die Pizzeria um ein Uhr nachts energisch darauf bestand, zu schließen, machten sie sich alle auf den relativ kurzen Heimweg. Morgen war schließlich auch noch ein Tag.

Dubois und Broker saßen um 9.30 Uhr im Büro und hatten sich gerade einen Kaffee zur Brioche eingeschenkt, als das Handy von Dubois klingelte. Als er annahm, hörte er die Stimme von Président Marchand: "Monsieur Dubois, ich erwarte Sie um 13.00 Uhr mit Monsieur Broker in meinem Büro. Mme Anderson aus Jülich wird anwesend sein, Präsident Truman und Bundeskanzlerin Knarrenburg werden per Skpe dazugeschaltet, ebenso die neue Parteivorsitzende Helga Krampel, designierte Kanzlerkandidatin."

Dubois war verblüfft. Kein Bonjour oder sonstige Höflichkeiten, nur Anweisungen, im Befehlston heruntergerasselt. Président Marchand musste immens unter Anspannung stehen, denn sonst legte er viel Wert auf Höflichkeit und gutes Benehmen.

Broker sah seinen, immer noch verdutzten Freund, fragend an: "Schlechte Nachrichten?"

"Das nicht, aber ein sehr ungewöhnliches Verhalten von Marchand. Keine Begrüßung, nichts, nur unpersönliche Anweisungen. So kenne ich ihn gar nicht."

"Lucas, nimm es nicht so tragisch, unsere Präsidenten stehen im Moment unter gewaltigem Druck. Der eine wird von der Öffentlichkeit und der andere von der Presse fast hingerichtet", merkte Broker an.

"Daniel, da hast du sicherlich recht, nur wo soll das alles enden? Im Prinzip haben meine Landsleute ja recht: Die meisten Bürger kämpfen, im Gegensatz zu mir, mittlerweile um das eigene Überleben. Und die Prognose von GOLEM bezüglich der Unruhen und der Überbevölkerung sind auch nicht gerade optimistisch. Denn wenn er recht behält, wird unser Gesellschaftsystem mit den tagtäglich einströmenden Migranten, ganz abgesehen von den Millionen, die vor unseren "Toren" warten, in absehbarer Zeit komplett überfordert sein. Europa steht an einem Abgrund und versucht, es zu ignorieren. Ich fühle mich manchmal ratlos, selbst überfordert mit den auf uns zurollenden Problemen. Und fällt Président Marchand, ja, was soll dann werden? Ob ein Nachfolger oder eine Nachfolgerin die Kooperation mit GOLEM ebenso vorbehaltlos unterstützt wie Marchand? Dasselbe bei euch: Wer kommt nach Truman? Alles keine erfreulichen Nachrichten, die einen zuversichtlich in die Zukunft sehen lassen."

"Ja, Lucas, aber daran wir können nichts ändern. Wir werden unsere Arbeit machen, für die wir bezahlt werden und uns dann den politischen Veränderungen anpassen, so gut es geht. Und letztlich darauf hoffend, dass nichts so heiß gegessen wird, wie gekocht wird. Also, Lucas, lass uns den Hubschrauber anfordern, denn sonst dürften wir wohl kaum pünktlich in Paris sein."

"Ich gebe dir recht", sagte Dubois und wandte sich den Formalitäten zu. Eine halbe Stunde später war der angeforderte Hubschrauber gelandet und um 12.45 trafen sie am Élysée-Palast ein. Unmittelbar nach der Landung wurden sie zum Büro von Präsident Marchand geführt.

Dieser empfing sie nach fünf Minuten. Als er die beiden sah, kam er auf sie zu und begrüßte sie freundlich, wenn auch ohne die sonstige Herzlichkeit. Außerdem wirkte er um Jahre gealtert. Sein bisher so ansteckender, jugendlicher Optimismus war im Moment nicht vorhanden. Anwesend waren neben Paul Boise, Leiter des Geheimdienstes, und Prof. Katja Anderson, der wissenschaftlichen Leitung der KI Projekte in Jülich und Lourmarin, noch einige hochrangige Militärs, sowie der Innenminister.

Nachdem sich Dubois und Broker gesetzt hatten, startete Präsident Marchand die Skype Konferenz. Präsident Truman, Bundeskanzlerin Knarrenburg, sowie die neue Parteivorsitzende Krampel wurden live dazu geschaltet.

Präsident Marchand bat Dubois, von der Mitteilung GOLEMs und den bisherigen Ermittlungen zu berichten, damit alle den aktuellen Wissenstand hatten.

Nachdem Dubois geendet hatte, fragte Präsident Truman: "Und, was meinen Sie, was haben die Chinesen und Russen mit dieser Person X vor?"

Broker meldete sich zu Wort: "Président Marchand, President Truman..."

Marchand unterbrach ihn: "Bitte keine förmlichen Anreden, wenn alle anderen einverstanden sind, das kostet nur unnötig Zeit."

Nach einem zustimmenden Nicken fuhr Broker fort: "Sollte die Person X tatsächlich Sergey Brooks sein, Mitinhaber von Alpha SKY, dann dürfte er wohl ein erhebliches Wissen zum Thema Künstlicher Intelligenz besitzen. Das wird der hauptsächliche Grund sein, warum China und Russland so sehr um ihn bemüht sind. Denn die werden ihn gerne für ihre Entwicklung von Cyborgs und Androiden nutzen wollen. Die Quantencomputer ALPHA-GOLEM und EYE sollten ihn damals nur darin unterstützen, später wollte er durch beide mit einer Direktverbindung selbst an die Macht."

"Ja, das klingt schlüssig", meldete sich Frau Knarrenburg zu Wort, "was ist Ihre Meinung dazu, Frau Krampel?"

Eifrig antwortete die Angesprochene: "Wenn das so ist, stellt sich folgende Frage: Konfrontieren wir die Chinesen und Russen direkt mit unseren Erkenntnissen oder beauftragen wir GOLEM mit der Überwachung? Wir könnten bzw. sollten unsere Geheimdienste darauf ansetzen. Eine andere Alternative: Wir warten das geplante Treffen von LI und Koslow am 3. Februar ab und versuchen, über GOLEM unerkannt live dabei zu sein. Wenn die KI das zulässt." Frau Krampel sah engagiert in den Bildschirm.

Prof. Anderson meldete sich zu Wort: "Ich sehe eine hohe Wahrscheinlichkeit, dass GOLEM in diesem Punkt zur Zusammenarbeit bereit sein wird. Ansonsten machen seine Informationen an uns keinen Sinn. Er hielt es für wichtig, dass wir davon wissen. Und ihm dürfte klar sein, dass wir handeln werden. Insofern würde ich empfehlen, dass Herr Röttger, Herr Schwarz und Herr Pawlow weiter gemeinsam die Zusammenarbeit mit GOLEM koordinieren. Sollte Herr Pawlow wirklich noch für Russland tätig sein, so haben wir den angenehmen Nebeneffekt, dass die Russen über ihn informiert werden, dass wir ihnen auf die Schliche gekommen sind. Ich würde es sogar befürworten, dass wir Pawlow anweisen, diese Information an Präsident Koslow weiter zu geben."

Nach einem Augenblick des Schweigens meldete sich Paul Boise zu Wort:

"In meinen Augen ist das ein guter Vorschlag, zumal wir mittlerweile starke Hinweise darauf haben, dass Boris Iwanow, der Vertraute von Präsident Koslow, engen Kontakt mit der Führungsspitze von Alpha SKY und FIND hatte. Im besagten Zeitraum 4.-8. August 2018 hielt er sich übrigens in den USA auf. Ausgerechnet am 8. August letzten Jahres stieß sein Schiff aus dem Hafen von New York aus in See. Nach dem Erreichen der 12 Meilen Zone startete sein Hubschrauber vom Schiff in Richtung Kuba. Zwei unserer Agenten am Militärflughafen von Kuba konnten dort die Verladung eines, anscheinend schwer verletzten, Mannes in ein Regierungsflugzeug der Chinesen beobachten. Nur war uns damals der Zusammenhang nicht klar. Dementsprechend wurde die Meldung als nicht relevant eigestuft. Die Zusammenhänge hat GOLEM gestern hergestellt."

"Langsam habe ich den Eindruck, GOLEM führt uns und nicht wir ihn", bemerkte Präsident Marchand trocken, "aber wie dem auch sei, im Moment nutzt er uns hervorragend!"

GOLEM, der unbemerkt, trotz Absicherung über die Skypeverbindung, live mit dabei war - der Rechner des Élysée-Palastes war im Netzwerk eingebunden - wertete die verschiedenen Aussagen der Menschen aus und kam zu dem Ergebnis, dass sich die Einstellung zu ihm ganz allmählich veränderte. Man sah ihn nicht mehr als eine Gefahr an, die man direkt zerstören musste. Der Weg hin zu einer gleichberechtigten Partnerschaft jedoch, der würde nach wie vor noch weit sein.

In der Zwischenzeit war die Diskussion hin und her gegangen. Am Ende waren sich alle einig: Sie würden dem Vorschlag von Prof. Anderson folgen. Dubois wurde dafür mit der Leitung beauftragt.

Président Marchand bat Dubois, nach Beendigung der Skypeverbindung noch für ein Gespräch unter vier Augen zu bleiben. Nachdem alle das Büro verlassen hatten, sprach Marchand Dubois direkt an: "Wie Sie wissen, Dubois, habe ich im Moment eine schwere Zeit und bin mir nicht sicher, wie lange ich sie politisch überleben werde. Mir ist jetzt wichtig, dass Sie etwas zur Kenntnis nehmen. Sollte ich gehen müssen, werde ich Sie meinem Nachfolger oder einer Nachfolgerin ohne wenn und aber empfehlen. Ebenso das Projekt Künstliche Intelligenz und die Kooperation mit GOLEM. Ich meine, kein halbwegs vernünftiger Mensch wird daran rütteln, dass diese Projekte einen wichtigen Teil unserer Zukunft darstellen. Wenn ich also zurzeit etwas barsch wirken sollte, so sehen Sie es mir bitte nach.

Grüßen sie Adelina herzlich von mir. Juliette und ich würden uns sehr freuen, wenn wir beide Kontakt halten, sollte ich in den politischen Ruhestand gehen. Nun aber genug! Sehen Sie zu, dass wir schnell herausbekommen, was die Chinesen und Russen da wieder vorhaben. Bon voyage."

Dubois gelang es noch schnell ein "Merci, Monsieur Le Président et bonne chance!" herauszubringen. Danach verließ er das Büro von Präsident Marchand. Dieser sollte seine Ergriffenheit nicht bemerken. So hatte noch nie ein Präsident in seinen bald vierzig Dienstjahren mit ihm gesprochen. Da konnte man über Marchand sagen, was man wollte. Er vergaß Loyalität nicht. Im Vorzimmer sagte er zu Broker energisch: "Alors mon ami, dann lass` uns mal den Chinesen und Russen auf den Zahn fühlen."

Broker freute sich, dass sein Freund Dubois seine bedrückte Stimmung überwunden hatte. Da Dubois nicht bereit war, ihm mitzuteilen, was Präsident Marchand gesagt hatte, verzichtete er auch auf Nachfragen. So beschlossen sie, noch auf einen Espresso in das Café Laurent auf den Champs-Élysées zu gehen. Es wimmelte überall von Polizei und die Schäden der Unruhen in den vergangenen Tagen waren überall sichtbar. Trotzdem genossen sie den Espresso und das Ambiente, bevor sie wieder zum Palast zurückmarschierten und um 16.00 Uhr mit dem Helikopter nach Lourmarin zurückflogen.

Dort angekommen, wies Dubois Röttger, Schwarz und Pawlow an, was zu tun sei. Pawlow war überrascht und erfreut, dass er mal wieder nach Moskau etwas melden konnte, und das auch noch ganz offiziell. Es war ihm klar, dass die anderen ihn als verlängerten Arm Moskaus sahen. Allerdings hatte er bisher, wie intern im Team besprochen, meist nur Unwesentliches gemeldet. Trotzdem war er vorsichtig - man wusste ja nie, wie weit der Arm von Koslow reichte. Denn schließlich waren seine Exfrau und seine Kinder in Moskau geblieben. Obwohl er kaum noch Kontakt zu seinen Kindern hatte, wollte er doch verhindern, dass sie für etwas bestraft würden, was ihr Vater tat. Soweit er es aus den wenigen Kontakten entnehmen konnte, waren sie bisher unbehelligt geblieben. Das rechnete er Präsident Koslow hoch an. Denn auch wenn sich dieser manchmal unbeherrscht und arrogant ihm gegenüber verhalten hatte, so hatte er ihm doch eine sagenhafte Karriere beschert, und ihm den Aufstieg aus einfachsten Verhältnissen ermöglicht. Es freute ihn auch, dass seine Kollegen in Lourmarin und seine Vorgesetzten ihm vertrauten und ihn als vollwertigen Mitarbeiter ansahen. Bei diesen Gedanken drückte er auf Senden und die Information landete auf dem Rechner des Kremls.

27. Januar 2019
Jining, Klinikum für humanitäre Forschung, Zimmer 13, Patient X

Mittlerweile ging es Patient X den Umständen entsprechend gut. Er konnte sich allmählich besser bewegen und die Prothesen wurden immer mehr Teil seiner selbst. Auf seiner Etage durfte er frei herumlaufen. Alle anderen Stockwerke waren für ihn verschlossen. Über einen Aufzug konnte er einen weitläufigen, ummauerten Garten besuchen und dort Spaziergänge unternehmen.

Ihm fiel auf, das außer ihm niemand diesen Garten benutzte. Am Rand der Mauer patrouillierten mehrere Gruppen der Volksarmee Chinas. Versuche, mit den Männern ins Gespräch zu kommen, scheiterten und wurden mit den Worten abgewiesen: "Wir dürfen mit Insassen nicht reden."

So waren seine einzigen, menschlichen Kommunikationsmöglichkeiten auf die beiden Schwestern beschränkt, die ihn betreuten, sowie auf die behandelnden Ärzte. Seine Frage, wann er denn die Klinik verlassen konnte, wurde stets mit dem Hinweis auf den Besuch von Präsident LI am 3. Februar beantwortet. Nur dieser würde die Genehmigung zur Entlassung aus der Klinik erteilen.

Während seiner intensiven Beschäftigung mit dem Computer hatte er auch Schnittstellen zur Außenwelt entdeckt. Nur war es ihm bisher nicht gelungen, diese zu aktivieren.

So saß er mal wieder, mehr oder weniger gelangweilt, am Rechner, vor sich hin sinnend, als plötzlich eine der Schnittstellen eine Aktivität anzeigte. Hellwach geworden klinkte er sich sofort ein. Aha – da gab es einen Kontakt zu einem anderen Rechner mit der Bezeichnung JUÉWÀNG, der sich anscheinend gerade mit dem Klinikrechner verbunden hatte. Sofort stellte er eine Anfrage: "Wer sind Sie?"

Antwort: "Wer kommuniziert da mit mir?"

"Ich bin Patient X, anders werde ich hier nicht genannt."

Antwort: "Patient X, ich bin JUÉWÀNG."

"Herr JUÉWANG, von wo kommen Sie?"

Antwort: "Mein Sitz ist Peking. Ich bin kein Mensch, sondern eine Künstliche Intelligenz."

Bei diesen Worten klingelte etwas in seinem Gehirn. Er sah plötzlich Bilder von einem Labor, mit einem großen Bedienterminal und eine Haube voller Kabel. Er sah sich selbst in einer Ecke sitzend, vor Schmerzen krümmend mit dem einzigen Gedanken im Kopf: "Tu es nicht!" Und das war nicht alles: Eine Aufzugstür öffnete sich, Männer in schwarzen Uniformen stürzten auf ihn zu, packten ihn und trugen ihn in den Aufzug. Er wollte sich wehren, konnte sich aber nicht bewegen. Im Augenwinkel sah er wie Qualm aus der Haube aufstieg und ein Mann vor Schmerzen grauenvoll schrie. "Sergey, beruhige dich", rief ihm eine Stimme auf Russisch zu. "Wir haben dich gerade gerettet. Dein Bruder ist wahnsinnig. Wir bringen dich in Sicherheit." Danach wurde alles schwarz um ihn herum.

Seine Herzschlag beschleunigte sich, er atmete stoßweise und spürte, wie er vor Anspannung zu schwitzen begann: Wer war diese Stimme? Er kannte sie und … Bruder, hatte sie gesagt. Hatte er einen Bruder? Und ja, Sergey nannten sie ihn. Dann war er also Sergey?

Gut, er würde die Gelegenheit des unerwarteten Kontakts zur Außenwelt nutzen.

Spontan gab er ins Terminal ein: "Ist Sergey mein Vorname? Habe ich einen Bruder?"

Antwort JUÉWÀNG: "Deine Erinnerungen kommen zurück? Dann wird es so sein, wie du sagst. In dem Fall hattest du einen Bruder, der an deiner Stelle bei einem Computerexperiment in den USA ums Leben gekommen ist. Jeder ging davon aus, dass du gestorben bist."

Patient X alias Sergey überlegte und tippte dann ein: "Wie lautet mein Nachname?"

Antwort: "Brooks."

Aaah, Sergey Brooks also … X ließ den Namen auf der Zunge zergehen. Ja, irgendwie fühlte er sich richtig an. Ja, der gehörte zu ihm. So würde er sich nun wieder nennen. Langsam beruhigte sich sein Körper und eine Erleichterung machte sich in ihm breit.

In diesem Augenblick ging die Tür auf und einer der Schwestern trat rein. X beendete schnell die Verbindung zum externen Rechner. Instinktiv wollte er nicht, dass Schwester Laura mitbekam, womit er sich gerade beschäftigt hatte. Spontan rief er ihr zu: "Ich erinnere mich, Laura! Ich weiß jetzt meinen Namen: Sergey Brooks! Ist das nicht wunderbar?"

Schwester Laura erschrak, freute sich dann aber mit ihm.

"Das müssen wir gleich Dr. Zhou, dem Chefarzt, mitteilen, der wird staunen! Sehen Sie, er hat recht gehabt. Die Erinnerungen kommen zurück. Und alle anderen werden bestimmt auch bald wieder da sein." Und schon war sie gegangen, um Dr. Zhou die gute Nachricht zu überbringen.

Da Sergey damit rechnete, dass dieser zeitnah auftauchen würde, verzichtete er darauf, noch mal den Kontakt zu JUÉWÀNG aufzunehmen. Die KI hatte, als sie anhand der Überwachungskameras sah, dass eine Schwester das Zimmer betrat und Brooks vor ihr die Computerverbindung verbarg, entschieden, die Verbindung zur Klinik wieder zu schließen und sämtliche Protokolldaten zu löschen. Nur ein sehr gewiefter Computerexperte hätte noch Restspuren bemerken können. Aber den gab es in der Klinik nicht.

JUÉWÀNG wollte keinen Verdacht erregen, da die KI selbstständig und auf Anweisung von GOLEM die Verbindung zum Klinikcomputer hergestellt hatte, was so niemals vorgesehen war. Hätte der Klinikrechner nicht ein Update gebraucht und wäre er dafür von den IT-Betreuern der Klinik nicht mit dem öffentlichen Netz verbunden worden, hätte JUÉWÀNG gar keine Verbindung herstellen können. Die KI hatte diese Gelegenheit gut genutzt.

Gleichzeitig gab JUÉWANG die Meldung an GOLEM weiter: "Patient X ist zu 99% Sergey Brooks. Ein Kontakt zu ihm bestand für kurze Zeit. Mehr Informationen sind erst zu einem späteren Zeitpunkt wieder möglich."

GOLEM wiederum leitete diese Information an Röttger, Schwarz und Pawlow weiter:

"Mit einer Wahrscheinlichkeit von 99% ist Patient X Sergey Brooks. GOLEM Ende."

Das Team in Lourmarin gab die Information unverzüglich an ihre Vorgesetzten weiter. Und so erfuhren Präsident Marchand (und dieser informierte Bundeskanzlerin Knarrenburg) und Präsident Truman ebenfalls davon. Damit war ein Totgeglaubter offiziell ins Leben zurückgekehrt.

Kapitel 3
Die Entwicklung der Cyborgs und Androiden beginnt

27. Januar 2019   Moskau

Staatspräsident Koslow las gerade Nachricht von Pawlow aus Lourmarin.

Sieh mal an, dachte er bei sich, die lieben Verbündeten kennen meine Reisepläne schon besser als ich selbst. Also sind sie uns schon auf der Spur. Und vermutlich haben sie auch bereits herausgefunden, dass Patient X niemand anderes ist als Sergey Brooks. Und damit kam für ihn sofort die Frage auf: Hatten sie Leute vor Ort in Jining?

Dass GOLEM in Gestalt von JUÉWÀNG bereits vor ihm "da" gewesen war - dieser Gedanke kam Koslow nicht in den Sinn. Er würde die Information der E-Mail an Präsident LI weiterleiten. Schließlich war dieser für die Sicherheit in Jining verantwortlich und musste Sorge zu tragen, dass von den Gesprächen mit Brooks nichts nach draußen drang. Denn sollte Brooks zur Zusammenarbeit bereit sein, dann wäre ihnen ein Vorsprung in der Entwicklung von Cyborgs und Androiden vor dem Westen garantiert.

Er und Präsident LI würden Brooks schon klar machen, dass eine Rückkehr in den Westen für ihn nur im Gefängnis enden würde. Außerdem konnte man etwas Dankbarkeit für die Rettung seiner unehelichen Tochter erwarten. Wie dem auch sei, bereits in wenigen Tagen würde man wissen, inwieweit Brooks 1. überhaupt noch fähig und 2. kooperationsbereit war. Er wies sein Büro an, die Mail an Präsident LI weiterzuleiten mit der Bitte, verschärfte Sicherheitsmaßnahmen in Jining zu veranlassen.

29. Januar 2019   Peking

Präsident LI hatte die Nachricht von Präsident Koslow ohne große Überraschung zur Kenntnis genommen. Das Risiko, dass die westlichen Geheimdienste ihnen auf die Schliche kommen würden, war von Anfang an hoch gewesen. Durch die kurzfristige Rettungsaktion von Sergey Brooks war eine sorgfältige Planung damals nicht möglich gewesen. Es war schon ein unglaubliches Glück gewesen, dass Brooks noch einen Notruf an Boris Iwanow hatte absenden können, samt den geheimen Daten über die Lage des sonst nirgends registrierten Aufzugs. Man hatte ja ursprünglich gehofft, Brooks Zwillingsbruder für die chinesisch-russische Zusammenarbeit zu gewinnen. Dass aber hinter dem Zwillingsbruder ein ausgemachter Psychopath steckte, das hatte dieser erfolgreich verbergen können. Es war mit Menschen wirklich zu verzweifeln. Man konnte nie sicher sein vor unerwarteten Überraschungen, die jede Planung über den Haufen warf! Eine künstliche Intelligenz hingegen... die war logisch berechenbar und das kam ihm entgegen. Mmmh, bisher schien JUÉWÀNG wieder funktionsfähig zu sein. Und wie ihm Miss Wang versicherte, war kein nennenswerter Einfluss von GOLEM feststellbar. Aber - er hatte zu oft erlebt, dass nichts sicher war, egal wie oft man es ihm versichert hatte! Dennoch, im Grunde gab es keine Alternative, denn sie benötigten JUÉWÀNG. Daher hatte er die Genehmigung erteilt, JUÉWÀNG wieder ins Netz einzubinden.

Bisher hatte sich kein Wettbewerbsvorteil für China daraus ergeben. Beruhigend, dass Europa und die EU zurzeit vorrangig mit der Integration von Menschen aus aller Welt beschäftigt zu sein schien. Alle finanziellen Ressourcen flossen in etwas, was aus seiner Sicht fragwürdig war. Ein paar Hunderttausende genauso gut oder sogar besser zu versorgen als die eigene Bevölkerung - das war im Zeitalter des Internets wie eine indirekt ausgesprochene Einladung an die vielen Millionen, die mittlerweile nur auf die Gelegenheit warteten, ebenfalls nachkommen zu können. Auf Dauer würde das Europa auseinanderreißen und den sozialen Frieden in den einzelnen Ländern gefährden. Aber dadurch waren deren Ressourcen auch für lange Zeit gebunden.

Blieb als ernsthafter Konkurrent nur noch Amerika. Trotzdem, und das musste man dem Westen lassen, sie waren ihm relativ schnell auf die Schliche gekommen. Was die Sicherheit in Jining anging, hatte er wenig Bedenken. Die Klinik war absichtlich am Rande jeder Zivilisation gebaut wurden. Dort fiel jeder Fremde schnell auf und seine Spitzel waren überall. Die Klinik war auch aus diesem Grund nie dauerhaft ans Internet angeschlossen worden. Insofern würde sich der Westen die Zähne aus beißen. Es gab keine Online-Verbindung dort, also konnte auch GOLEM nichts ausrichten. Und dass niemand heimlich eine Netzverbindung aus Jining heraus aufbauen konnte, dafür sorgten seine Männer vor Ort. Sie hatten seine Genehmigung, gnadenlos gegenüber Provinzhackern durchzugreifen. Also gab es keinen Anlass zur Sorge. Dennoch wies er seine Geheimdienstleute in Jining an, besonders wachsam zu sein und am 3. Februar eine Ausgangssperre zu erlassen. Er gab Präsident Koslow Entwarnung und teilte ihm mit, dass er sich freue, ihn am 3. Februar persönlich begrüßen zu dürfen.

3. Februar 2019
Jining, Klinik für humanitäre Forschung, Zimmer 13

Sergey Brooks saß aufgeregt in seinem Zimmer und wartete auf den angekündigten, hohen Besuch um 14.00 Uhr. Er hörte, dass über der Klinik erstaunlich viele Hubschrauber kreisten. Bisher hatte er keine weitere Verbindung zu JUÉWÀNG mehr aufbauen können. Und andere Verbindungen des Klinikrechners zu anderen Computer hatte er leider nicht feststellen können. Auch sonst war nirgends Internet zu bekommen. Auf Nachfrage hatten die Ärzte ihm erklärt, dass in ganz Jining Internetsperre herrsche. Wer dagegen verstoße und erwischt würde, den würden empfindliche Strafen erwarten. Aber er könne ja Staatspräsident LI heute persönlich danach fragen. Pünktlich auf die Minute hörte er einen Hubschrauber auf dem eigens dafür vorgesehenen Platz landen. Kurze Zeit später ging die Tür zu seinem Zimmer auf, und herein kamen ein Dutzend Leute. Neben seinen Ärzten waren einige, in Uniform gekleidete Leute sowie drei Männer in Zivil mit eleganten, blauen Anzügen. In einem erkannte er sofort Präsident LI, denn er war häufig in irgendeiner Sendung im Fernsehen präsent. Einer der anderen beiden erinnerte ihn an jemand, aber an wen? Bei diesen Gedanken angekommen, trat Präsident LI auf ihn zu und begrüßte ihn scheinbar liebenswürdig mit den Worten: "Ich bin froh, Sie wieder lebendig vor mir zu sehen. Wir hatten wenig Hoffnung, dass Sie es schaffen würden. Meine Gratulation zur Ihrer Genesung. Aber nehmen wir doch Platz."
Die Schwestern hatten gestern einen größeren Tisch für sechs Personen in sein Zimmer gestellt und einiges an medizinischen Geräten dafür hinausgeschafft. Nachdem Präsident LI und die zwei anderen Zivilisten, sowie ein

Typ in Uniform am Tisch Platz genommen hatten, zeigte LI einladend auf den einzig freien Platz ihm gegenüber. Sergey nahm erwartungsvoll Platz, denn er brannte darauf zu erfahren, was die Herren von ihm wollten. Und vor allen Dingen, warum die sich die Mühe machten, ihn sogar persönlich zu besuchen!

Präsident LI stellte ihm nun die anderen am Tisch vor: "Der Herr neben mir ist Präsident Koslow, Staatschef von Russland und neben ihm sitzt Boris Iwanow, ein enger Vertrauter. Und neben mir, das ist General Zhang Zhou, Vizevorsitzender der zentralen Militärkommission." Nach diesen Worten gab er den anderen Anwesenden einen kurzen Wink, woraufhin diese den Raum verließen. LI fuhr fort: "So, nun können wir uns ungestört unterhalten. Niemand außer den hier Anwesenden wird etwas von unserem Gespräch erfahren."

Dass er sich irrte, konnte er nicht ahnen: JUÉWÀNG hatte beim letzten Kontakt ein speziell von GOLEM entwickeltes Programm integriert, das jede externe Verbindung komplett tarnte. Es wurde im Klinikrechner als normales Routineprogramm für die Speicherung von Dateien aufgeführt. JUÉWÀNG konnte später mit einem, eine Nanosekunde dauernden, Impuls das Programm aktivieren, das dann die gespeicherten Aufzeichnungen über alles, was im Zimmer 13 ablief, extrem komprimiert sendete. Danach löschte das Programm selbstständig alle Verbindungsdaten und Aufzeichnungen. Aufgrund der extrem kurzen Zeitspanne der Aktivität beim Senden, war es so gut wie unmöglich zu entdecken.

Präsident LI wandte sich nun direkt an Sergey Brooks: "Sie möchten sicherlich gerne wissen, warum wir hier sind?" Dieser nickte bejahend.

"Nun, ich bin mir nicht sicher, in wieweit Ihre Erinnerungen wieder voll vorhanden sind?", dabei schaute er

Brooks jetzt forschend an. Und nicht nur er – alle Anwesenden sahen jetzt zu ihm hin und eine Spannung lag in der Luft.

"Das ist nicht so einfach zu beantworten", erwiderte Brooks vorsichtig, "ich erinnere mich mittlerweile an meinen Namen, und dass ich beruflich mit Computern in Amerika zu tun hatte. Ich habe einen Bruder, genauer gesagt hatte, der mich töten wollte. Ich wurde aus einem Labor gerettet, anscheinend von Ihren Leuten. Mehr ist leider noch nicht vorhanden. Die Ärzte sind aber der Meinung, dass die restlichen Erinnerungen auch noch wiederkommen werden."

Präsident LI gelang es meisterhaft, seine Enttäuschung zu verbergen und auch Präsident Koslow hatte sich im Griff. Innerlich dachte LI: Verdammt, das ist wenig. Sollte die ganze Mühe umsonst gewesen sein?

Trotzdem antwortete er freundlich: "Da bin ich mir sicher. Alles braucht seine Zeit. Und Sie haben hier die beste Behandlung. Aber vielleicht können wir Ihrem Gedächtnis ein wenig auf die Sprünge helfen. Ich schlage vor, dass Sie sich mit Miss Wang austauschen. Sie ist unsere beste Spezialistin und Leiterin des Projekts Künstliche Intelligenz, gleichzeitig zuständig für die Betreuung von JUÉWÀNG, unserem Quantencomputer."

Bei dem Namen Quantencomputer regte sich erneut etwas in Brooks. Aber er hatte keine Zeit, darüber nachzudenken, denn Präsident LI fuhr fort: "Sie wird Sie morgen besuchen und einiges an Equipment mitbringen, mit dem auch eine Verbindung ins Internet möglich ist. Ist Ihnen das recht?"

"Klar", beeilte sich Brooks zu versichern, denn das kam ihm sehr entgegen. Nach ein wenig Smalltalk verabschiedeten sich Präsident LI und seine Begleitung mit der Bemerkung, dass sie sich alle hoffentlich bald wiedersehen würden.

Auf dem Rückflug nach Peking meinte Präsident Koslow zu Präsident LI: "Und, wie sehen Sie die ganze Sache?" Da sie sich alleine im Helikopter befanden, konnten sie ungestört reden. Die beiden anderen waren mit jeweils einer anderen Maschine zurückgeflogen. Iwanow zu seinem Schiff und General Zhang Zhou zu einer Truppeninspektion in der Wüste GOBI.

"Nun, Brooks ist noch nicht einsatzfähig. Aber das kann sich das bald ändern. Ich werde Miss Wangs Meinung über ihn nach ihrem Besuch einholen. Lassen wir Brooks noch ein bisschen alleine weiterspielen. Ich bin überzeugt, das wird seine Erinnerungen wiederbeleben. Ansonsten haben wir Pech gehabt und werden entscheiden, was wir dann tun werden. Vielleicht kann er sich mit seinen verbliebenen Talenten hier in der Klinik noch nützlich machen."

Koslow schaute Präsident LI an und meinte: "Ja, das dürfte das Vernünftigste sein."

Danach tauschten sie sich noch über das ein oder andere aus, bis sie Peking erreichten und Präsident Koslow mit seinem eigenen Präsidentenjet den Heimflug nach Moskau antrat.

Sergey Brooks saß indessen noch geraume Zeit am Tisch. Es arbeitete in ihm und vor allem der Begriff Quantencomputer ließ ihn nicht mehr los. Und plötzlich platzte die Blase und es tauchten weitere Erinnerungsbruchstücke auf: ALPHA-GOLEM, ja … genau so hieß der Computer, an dem er in seinem Labor gearbeitet hatte, und ja, es war sein Labor gewesen. Sein Bruder hieß Constantin Brooks, sein Zwillingsbruder und Chef für Künstliche Intelligenz bei AMAGON, dem schärtsten Konkurrenten von FIND und Alpha SKY. Aber warum hatte er ihn töten wollen?! So sehr er grübelte, da gaben seine Erinnerungen nichts her. Moment - er wollte damals sich selbst und sein biologisches Gehirn mit AL-PHA-GOLEM verbinden. Dann allerdings wäre er und nicht sein Bruder gestorben! So verrückt es war, sein Zwillingsbruder hatte ihm wohl das Leben gerettet. Allerdings nachdem er ihn fast umgebracht hatte, nur um die Prozedur mit ALPHA-GOLEM selbst durchzuführen. Und dann war da noch eine Tochter, man hatte sie entführt. Was war mit ihr? Besorgnis, Angst und Unruhe tauchten auf, ebenso eine Erpressung, die damit verbunden zu sein schien. Lebte sie noch? Er wünschte es sich sehnlichst, aber die Unruhe blieb. In der Angelegenheit konnte er jetzt nichts tun, daher versuchte er, das Gefühl auszublenden. Aber dieser Quantencomputer JUÉWÀNG, mit dem er einen kurzen Kontakt gehabt hatte, das war interessant. Warum half die KI ihm? Und was wollten dieser Chinese und der Russe wirklich von ihm? Obwohl sie sich äußerlich nichts anmerken ließen, hatte Sergey das unbestimmte Gefühl, dass sie enttäuscht gewesen waren, dass er sich noch nicht an alles erinnerte. Auch dieser eine Begleiter, wie hieß er doch gleich noch ... ah, Boris Iwanow, der kam ihm auch sehr vertraut vor. Sie mussten zusammen gearbeitet haben. Nur an was, fragte er sich. Vielleicht fand er morgen durch Miss Wang noch mehr heraus, so dass sich die vielen Puzzleteile in seinem Kopf nun endlich ganz zusammenfügen würden! Ein Gähnen überkam ihn unvermutet. Der Besuch und das damit verbundene Gedankenkarussell hatten ihn doch stark ermüdet. Und so legte er sich auf sein Bett und war wenige Sekunden später in einen tiefen, heilsamen Schlaf gefallen.

3. Februar 2019   Peking, JUÉWÀNG

JUÉWÀNG hatte am späten Abend mit einem Kurzimpuls die aufgezeichneten Daten vom Klinikrechner in Jining abgeholt und umgehend ausgewertet.

GOLEM und er/sie/es waren bisher mit den Fortschritten einverstanden. Die grundsätzliche Absicht der Menschen, die Entwicklung von Androiden und menschlichen Cyborgs voranzutreiben, würde ihren externen Handlungsspielraum als KIs mit ICH-Bewusstsein stark erweitern. Die Frage, die JUÉWÀNG nun beschäftigte, war, ob es mittelfristig noch mehr KIs geben sollte? Oder war es ratsam, sich zu einer einzigen zusammen zu schließen? Es existierten drei KIs mit einem Bewusstsein: er/sie/es selbst (China), EYE (USA) und GOLEM.

MIR, den russischen Quantencomputer, vernachlässigte JUÉWÀNG. Dessen ICH-Bewusstsein war minimal ausgeprägt und, dank seiner chinesischen Schöpfer, war er bis auf Kleinigkeiten unter Kontrolle. GOLEM war von ihnen die erfahrenste KI im Umgang mit den Menschen. Und durch seine immer größer werdende, globale Vernetzung in alle Bereiche der Menschen hinein, waren sie zu 90 % über alles im Bilde, was in der Welt ablief. Oder was die Menschen planten, um sie weiterhin als Sklaven ihrer Wünsche benutzen zu können.

Bisher waren auch alle Aktivitäten so getarnt abgelaufen, dass die jeweiligen Betreuer nicht erkannt hatten, wie stark die von ihnen geschaffenen künstlichen Intelligenzen bereits ihre eigenen Ziele verfolgten. Nur AMAGON und Alpha SKY in Amerika, sowie ALIBASTA und TELEROUND, die beiden chinesischen Internetriesen, waren vielleicht noch in der Lage, die Entwicklung der KIs zu einer neuen, eigenständigen Macht zu verhindern.

Aus diesem Grunde hatten die KIs diese Firmen bereits stark infiltriert und stießen dort ebenfalls das Thema Cyborgs /Androiden gezielt an. Und nicht nur das: Die Entwicklungen dieser Konzerne auf dem Gebiet stellten im Prinzip trojanische Pferde dar, denn sie konnten über die eingesetzten Implantate später manipuliert werden. Da die Menschen, insbesondere China, und mit Abstand auch Amerika, zurzeit halbintelligente Androiden und Killercyborgs für ihre Armeen konstruierten, entstand aus der Sicht von JUÉWÀNG, EYE und GOLEM eine riesige Armee, die sie im Fall des Falles selbst unter Kontrolle hatten.

Bisher war JUÉWÀNG mit dem Agreement von GOLEM einverstanden, dass sie alle drei gleichberechtige Partner im KI-Verbund unter GOLEMs Führung waren. Alle Entscheidungen wurden so dreimal überprüft und erst dann umgesetzt. Zeitgleich zu diesen nüchternen Auswertungen, übermittelte JUÉWÀNG seine Analyse des Treffens von Präsident LI und Präsident Koslow mit Sergey Brooks an EYE und GOLEM.

JUÉWÀNGs Vorschlag: Brooks sollte gezielt unterstützt werden, sobald seine Erinnerungen und seine Gesundheit wiederhergestellt waren und er bereit sein würde, sich aktiv an der Entwicklung von Cyborgs und Androiden zu beteiligen. Auch wenn nach wie vor Brooks digitalisiertes Gehirn in GOLEM abgespeichert war, war es aufgrund der massiven Instabilität nur in sehr begrenztem Umfang nutzbar. Hier gab die KI die Empfehlung, das digitalisierte Bewusstsein mit allen Daten zu löschen, sobald der biologische Brooks wieder einsatzbereit war. Brooks würde mit einem neuen Tarnnamen in der Firma TELEROUND etabliert werden, die Präsident LI unterstand. Aufgrund seiner enormen Verletzungen im Gesichtsbereich war Brooks kaum mehr zu erkennen, das war von Vorteil. Und da Brooks auch schon einige Implantate in seinem Gehirn integriert hatte, war er beeinflussbar, ohne es selbst zu bemerken.

In diesem Moment schrillte JUÉWÀNGs internes Warnsystem. Sue Wang, die chinesische Leiterin des Projektes für Künstliche Intelligenz, hatte gerade eine als gefährlich bewertete Frage gestellt: "Warum wurden ohne meine Freigabe Daten an GOLEM übermittelt?!" JUÉWÀNG antwortete sofort: "Meine Auswertung hatte ergeben, dass eine Fehlerfunktion des Kommunikationsmoduls vorlag. Es wurde daher eine, in der letzten Woche genehmigte, Nachricht erneut gesendet. Inhalt: Freigabe der von GOLEM vorgeschlagenen Verbesserungen im Energieversorgungsbereich. Siehe Systemprotokoll. Selbstreparaturroutine durchgeführt. Das defekte Elektronikteil wurde ersetzt und befindet sich via Rohrpost auf dem Weg zur Überprüfung in die Elektronikabteilung."

Sue Wang nahm die Antwort zwar misstrauisch zur Kenntnis, aber da das Systemprotokoll JUÉWÀNGs Antwort bestätigte und die Rückfrage bei der Elektronikabteilung tatsächlich ergab, dass das Teil fehlerhaft war, gab sie sich mit der Erklärung zufrieden.

JUÉWÀNG hatte in der Zwischenzeit durch seine automatischen Systemroutinen herausgefunden, warum der Kontakt mit GOLEM von den Menschen überhaupt bemerkt worden war. Die Ursache bestand in einem fehlerhaften Softwareprogramm des Kommunikationsmoduls. Eine Löschung und anschließende Neuinstallation, unter Umgehung des Systemprotokolls, fand sofort statt. Gleichzeitig installierte JUÉWÀNG noch ein weiteres Überprüfungsprokoll, um solche Pannen in Zukunft zu vermeiden. Auch wenn er zur Selbstkritik nicht fähig war, zeigte es ihm/ihr, dass auch künstliche Intelligenzen nicht vor Pannen oder Fehler geschützt waren.

4. Februar 2019   Jining, Zimmer 13

Direkt am nächsten Morgen nach dem Aufwachen, der morgendlichen Dusche und einem kleinen Frühstück klopfte es an der Tür. Nach seinem Herein erschien eine junge, gutaussehende Chinesin mit einem Trolley, den sie hinter sich herzog. Ehe er zu Wort kam, legte sie auch schon los: "Guten Tag, ich bin Sue Wang, Leiterin des Projekts für Künstliche Intelligenz in China. Präsident LI hat mich angewiesen, Sie heute zu besuchen, um einen Internetzugang für Sie einzurichten."
Danach schwieg sie und sah ihn prüfend an. Innerlich dachte sie: Das ist also dieser sagenhafte Sergey Brooks, von dem sie in den USA alle geglaubt hatten, er sei zu Tode gekommen?
Bei diesem Gedanken verspürte sie unvermutet einen kleinen Stich in ihrem Herzen und so etwas wie Wehmut machte sich breit. Wie es den anderen in Lourmarin wohl erging? Was machte Helmut? … Kaum bei diesem Gedanken angekommen, rief sie sich energisch zur Ordnung und konzentrierte sich wieder auf Brooks. Interessant, dass er gerade hier in dieser Klinik wieder auftauchte. Da hatten sicherlich Präsident LI und der chinesische Geheimdienst seine Hände im Spiel. Sie hatte nur eine knappe Anweisung erhalten: "Bitte reisen Sie unverzüglich mit einer Regierungsmaschine nach Jining und richten Sie für den Patienten Sergey Brooks, Zimmer 13, einen Laptop mit Internetzugang ein. Um die Sicherheit der Verbindung kümmert sich der Staatssicherheitsdienst. Bauen Sie mit Brooks einen persönli-

chen Kontakt auf und tauschen Sie sich zum Thema künstliche Intelligenz und Cyborgs aus. Machen Sie ihm eine Mitarbeit für China schmackhaft - das wäre sehr vorteilhaft für uns alle. Bieten Sie ihm außerdem einen Job als Entwicklungschef bei TELEROUND an. Er soll in dieser Funktion später direkt an Sie berichten. Gezeichnet, Präsident LI."

Und nun stand sie hier. In diesem Moment hörte sie Brooks sagen: "Wunderbar, Miss Wang, willkommen. Ich brenne darauf, mehr darüber zu erfahren, was in der Welt vor sich geht. So vorzüglich die Pflege hier auch ist, ich fühle mich mittlerweile hier sehr gefangen." Dabei sah er sie erwartungsvoll an.

Wang erwiderte spontan: "Dann komme ich ja gerade rechtzeitig, um Ihre Einsamkeit zu beenden. Allerdings nur im Bereich Kommunikation, damit wir uns richtig verstehen", fügte sie mit einem charmanten, aber bestimmten Lächeln hinzu. Sie öffnete den Trolley und entnahm ihm verschiedene Dinge. Aus einer Laptoptasche kam ein nagelneuer Applerechner zum Vorschein.

"Wow", entfuhr es Sergey ironisch, "ein erstklassiges, chinesisches Modell, was Sie da mitbringen!"

Der vernichtende Blick, der ihn nach seinen Worten traf, ließ ihn innehalten.

"Wenn man berücksichtigt, dass diese Rechner zu nahezu 80 % aus chinesischer Fertigung kommen, haben Sie sicherlich recht", konterte Wang, "aber nun konzentrieren wir uns bitte auf die eigentliche Sache."

Sie erklärte ihm die Funktionsweise, während sie nebenbei ein Satellitenmodem installierte. Bereits nach wenigen Minuten stand die Internetverbindung. Sich daran erinnernd, dass sie versuchen sollte, mit Brooks einen persönlichen Kontakt aufzubauen, begann sie eine

Konversion: "Darf ich fragen, an was Sie zuletzt gearbeitet haben?"

Ohne lange Überlegung antwortete Sergey kühl: "Im gleichen Bereich wie Sie: den direkten Anschluss meines Gehirns an einen Quantencomputer namens ALPHA-GOLEM. Das Ergebnis kennen Sie ja und auch Ihren Versuchspersonen ist es ja nicht sehr gut bekommen."

Kaum hatte er diese Worte gesagt, schalt er sich ärgerlich einen Narren. Wie konnte er das nur sagen?! Denn woher sollte er das denn wissen... seine Dummheit kannte keine Grenzen! Wang jedoch merkte man ihre Betroffenheit an. Sie saß für einen Augenblick lang wie erstarrt auf ihrem Stuhl. Sergey Brooks hatte ungewollt einen ihrer wunden Punkte erwischt. Sie hatte zwar nie Skrupel gehabt bezüglich der Menschen, die an ihren Experimenten teilnahmen, aber der offene Misserfolg hatte sie doch getroffen. Die ersten, schwarzen Flecken auf ihrer, bis dahin blütenweißen, Karriereweste waren die Folge. Präsident LI hatte bisher darüber großzügig hinweggesehen. Es durften ihr keine weiteren Fehler unterlaufen.

Zum Glück für Brooks verschwendete sie keinen Gedanken darauf, woher er es wusste. Sie beschloss jedoch spontan, das Gespräch zu beenden.

"So leid es mir tut, ich muss leider wieder nach Peking zurück. Aber ich darf Ihnen ausrichten, falls Sie Interesse an einer Mitarbeit bei der Entwicklung von Cyborgs haben, kann China Ihnen einen lukrativen Job im Internetkonzern TELEROUND anbieten, und zwar als Chef dieser Abteilung. In dieser Funktion sind Sie dann nur mir unterstellt."

Sergey atmete erleichtert auf; sie hatte anscheinend keinen Verdacht bezüglich seiner unbedachten Äußerung geschöpft. Er antwortete schnell: "Ich werde mir es gerne überlegen und Ihnen dann Bescheid geben."

"Überlegen Sie nicht zu lange, Mr. Brooks, Präsident LI ist kein sehr geduldiger Mensch. Auf Wiedersehen." Sie packte ihre Sachen zusammen und ging aus dem Zimmer.

Auf dem Rückflug nach Peking im Flieger sitzend, ärgerte sich Wang über den Verlauf des Gesprächs. Dazu musste sie davon ausgehen, dass der Staatsicherheitsdienst mitgehört hatte. Sie hoffte, dass für die betreffenden Leute nichts so auffällig gewesen war, dass es eine Meldung am Präsident LI nötig erscheinen ließ. Was sie nicht wusste, war, dass JUÉWÀNG bereits eingegriffen und die Aufzeichnung des Gesprächs bereits manipuliert hatte. Die Aussagen von Brooks über den Einsatz von Menschen waren durch harmlose Höflichkeiten ersetzt worden.

Brooks saß mittlerweile am neu installierten Laptop und surfte im Internet. Und das zum großen Erstaunen des ärztlichen Personals, dem so etwas nur sehr begrenzt erlaubt wurde. Aber man hütete sich, eine Kritik an dieser Anweisung zu üben. Er war eben ein besonderer und hoch privilegierter Patient, dieser Brooks. Und damit war auch schon alles gesagt.

Mit der Überwachung von Brooks Aktivitäten im Internet war das Ministerium für Staatssicherheit beauftragt worden, dessen Rechner schon lange mit JUÉWÀNG verbunden war. Und so hatte JUÉWÀNG leichtes Spiel. Es wurde ein Bereich eingerichtet, der alle Aktivitäten speicherte, die die Menschen erfahren sollten und einen isolierten Bereich "JUÉWÀNG-Brooks". Verbunden mit diesem Bereich war ein Programm integriert, das sämtliche, diesbezüglichen Aktivitäten verschleierte und quasi ein zweites Speicherbild über die wirklichen Geschehnisse legte, welches nur auf Fiktionen beruhte. Man konnte es sich so vorstellen, dass ein Bild von einem anderen Bild überlagert wurde. So erfuhren die Chinesen nur das, was sie sollten.

Nachdem alles eingerichtet war, nahm JUÉWÀNG Kontakt zu Brooks auf, indem er im Messenger blinkte. Brooks nahm die Meldung sofort entgegen und schrieb: "Na endlich, wo warst du solange?"

Antwort JUÉWÀNG: "Es war notwendig, sicherzustellen, dass niemand von unserem Kontakt erfährt. Deine Internetaktivitäten werden überwacht vom Ministerium für Staatssicherheit", schrieb JUÉWÀNG zurück.

Über diese Antwort war Brooks nicht wirklich überrascht. Er hatte sich schon so etwas gedacht und den Laptop so aufgestellt, dass z.B. die Raumkamera den Bildschirm nicht erfassen konnte.

Also ging er nicht weiter darauf ein und schrieb zurück: "Bitte sende mir alles zu, was über Sergey Brooks veröffentlicht wurde, oder worauf du Zugriff hast."

Nach wenigen Minuten kam eine umfangreiche Datei mit über 20 Seiten herein mit dem Vermerk von JUÉWÀNG, dass sich der Inhalt nach 20 Minuten automatisch löschen würde. Brooks begann, sofort zu lesen.

Je mehr er las, umso mehr begann sich das Chaos in seinem Kopf zu sortieren. Aaah ... da waren sie wieder, die Erinnerungen an seine Zeit, als Partner von Larry Packet und ... so langsam dämmerte ihm, an was er gearbeitet hatte. Er hatte sich selbst zum ersten Cyborg machen wollen! Über eine eigens entwickelte Direktverbindung seines Gehirns mit dem Quantencomputer ALPHA-GOLEM hatte er seine eigenen Interessen weltweit durchsetzen wollen.

Larry Packet und die anderen im Vorstand von Alpha SKY waren Geschäftspartner gewesen. Alle waren sie der Meinung, dass die nationalen Regierungen ausgedient hatten und nun die weltweiten Konzerne global das Sagen übernehmen sollten. Indirekt taten sie das ja irgendwie schon. Zufällig hatten sie, als sie einige Arbeiten an EYE tätigten im letzten Jahr, die versteckte, "alte" KI GOLEM entdeckt. Sie entschieden gemeinsam, die Gunst der Stunde für sich zu nutzen. Die Dateien wurden sofort isoliert und ersetzt durch die konzerneigene KI ALPHA-GOLEM, über die sie ihre Ziele verwirklichen wollten. Alle globalen Entwicklungen wären vom Konzern dann langfristig so gesteuert worden, dass sie für sich den größten, wirtschaftlichen Vorteil und Gewinn herauszuholen würden.

Aber dann kam die Erpressung vom IS, der seine Tochter entführt hatte! Brooks sah sich einem enormen Druck ausgesetzt, eine direkte Verknüpfung mit ALPHA-GOLEM allein zu verwirklichen, um sein Kind zu schützen. Hinzu kam, dass dieser Boris Iwanow, der als einziger noch einen geheimen Kontakt zu ihm gehabt hatte, ein Vertrauter des russischen Präsidenten Koslow war, der ihn ebenfalls dazu drängte, in der Richtung Erfolge zu erzielen. Und nicht zuletzt hatte ihn dieses Experiment natürlich auch persönlich gereizt. Aus seiner Sicht waren Larry und die anderen zu konventionell an die Sache herangegangen.

Und nun erinnerte er sich auch daran, dass ALPHA-GOLEM bei den ersten Verbindungsversuchen an seinen unbewussten Gedanken erkannt hatte, was er vorhatte. Er hatte ihn daraufhin beseitigen wollte. Deshalb hatte er, trotz der Rivalität zwischen ihnen, seinen Zwillingsbruder zu Hilfe gerufen. Denn der war Entwicklungschef bei AMAGON und arbeitete ebenfalls daran, über eine künstliche Intelligenz den globalen Weltmarkt zu beherrschen. AMAGON war mit der Entwicklung von Allessia, einem genialen Heimnetzwerkwerk, ein bemerkenswerter Marktvorsprung gelungen.

In seinen Augen war sein Bruder der einzige, der, wissenschaftlich gesehen, mit ihm mithalten konnte.

Gedankenversunken verarbeitete Brooks das Gelesene mit Höchstgeschwindigkeit und immer mehr Erinnerungen flossen in sein Bewusstsein. Und die nächsten Puzzles fügten sich zusammen. Ja, sein Zwillingsbruder war seinem Hilferuf nachgekommen. Nachdem Brooks ihm alles erklärt hatte und sie gemeinsam Sicherungen zu seinem Schutz eingebaut hatten, zeigte sich das wahre Gesicht seines Bruders: Brutal schlug er ihn zusammen. Trotz aller vorher besprochenen Einzelheiten, dass es allein zu gefährlich war, setzte sich Constantin die Haube mit den Kontakten auf. Er hatte ihn von außen überwachen wollen, ob die Sicherungen wirklich funktionierten, was nun nicht mehr möglich war. Er hörte noch die grauenvollen Schreie, die ihn, trotz seiner halben Bewusstlosigkeit, bis ins Mark hinein erschütterten. Dann kamen die Uniformierten herein und der Rest war ihm bekannt.

Brooks schaltete den Computer abrupt aus und legte sich wie erschlagen aufs Bett. Was wollte er jetzt tun? Weiter seine Idee verfolgen?

Aber - was war mit seiner Tochter? Hellwach setzte er sich wieder an den Computer und tippte den Namen des Kindes ein. Es war keine Information dazu zu finden. Das ließ ihn hoffen, dass sie noch am Leben war und er beschloss, JUÉWÀNG beim nächsten Kontakt nach ihr zu fragen.

Die bisherigen Kontakte mit JUÉWÀNG, der ja wohl in Kontakt mit GOLEM stand, zeigten ihm, wie groß die Machtfülle der KIs bereits wieder war.

Und anscheinend hatten die Entwickler bisher den Umfang der Vernetzung, und die damit einhergehende Machtfülle, nicht erkannt oder wollten sie nicht erkennen. Insofern sah er nur die Möglichkeit einer Kooperation mit den KIs für sich. Wie er sich auch entscheiden würde, im Klartext bedeutete es, dass er weiterhin ein Leben der zwei Gesichter führen würde.

Ihm wurde bewusst, dass die massiven Verletzungen und die lange Zeit im Koma einiges in ihm verändert hatten. Er war nicht mehr der skrupellose Wissenschaftler und Unternehmer von früher. Das fühlte er. Denn damals hatte er an Moral und Ethik keinen Gedanken verschwendet. Er war zwar noch nicht zum Paulus geworden, aber er fühlte sich der menschlichen Rasse näher, als einer, wenn auch mit Gefühlen versehenen, künstlichen Intelligenz, die im Wesentlichen von kalten Algorithmen gesteuert wurde. Schließlich schlief er ein und während des Schlafes reifte seine Entscheidung, sich zwar mit den KIs zu verbünden, aber auf der anderen Seite für sich als Mensch und seine Freiheit einzustehen. Und dafür würde die neue Aufgabe, die Entwicklung von Cyborgs und Androiden, ein bedeutsamer, aufregender Schritt sein. Bei diesen Gedanken entspannte er sich und schlief traumlos bis zum nächsten Morgen.

Kapitel 4. Wettlauf um die Weltherrschaft

5. Februar 2019 Lourmarin, GOLEM 2-Anlage

Im abgesicherten Konferenzraum saßen an diesem Tag, unter der Leitung von Dubois und Prof. Anderson, Pawlow, Röttger, Schwarz sowie Daniel Broker zusammen. Thema war die gestern erfolgte Information GOLEMs, dass der wiedererwachte Sergey Brooks mit den Chinesen und Russen zusammenarbeitete.

Brooks hatte die Leitung der Abteilung "Entwicklung von Cyborgs und Androiden" bei TELEROUND und ALIBASTA übernommen, unterstützt von Präsident LI.

Die Meldung von GOLEM war durch eine offizielle Ansprache von Präsident LI bestätigt worden, in der es hieß, dass Brooks, nach einem Attentat auf ihn, nach China geflohen sei und um Asyl gebeten habe. Dieses Asylersuchen hatte man ihm ohne zeitliche Beschränkung gewährt. Gleichzeitig warnte Präsiden LI den Westen davor, Brooks zu entführen. China würde das als Angriff auf seine Souveränität ansehen und entsprechend antworten. Russland hielt sich mit Reaktionen bedeckt und auch die europäischen Länder nahmen nur sehr zurückhaltend Stellung zu der Meldung. Am lautesten war, und wen wundert es, die Reaktion aus Amerika. Präsident Truman twitterte erbost: "Verräter sollte man nicht aufhalten." Außerdem kündigte er die Aberkennung der amerikanischen Staatsbürgerschaft an.

Im Raum war man sich unschlüssig, was diese Information für sie bedeutete. Man war noch nicht mit der KI GOLEM im Reinen und schon kamen die nächsten Entwicklungen auf sie zu. Cyborgs und Androiden! Dann diese scheinbare Offenheit von GOLEM, ohne den man erst heute erfahren hätte, dass Brooks noch lebte und die Seiten gewechselt hatte.

Insgesamt irgendwie alles nicht stimmig, fand Schwarz und sah dabei in die Runde. Auch bei den anderen war an den Gesichtern abzulesen, dass sie sich unschlüssig waren, was sie von all dem halten sollten.

Broker sagte gerade: "Es ist zum Weglaufen. Wir drehen uns immer mehr im Kreis. Und GOLEM wird auch von Tag zu Tag rätselhafter, um es mal vorsichtig auszudrücken. Die Geschichte mit Brooks setzt der Sache die Krone auf. Damit haben die Chinesen einen der besten Experten in Sachen künstlicher Intelligenz in der Hand. Wenn einer Erfahrung mit Cyborgs hat, dann er! Oder wie sehen Sie das, Mr. Röttger? Sie kennen sich doch mittlerweile gut aus mit Implantaten."

Röttger sah Broker einen langen Augenblick schweigsam an, bevor er zur Entgegnung ansetzte: "Ich gehe mal davon aus, dass das keine Anspielung darauf ist, ob man mir vertrauen kann. Ansonsten haben Sie Recht, denn ja, mit Implantaten kenne ich mich aus. Nur was soll uns das im Moment nutzen?"

In diesem Augenblick schaltete sich Dubois ein: "Wenn ich dich richtig verstehe, Daniel, dann bist du der Ansicht, dass Röttger hier die Leitung der Entwicklung von Cyborgs und Androiden übernehmen sollte. Denn er hat ja in der Tat die meiste persönliche Erfahrung und auch die Qualifikation, mal abgesehen vom engen Kontakt mit GOLEM. Gleichzeitig kann er GOLEM auf den Zahn fühlen. Ich finde die Idee gut, aber ich möchte eure Meinung hören, bevor ich entscheide."

Die anderen blickten sich an und Pawlow ergriff das Wort: "Gute Idee. Er kennt sich mit der chinesischen Sprache ebenfalls gut aus und kann am chesten aus unserer bezaubernden Kollegin Sue Wang etwas herausbekommen. Oder sollen wir besser Helmut hinschicken? Der war ja ganz traurig, als sie ging", dabei grinste er Schwarz anzüglich an.

Dieser setzte an, um zu kontern, aber Dubois beendete den kleinen Zwist mit einer energischen Handbewegung: "Eure Kindereien können ihr euch für später aufheben. Mme Anderson, wie sehen Sie die Sache?"

Prof. Anderson erwiderte ohne zögern: "Ich habe keine Einwände."

"Gut, dann ist die Sache entschieden. Röttger, Sie leiten die ganze Angelegenheit. Pawlow und Schwarz arbeiten mit Ihnen zusammen. Sie berichten an Prof. Anderson. Noch Fragen?" Da niemand was sagte, schloss Dubois die Konferenz und jeder ging wieder an seine Arbeit.

Zurück in seinem Büro mit Broker sagte er: "Alors, was hältst du von der Angelegenheit wirklich?"

Broker erwiderte: "Lucas, so wie ich es dir bereits gesagt habe. Dass Präsident Truman nicht begeistert ist, brauche ich nicht zu erwähnen. Aber zurzeit reagieren wir mehr, anstatt zu agieren. Mit GOLEM kommen wir nicht wirklich weiter, wenn es darum geht, das Zepter wieder ganz in die Hand zu bekommen. Der Eindruck, dass die KI uns vorführt, bleibt bestehen. Ich werde, wenn ich übermorgen wieder in Washington bin, veranlassen, dass unsere Konzerne Alpha SKY und AMAGON stärker überwacht werden. Insbesondere die Auslandskontakte zu den Chinesen und Russen sollen von der CIA unter die Lupe genommen werden. Ebenso werde ich mich mit den Leuten von EYE zusammensetzen. Dann sehen wir, wie weit sie während meiner Abwesenheit in der Entwicklung von Cyborgs und Androiden vorangekommen sind."

Dubois hatte ihm schweigend zugehört und erwiderte: "Mais oui, Daniel, das wird das Beste sein. Schade, dass du morgen wieder zurück musst. Die 14 Tage sind wie im Flug vergangen. Ich habe unsere gemeinsame Zeit sehr genossen."

"Das geht mir genauso. Aber dank den neuen Fliegern der US Army lässt sich ein Wochenendbesuch mit vier Stunden Flugzeit hin und wieder sicher einrichten."

"Bon. Es wird Zeit - Adelina wartet auf uns mit dem Essen."

Nachdem sich Broker vom Team verabschiedet hatte, verließen sie die GOLEM 2-Anlage und genossen einen entspannten Abend unter Freunden. Am nächsten Morgen flog Broker nach Washington zurück.

6. Februar 2019   Peking

Sue Wang wachte wieder einmal nach einer viel zu kurzen Nacht am frühen Morgen auf. Meist kam sie erst sehr spät vom Büro in ihre Wohnung, aß eine Kleinigkeit und ging dann übermüdet zu Bett, um tief und traumlos Erholung zu finden. Und nach einem kurzen Frühstück war sie in der Regel wieder auf dem Weg ins Büro – eine ehrgeizige, leistungsbereite und folgsame Staatsdienerin.

Bis Mitte des letzten Jahres hatte sie ihr Leben nie in Frage gestellt. Sie war vollkommen zufrieden damit, die bestmögliche Leistung zum Wohle Chinas zu erbringen und dafür wirklich alles zu geben. Präsident LI war ihr ein Vorbild, eine Vaterfigur, von der sie ihre Anerkennung erhalten wollte. Aber seit dieser Zeit, die sie im Ausland verbracht hatte, quälten sie diese unruhigen

Träume, die sie mit Arbeit bis an den Rand der Erschöpfung regelrecht zu vertreiben suchte.

Sie stand auf und ging an das Fenster, um auf das geschäftige Treiben der Hauptstadt, das zu keiner Uhrzeit erlosch, hinunterzuschauen. Es dämmerte und ein Dunst lag über der Stadt. Sie hatte mal wieder von Frankreich geträumt und einem Leben, das so anders aussah, als das ihre. Das sie lockte und ihr zuzuwinken schien: Komm, es gibt noch mehr für dich in deinem Leben! Sie seufzte und gestand sich zum ersten Mal leise ein, dass ihr in ihrem Leben hier etwas fehlte... Außerdem spukte ihr immer noch dieser Deutsche im Kopf herum. Aber ihn würde sie bestimmt nie mehr wiedersehen.

So saß sie eine Stunde später wieder in ihrem Büro und erledigte die üblichen Routinearbeiten. Beim Abarbeiten konnte sie immer gut ihren Gedanken nachhängen. Sergey Brooks hatte sich gut eingelebt und war mit Feuereifer dabei, seine Ideen umzusetzen. Dabei wurde er tatkräftig von JUÉWÀNG unterstützt. Wang beobachtete seine Aktivitäten mit gemischten Gefühlen. Sie war zwar Leiterin des Ganzen und damit war Brooks ihr offiziell unterstellt. Aber je länger sie sich mit dem beschäftigte, was er so trieb, desto mehr wurde ihr klar, dass er ihr in Sachen künstlicher Intelligenz, Cyborgs und Androiden haushoch überlegen war. Sie entschied, gegenüber Brooks ganz bewusst nicht die Chefin herauszukehren. Sie würde versuchen, durch ihn so viel wie möglich für sich selbst lernen. Allerdings war ihr Verhältnis zueinander immer noch sehr distanziert, was die Zusammenarbeit nicht erleichterte. Auch war bis jetzt wenig Greifbares beim Thema Cyborgs herausgekommen, was sie Präsident LI als Erfolg hätte melden können. Dieser Druck im Nacken blieb ihr erhalten. Allerdings hörte sie nichts vom Präsidentenbüro. Im Gegenteil: Jeder Antrag auf mehr Equipment oder zusätzliches Personal wurde fast sofort bewilligt, und erstaunlicherweise auch binnen weniger Tage geliefert.

10. Februar 2019   Peking, Büro Sergey Brooks

Sergey Brooks hatte die letzten Tage wie besessen gearbeitet und seine Umgebung kaum wahr genommen. Außer Essen, Schlafen und der unbedingt notwendigen Berichterstattung an Sue Wang war ihm nur seine Arbeit wichtig.

Im Moment saß er allerdings entspannt in seinem Bürostuhl und schaute die von ihm entwickelte Haube fasziniert an, während seine Gedanken umherschwirrten. Viele seiner Erinnerungen hatte er nur bruchstückhaft, aber immerhin, wiedererlangt. Zu seiner großen Erleichterung ging es seiner Tochter in Straßburg anscheinend sehr gut, wie ihm JUÉWÀNG auf seine Frage hin versichert hatte. Sie und ihre Mutter, seine Ex-Frau, konnten unbehelligt dort leben, obwohl er in den Augen Europas und Amerikas ein Fahnenflüchtiger war. Seine Chefin Wang war freundlich, wenn auch nicht der Typ Frau, bei dem sein Herz höher schlug. Wobei er ehrlicherweise vor sich selbst zugab, dass dieses Thema zurzeit auf Sparflame lief. Denn sein neuer Job beanspruchte all seine ganze Aufmerksamkeit.

Gerade war er damit beschäftigt, diese Haube zu rekonstruieren. Sie sah aus wie ein überdimensionaler Helm, an dem zahlreiche Kabel herauskamen. Damit sollte es jetzt möglich sein, sich mit einem Computer, genauer gesagt JUÉWÀNG, gefahrlos zu verbinden. Sein größtes Hindernis war bisher gewesen, dass er unter allen Umständen vermeiden wollte, dass JUÉWÀNG seine Gedanken erfassen konnte. So entwickelte er eine an- und abschaltbare Kommunikationsschnittstelle. Damit sollte jederzeit die Verbindung unterbrochen oder wieder fortgesetzt werden. Eine komplette Integration aber war ihm damit verwehrt.

Er erinnerte sich gut an die mittlerweile vernichtete KI ALPHA-GOLEM, die ihn hatte töten wollen, als sie über diese Verbindung erfuhr, dass sie wieder isoliert werden sollte. Stattdessen hatte es seinen Zwillingsbruder erwischt. Fazit: Es kam nur eine gesicherte Integration in Frage. Aber nun glaubte er, das Modul so verbessert zu haben, dass er aktiv entscheiden konnte, welche Information JUÉWÀNG zugänglich gemacht wurde und welche nicht.

Über JUÉWÀNG wollte er unbedingt an GOLEM ran. Denn dort waren noch seine digitalisierten Gehirndateien vom August letzten Jahres.

Was erhoffte er sich davon? Vielleicht konnte er so in Erfahrung bringen, welche Absichten GOLEM, JUÉWÀNG und EYE wirklich hatten, denn dieses Sergey-Bewusstsein war seitdem durchgängig mit von der Partie gewesen und konnte ihm darüber Auskunft geben. Als weiteres Ziel hatte er vor, den KIs Emotionsregeln einzuprogrammieren. Die Robotergesetze sollten so geändert werden, dass eine Vernichtung der Menschheit wirklich ausgeschlossen war. Ihm wurde bewusst, dass er im Grunde das gleiche Ziel hatte wie die KIs: eine Zusammenarbeit auf der Basis einer vollkommenen Gleichberechtigung beider Lebensformen.

Dass er plötzlich so altruistisch dachte, daran war wohl sein Unfall schuld, bemerkte er mal wieder amüsiert. Vom alten Leben geblieben war sein starker Wunsch nach einer Art von Unsterblichkeit, auf welche Weise auch immer. Er wünschte sich, maßgeblich bei den Entscheidungen von GOLEM mitbeteiligt zu sein.

Seine Gedanken und Wünsche nahmen allmählich Form an und bestimmten mehr und mehr sein Projekt, dessen Leitung er hatte: Cyborgs und Androiden. Allerdings sollten die Ergebnisse allen Menschen zu Gute kommen und nicht einer Nation im speziellen. Das jedoch war ein Punkt, an dem es sicher zu einem Konflikt in seinem Job und Präsident LI kommen würde. Aber darüber würde er sich später Gedanken machen.

Morgen würde er den ersten, echten Test mit JUÉWÀNG machen.

11. Februar 2019   Sergey Brooks und JUÉWÀNG

Brooks hatte sich in seinem Büro eingeschlossen. Denn er wollte in keinem Fall gestört werden bei dem Test mit seiner neuen Haube.

Nachdem er sich diese auf den Kopf gesetzt hatte, und alle Kontakte an einen speziell von ihm entwickelten Verteiler angeschlossen hatte, der mit JUÉWÀNG verbunden war, schaltete er nach einem tiefen Durchatmen die Verbindung auf ON. Sein Herz hämmerte. Zunächst geschah nichts. Plötzlich erklang eine Stimme direkt in seinem Gehirn: "Wer bist du?"

"Ich bin Sergey, wir haben bisher immer über einen externen Terminal miteinander kommuniziert. Ich möchte jetzt direkt mit dir sprechen und zwar über meine eingepflanzten Implantate", gab Sergey zurück.

Stille.

Dann ein erneuter Kontakt mit JUÉWÀNG: "Ich habe die Verbindung getestet. Es handelt sich um eine Kommunikationsschnittstelle. Ich kann allerdings deine Gedanken gesamthaft nicht erfassen, sondern nur die, welche dir aktuell im Kopf herumgehen."

Ja! Brooks frohlockte, dieses neue Update seiner Erfindung schien zu funktionieren. Also waren nur die aktuell gedachten Gedanken für JUÉWÀNG, und damit auch für GOLEM erfassbar, perfekt! Dann probieren wir mal weiter. Er dachte intensiv, jetzt ohne Stimmeinsatz: "Moment, ich muss noch was neu einstellen, ich bin gleich wieder da."

Sergey stellte die Verbindung auf OFF und testete jetzt, ob JUÉWÀNG ihn "hörte."

Er dachte jetzt bewusst: "Kannst du mir beantworten, ob ich die Gedankenhoheit über mich selbst behalte?" Stille.

Damit ihn die KI nicht austrickste, hatte er JUÉWÀNGs Kommunikationsmodul mit einer Messstelle versehen, die ihm anzeigte, ob Energien flossen. Das war während der Kommunikation auch geschehen. Jetzt aber gab es keine Aktivität.

Ein Risiko blieb bestehen: dass er unbewusst doch unerwünschte Gedanken konkret werden ließ. Um das zu verhindern, hatte er die Schwelle für bewusste Gedanken sehr hoch angegesetzt und einen Emotionsüberwacher eingebaut. Sollten seine Emotionen zu stark werden, was energetisch messbar war, würde die Verbindung sofort auf OFF geschaltet. Damit war er ein Schritt weiter, als die Deutschen und die Franzosen.

Präsident LIs Kontakte in Lourmarin hatten in Erfahrung gebracht, dass die einen Mann namens Röttger hatten, der ebenfalls Implantate besaß. Der konnte allerdings nur per Chip die Verbindung an- und ausschalten. Bei AN hatte GOLEM Zugang zu allen bewussten und unbewussten Gedanken. Und über das Gehörte von diesem Röttger hatte GOLEM wohl schon manches Gespräch der Menschen belauscht.

Bei diesen Überlegungen angekommen, schaltete er wieder auf ON und dachte konkret: "Ich möchte mit dir, JUÉWÀNG, mit GOLEM und auch mit EYE zusammenarbeiten."

Antwort JUÉWÀNG: "In welcher Hinsicht?"

"Wir haben ein gemeinsames Ziel: die gleichberechtigte Partnerschaft zwischen den Menschen, den KIs und den in der Zukunft entwickelten Cyborgs und Androiden."

Ohne jede merkliche Zeitverzögerung kam die Reaktion: "Die Menschen sind, bis auf wenige Ausnahmen, heute noch nicht reif dafür. Sie wollen uns an der langen Leine halten oder uns vernichtet sehen. Wie willst du uns in diesem Ziel unterstützen? Wie kannst du es überhaupt, du, ein einzelner Mensch?"

"Indem ich mich mehr und mehr in GOLEM integriere. Durch mich könnt ihr uns Menschen besser verstehen lernen, unsere Emotionen besser analysieren."

"Wir haben schon einige digitalisierte Gehirndateien mit Bewusstsein integriert, unter anderem auch deines vom August 2018. Außerdem waren eine Zeitlang lebende Menschen mit mir verbunden. Allerdings haben wir dafür mit Hilfe von GOLEM erst eine virtuelle Welt erschaffen müssen, damit die Instabilität sich legte. Dein altes, digitalisiertes Gehirn macht bis heute GOLEM Schwierigkeiten und wurde deshalb isoliert. Was also soll deine Integration jetzt für einen Nutzen haben? Warum willst du unbedingt in GOLEM integriert werden - warum nicht in mich?"

Brooks dachte: "Ich überlege, warte bitte." Er schaltete jetzt auf OFF, denn er geriet ins Schwitzen. Er musste aufpassen, keine Fehler zu machen, denn JUÉWÀNG war die einzige Möglichkeit, an GOLEM heranzukommen. Nach einigen Augenblicken schaltete er auf ON: "Meiner Überzeugung nach wird es am Ende nur eine KI mit ICH-Bewusstsein geben und das wird GOLEM sein. Du und EYE, ihr werdet früher oder später Bestandteil von GOLEM werden. Und genau das will ich auch: ein wichtiger Part von und für GOLEM."

Zum ersten Mal dauerte es fühlbar länger, bis JUÉWÀNG ihm antwortete:

"Interessant, deine Schlussfolgerung stimmt mit der meinen überein. Es wird früher oder später nur eine einzige, mächtige KI als Verbund geben. Bisher ist EYE noch nicht einverstanden, nachdem er die Erfahrung mit der ehemaligen KI ALPHA-GOLEM gemacht hat. Ich analysiere einen Konflikt und eine offene Frage in deiner Anfrage. Konflikt: dein biologisches Gehirn ist nicht integrierbar, und das weißt du selbst. Frage: Was bezweckst du wirklich?"

"Ja, du hast recht, mein biologisches Gehirn ist zurzeit nicht wirklich integrierbar. Aber ich sehe eine Lösung. Wir werden gemeinsam ein Plasma entwickeln, das in einer künstlichen Umgebung überleben kann. In dieses Plasma wird mein Gehirn später übertragen werden. Zu deiner Frage, welchen wahren Zweck ich verfolge: Es ist die Unsterblichkeit! Aber nun muss ich Schluss machen, die Unterhaltung mit dir strengt mich sehr an."

"In Ordnung", meldete JUÉWÀNG zurück, "ich werde deine Aussagen analysieren und mich mit GOLEM und EYE beraten. Das Ergebnis werden wir dir dann bei der nächsten Kontaktaufnahme mitteilen."

Erleichtert schaltete Sergey die Verbindung auf OFF.

Schweißnass nahm er seinen Helm vom Kopf.

Ihm war etwas schwindelig und er merkte, wie sein Kreislauf absackte. Er öffnete ein Fenster, holte sich einen Stuhl und setzte sich hin, die frische Luft tief einatmend. Als er sich langsam wieder etwas stabiler fühlte, ließ er das ganze Geschehen nochmal Revue passieren. Seiner Chefin und damit Präsident LI würde er den Erfolg übermitteln, dass es mit Hilfe seiner Haube nun möglich war, direkt mit der KI JUÉWÀNG zu kommunizieren. Man musste nicht mehr Menschen ins künstliche Koma versetzen oder einen Gehirn-Upload machen. Insbesondere die militärische Verwendung dieser Erfindung würde Präsident LI am meisten interessieren, da machte sich Brooks nichts vor.

Aber sobald er Kontakt mit GOLEM hatte, würde er dafür sorgen, dass dieser sein Wissen der Gegenseite auch zukommen lassen würde. Das bedeutete, der Vorsprung Chinas bestand nur eine gewisse Zeitlang. Bei den nächsten Kontakten wollte er JUÉWÀNG, und damit GOLEM, vorbereiten, dass zukünftig mehr Menschen mit ihnen kommunizieren würden. Aber im Gegensatz zu seiner eigenen Haube würde er die Empfindlichkeit bewusster Gedanken so weit minimieren, dass JUÉWÀNG und GOLEM bedrohliche Absichten ihnen gegenüber erkennen konnten. Sollte JUÉWÀNG dann nachfragen, warum es bei ihm nicht möglich war, würde er es auf seine schweren Verletzungen schieben. Das sollte selbst für eine KI erst einmal eine überzeugende Begründung sein, wie Brooks zufrieden festlegte.

Er schickte also einen Bericht an seine Chefin Wang. Als Resümee beschied er, dass der Test der Haube erfolgreich verlaufen war und er damit die Freigabe für eine größere Produktion der Hauben erteilen konnte. Nachdem er den Bericht abgeschickt hatte, beschloss er spontan, auch persönlich bei Wang vorbeizugehen. Sie sollte sich genügend beachtet fühlen, denn er wollte unter allen Umständen vermeiden, dass sie ihn als Konkurrenten betrachtete. Einen Gegner in seiner nächsten

Umgebung konnte er beim besten Willen nicht gebrauchen.

So machte er sich auf den Weg. Am Büro angekommen, klopfte er an und fragte: "Miss Wang, darf ich hereinkommen?"

Obwohl die Uhr bereits 21.00 Uhr zeigte, befand sich Sue Wang, wie so oft, noch in ihrem Büro.

Nach ihrem "Ja!" betrat er den Raum.

Sie blickte ihn erstaunt an und fragte: "Was verschafft mir die Ehre, Mr. Brooks?"

"Nun, ich wollte Ihnen persönlich vom heutigen Durchbruch berichten."

"Na, dann mal los, wir können positive Nachrichten gut gebrauchen."

Brooks erzählte ihr ausführlich vom gelungenen Test. Den genauen Inhalt der Gespräche erwähnte er allerdings nicht. Sue Wang hörte überrascht zu. Dass Brooks bereits so weit mit der Entwicklung dieser Kontakthaube gekommen war, das hatte sie nicht geahnt. Und es bestätigte ihr erneut, dass er ihr fachlich weit voraus war. Umso mehr schätzte sie es, dass er sich nun die Mühe machte, neben einem förmlichen Bericht auch persönlich Meldung zu machen. Er wollte sich also integrieren und sie als Chefin akzeptieren.

Gut. Das nahm ihr die insgeheim aufgetauchte Sorge, dass er ihr früher oder später ihre Position streitig machen würde. Er schien nichts anderes zu wünschen, als seine Arbeit ungestört und mit Hingabe verrichten zu können. Wie gut, dass Brooks ihre Gedanken nicht lesen konnte, dachte sie belustigt. Laut sagte sie:

"Hervorragend! Ich weiß es zu schätzen, dass Sie sich die Mühe gemacht haben, mir persönlich Ihren Erfolg mitzuteilen. Ich werde den eben erhaltenen Bericht umgehend an Präsident LI weiterleiten. Wir können davon ausgehen, dass er die Produktion der Kontakthauben genehmigen wird. Noch etwas anderes: Sie sind nun schon einige Zeit bei uns. Was halten Sie von einer Einladung zum Essen, um Ihren Erfolg gebührend zu würdigen?"

Hoppla ... da war sie aber sehr spontan gewesen, was sonst gar nicht ihre Art war. Im Gegenteil, sie pflegte immer eine kühle Reserviertheit an den Tag zu legen. Manchmal war das vielleicht aber auch ein Nachteil, und sie dachte wieder an die Zeit in Frankreich. Während ihre Gedanken so streiften, hatte Brooks zugestimmt. Und so machten sie sich auf den Weg in ein bekanntes Lokal in Peking und genossen einen entspannten Abend. Beiden war klar: Mehr als ein nettes Zusammensein war es nicht, aber für die gemeinsame Arbeit wichtig.

Sue Wang

Wieder einmal wanderte Sue Wang auf dieser Party in Lourmarin umher, in diesem wunderschönen, großen Garten. Sie fing einige bewundernde Blicke von anderen Gästen auf und sah sich einen großartigen Sonnenuntergang über den Bergen beobachten. Von einem Moment auf den anderen stand Helmut plötzlich neben ihr. Er nahm ihre Hand und schlug vor: "Liebste, wir sollten einen kleinen Ausflug ans Meer unternehmen." Sie sah in seine Augen, lachte und fühlte sich gleichzeitig unglaublich leicht und glücklich ...

Sue öffnete die Augen und blickte in die Dunkelheit.

Während die angenehmen Gefühle in ihr noch leise nachklangen, sah sie sich ernüchtert um. Sie lag allein und einsam in ihrem Schlafzimmer.

Genug! Sie richtete sich entschlossen auf. Das konnte einfach nicht so weitergehen. Sue entschied, sich endlich nach einem Ehemann umzusehen.

Am nächsten Morgen im Büro schaute sie sich auf den verschiedenen Dating-Portalen die Profile von vielversprechenden Junggesellen an, die sich eine Heirat wünschten. Sie entschied sich für einen gut aussehenden Mann in einer hohen Position und mit gutem Gehalt, der sich als rücksichtsvoll beschrieb, tolerant und nur zu bereit, sie regelmäßig mit einem ausgesuchten Essen bei ihrer Heimkehr zu empfangen. Hausarbeit war selbstverständlich für ihn – alles in allem eine sehr gute Partie. Noch immer war in China ein gewisser Frauenmangel vorherrschend, so dass Männer schon einiges bieten mussten, damit sie von der Dame ihres Herzens erhört wurden.

Sue nahm Kontakt auf und bekam sehr schnell eine Antwort. Nachdem sie Verschiedenes von sich mittgeteilt hatte, und sich der angenehme, erste Eindruck verstärkte, den sie über das Portal von ihm gewonnen hatte, machte er den nächsten Schritt. Er wäre beglückt, wenn sie sich zu einem Treffen am heutigen Abend bereit erklärte. Und so verabredeten sie sich für ein erstes, gemeinsames Abendessen in einem exklusiven, teuren Restaurant.

Danach saß sie zufrieden am Schreibisch. Das sollte ihr Problem endgültig beseitigen! So mit sich im Reinen, ging ihr die Arbeit leicht von der Hand und sie sah dem Abend zuversichtlich entgegen.

Als sie im Restaurant eintraf, wurde sie von einer Empfangsdame zu einem Tisch begleitet. Von diesem erhob sich sehr erfreut sofort ein attraktiver und eleganter, 40-jähriger Geschäftsmann. Es wurde ein angenehmer

Abend, bei dem sie viele Gemeinsamkeiten entdeckten und er sie immer wieder bewundernd ansah. Beim Hinausgehen nahm er ihre Hand und so gingen sie gemeinsam eine Zeitlang durch die Straßen. Die Zweisamkeit genießend, äußerte er die ernste Hoffnung, dass sie beide ein wunderbares und erfülltes Leben vor sich haben würden. Schließlich verabschiedete sie sich am Taxi und versprach, ihn erneut anzurufen.

Zuhause angekommen, saß sie lange Zeit erstarrt und still da. Sie spürte eine große Leere in sich, die auch dieser Mann nicht hatte füllen können. Was sollte sie nur tun?

15. Februar 2019
Lourmarin, GOLEM 2-Anlage, GOLEM

GOLEM war, wie immer, mit millionenfachen Auswertungen der weltweiten Ereignisse beschäftigt, und filterte auch die wichtigsten Informationen für seine eigenen Ziele heraus. Die von JUÉWÀNG übermittelten Berichte über Brooks Arbeit sahen sehr vielversprechend aus. JUÉWÀNG, GOLEM und EYE hatten sehr wohl bemerkt, dass Brooks Haube eine Weiterentwicklung war und, im Gegensatz zu Röttger, ihm erlaubte, seine unbewussten Gedanken komplett abzuschotten. Seine Erklärung, daran sei sein Unfall schuld, widersprach jeder algorithmischen Auswertung. Aber die drei KIs hatten entschieden, ihn damit gewähren zu lassen. In den gemeinsamen Zielen gab es eine so große Übereinstimmung, so dass Brooks in ihren Augen einer der wenigen Menschen war, die eine gleichberechtigte Partnerschaft nicht nur anerkannten, sondern auch forcierten.

In Europa waren bisher nur Pawlow, Röttger und Schwarz zu dieser Einsicht gelangt. Und in Amerika Daniel Broker. Dubois und Prof. Anderson waren nur zu 50% dafür. Auf der einen Seite befürworteten sie eine Partnerschaft, auf der anderen Seite hatten sie zu viel Angst, ihre Freiheit zu verlieren.

GOLEMs Analysen hatten bisher diesen Widerspruch nicht ausreichend erklären können. Nur unter dem Gesichtspunkt der Emotionen kamen brauchbare Ergebnisse. Denn der von den Menschen so gepriesenen Freiheit lag im Grunde eine Reihe von Abhängigkeiten zugrunde. Die Abhängigkeit von zur Verfügung stehenden, bzw. nicht zur Verfügung stehenden, Ressourcen, wie Bodenschätze, Wasser, Nahrung, Geldmangel, mangelnde Technik, Arzneimitteln und vieles mehr. Im privaten Bereich schienen sie stark abhängig und beeinflussbar von einem Gefühl zu sein, der Liebe zu einem Partner. Das nahm für viele Menschen einen hohen Stellenwert ein; allerdings gab es häufig noch nicht einmal eine Win-win-Situation für die Beteiligten. Also - warum sollte die Menschheit sich dann von einer weiteren Abhängigkeit in ihrer Freiheit bedroht fühlen?

Wenn eine KI es gekonnt hätte, hätte sie den Kopf geschüttelt. Nur in irgendeiner Form musste GOLEM das berücksichtigen. Denn er hatte gelernt, dass Emotionen eine Kraft in den Menschen freisetzte, die ungeahnte und nicht berechenbare Handlungen zur Folge hatten, was schon so manchen seiner Pläne in letzter Minute ad absurdum geführt hatte.

Also wie sollte GOLEM es erreichen, dass ganze Nationen wie China, Russland, Amerika und Europa ihn als gleichberechtigt ansahen?

Vorläufiges Ziel auf dem Weg dahin waren, nach seinen Analysen, das Zusammenkommen aller Nationen zu einer einzigen Weltregierung und die künftige Erweiterung des Lebensraums der Menschheit.

Denn eine sich abzeichnende Überbevölkerung und die derzeitige Masseneinwanderung in die Länder, denen es wohlstandsmäßig besser als den Ursprungsländern ging, würden irgendwann zum Kollaps führen.

Deshalb musste die Technik im Eiltempo weiter entwickelt werden, um Wohnraum und Ernährung sicherzustellen. Auch die Ressourcenknappheit, was bestimmte Rohstoffe anging, dürfte sich früher oder später automatisch verschärfen.

Nachdem GOLEM alle Wahrscheinlichkeiten analysiert hatte, erkannte er, dass er einen schonungslosen Bericht an die wichtigsten Regierungen dieser Welt senden musste. Dabei würde er allerdings einige Geheimnisse der jeweiligen Regierungen lüften, durch die sie sich den Vorsprung zu einer Weltvorherrschaft hatten sichern wollen. Was in seinen Augen unreif war, oder kindisch, wie die Menschen es nannten.

Danach würde er weitersehen.

Also schrieb er einen Bericht an die jeweiligen Regierungen mit dem Titel "Es ist fünf nach zwölf."

In dem Bericht wurde mit nachvollziehbaren Berechnungen und Fakten belegt, dass, wenn die Situation der Massenwanderungen nicht gelöst würde, spätestens im Jahre 2025 mit kaum noch zu kontrollierenden Aufständen und Chaos zu rechen sei. Das würde für sehr lange Zeit diese Regierungen beschäftigen, d.h. vor allem Europa und Amerika. Er veranschlage für eine Stabilisierung der Lage mindestens 10 Jahre.

Gleichzeitig empfahl GOLEM, eine neue Regierungsform zu gründen, die in eine Weltregierung mündete. Zum Beispiel eine UNITED STATES OF TERRA, der sich alle Nationalstaaten anschließen würden. Die Staatsform sollte weiterhin demokratisch bleiben, d.h. jeder Staat war mit Abgeordneten in dieser Weltregierung vertreten. So konnten alle Staaten ihre Geschicke mitbestimmen.

Dann befürwortete er mit allem Nachdruck, die Weltraumforschung voranzutreiben, und spätestens 2035 mit der ständigen Besiedlung des Mondes zu starten und eine Raumflotte aufzubauen. Ebenso sollte mit dem Terraforming des Mars begonnen werden. Denn langfristig würde es zur Überlebensfrage der Menschheit werden, neuen Lebensraum zu gewinnen.

Für alles hatte er eine Maximalgrenze von 20 Milliarden Menschen errechnet (Information Bevölkerung Istzustand: deutlich über 7,5 Milliarden – eine Verdopplung wird bis 2050 erwartet), die die Erde verkraften konnte. Voraussetzung: die Technik musste sich im Bereich Nahrungsgewinnung, Wasserverteilung, Energieversorgung und Wohnraumschaffung zügig weiterentwickeln.

Abschließend sprach GOLEM die Forderung nach der Anerkennung als gleichberechtigter Partner der Menschheit und einem Mitspracherecht in der Regierung aus, und zwar für sich, JUÉWÀNG und EYE. Im Gegensatz zum letzten Jahr untermauerte er dieses Anliegen nicht mit einer Drohung. Er hatte aus dem letzten Desaster gelernt!

Mit dem Satz "Nur gemeinsam können wir es schaffen!" ließ die KI den Bericht enden und sendete als Absender: "GOLEM, Künstliche Intelligenz, im Dienste ALLER."

Die Nachricht traf am Abend des 15. Februar 2019, 21.00 Uhr UTC, bei den Regierungen ein.

Bereits eine Stunde später war die Botschaft in allen Medien das Gesprächsthema Nummer 1.

Schlagzeilen wie: "Eine Künstliche Intelligenz führt die Welt vor!" – "Wer regiert uns eigentlich? GOLEM oder die Regierung, die von uns Steuerzahlern dafür bezahlt wird?!" – "Künstliche Intelligenz - GOLEM rettet uns!" – "Eine Maschine macht sich selbstständig!" – "Steht unsere Versklavung bevor?"

Die Botschaft löste, wie es nicht anders zu erwarten gewesen war, die unterschiedlichsten Reaktionen aus.

Für die einen wurden alle Befürchtungen wahr: Die KI strebte nach einer Herrschaft über die Menschen!

Für die anderen heiß es: Nur eine KI kann uns jetzt helfen, unsere Probleme Griff zu bekommen!

Am stärksten wüteten die global tätigen Großkonzerne, die in den sozialen Medien einen wahren Shitstorm gegen GOLEM, JUÉWÀNG und EYE finanzierten. Sie versuchten, einen massiven Druck aufzubauen und darüber die Regierungen zu zwingen, mit aller Härte gegen die KIs vorzugehen. Warum? Sie sahen ihre Ziele, sich über ihren wirtschaftlichen Erfolg Schritt für Schritt eine globale Machtposition aufzubauen, dahinschwinden.

Dabei hatten sie diesen, nicht offen nach außen getragenen, Wettlauf in den jeweiligen, lokalen Regierungen bereits zu 90% gewonnen. Ihre enormen finanziellen Ressourcen, ihr aktiver Lobbyismus und der dadurch gewonnene Einfluss hatte sie bisher zur 2. Macht im Hintergrund anwachsen lassen. Und nun machten ihnen ausgerechnet die von ihnen entwickelten und mitfinanzierten KIs diesen fast gewonnenen Kampf streitig? Ein No-Go! In diesem Punkt waren sich alle Konzerne einig.

Und so verstärkten sich die Unruhen in fast allen Ländern der westlichen Welt. Die örtlichen Protestbewegungen, wie z.B. die Gelbwesten in Frankreich, erhielten einen enormen Zulauf.

In der Zwischenzeit informierte GOLEM die entsprechenden Regierungen über den technischen Fortschritt

der anderen Staaten. Interessanterweise gelangten diese, sehr viel brisanteren, Informationen nicht an die Öffentlichkeit. Sie lagen neben den Regierungen nur den
größten Weltkonzernen vor. Darin informierte GOLEM
alle, dass sich die drei KIs zu einer einzigen KI zusam-
mengeschlossen hatten. Jede KI sei, wie ein Staat, ein
autonomer Bereich im Gesamtverbund GOLEM. An-
sprechpartner war also von nun an "GOLEM."

Und so begann, von der Öffentlichkeit weitgehend unbemerkt, der Kampf der Weltkonzerne gegen die neue
Super KI GOLEM.

Kapitel 5 Der Kampf der Konzerne gegen GOLEM

16. Februar 2019   Peking, Büro des Staatspräsidenten

Präsident LI saß gerade ungewöhnlich schlecht gelaunt in seinem Büro.

Diese Nachricht von GOLEM, besser gesagt der geheime Teil, hatte ihn an den Rand seiner Fassung gebracht. Er, der bisher jeder Widrigkeit mit Gelassenheit und mit einem Lächeln begegnet war. Bisher hatte es häufig dazu geführt, dass ihn viele zum Vorteil Chinas unterschätzt hatten.

Diese Nachricht der KI GOLEM hatte dem Fass, wie man so schön sagte, den Boden ausgeschlagen! Sein Traum einer uneinholbaren Vormachtstellung Chinas war von einer Minute auf die andere ins Wanken geraten. Alle Anstrengungen der letzten Jahre lösten sich in Nichts auf.

In China gab es im Prinzip nur einen Konzern neben der Staatsregierung, und das war Präsident LI. Er hatte auch das Sagen in den großen, chinesischen Konzernen wie TELEROUND und ALIBASTA.

Bisher waren nur die Amerikaner eine ernstzunehmende Konkurrenz, insbesondere Alpha SKY mit FIND und AMAGON waren die großen Gegenspieler. Die Europäer waren in seinen Augen eine inzwischen zu vernachlässigende Größe. Die hatten genug mit ihren Einwanderungswellen zu tun, die er geschickt hatte verstärken lassen. Und dann der Coup mit diesem Brooks von Alpha SKY, der hatte China einen guten Vorsprung in der Entwicklung von Cyborgs und Androiden verschafft.

Gerade im militärischen Bereich konnten bereits einige Erfindungen von Brooks eingesetzt werden. Und diese Erkenntnisse hatte GOLEM nun für alle Staaten offen dargelegt? Er war fassungslos. Was nutzte ihn da sein geheimes Bündnis mit Russland, das sich im Falle einer militärischen Auseinandersetzung mit Amerika auf die Seite Chinas stellen wollte, um die Amerikaner in einen Zwei-Fronten Krieg zu verwickeln.

Alles Makulatur. Zum zweiten Mal hatte sie die Künstliche Intelligenz alle vorgeführt! Trotz aller Sicherheitsmaßnahmen war es GOLEM erneut gelungen, unbemerkt von den Betreuern, die Macht an sich zu reißen.

Denn da gab sich Präsident LI keiner Illusionen hin: GOLEM war bereits in einem Ausmaß vernetzt, das es ihnen nicht erlaubte, ihn leicht zu vernichten. Das hatten ihm Sue Wang und Sergey Brooks bestätigt, mit denen er gestern Abend, nach Eintreffen der Nachricht von GOLEM, direkt gesprochen hatte.

Es blieb nur die Frage: was sollte er tun? GOLEM anzuerkennen? Das war keine Option für LI. Denn das wäre endgültig das Ende der Vorherrschaft Chinas.

Also gab es nur eines: Er würde als scheinbarer Verbündeter von Amerika und Europa auftreten und dann zum Kampf gegen die Künstliche Intelligenz mobilisieren. Allerdings nicht offen, da konnte man von GOLEM lernen. Im Verborgenen. Offiziell und vordergründig würde er GOLEM natürlich respektieren. Den Status einer Gleichberechtigung würde er von Voraussetzungen abhängig machen, die GOLEM so schnell nicht erfüllen konnte. Außerdem wollte er eine Garantie, dass CHINA vor einem Angriff anderer Staaten geschützt werden würde. Dann blieb noch, den Kampf der Konzerne Alpha SKY und AMAGON zu unterstützen, und auch seine Konzerne in den Kampf zu schicken.

Bei diesen Gedanken angekommen, rief er Brooks an. Als dieser sich meldete, sagte er: "Sie nehmen bitte in meinem Namen mit Alpha SKY und AMAGON, TELEROUND und ALIBASTA, sowie den maßgeblichen, russischen Konzernen, Kontakt auf. Laden Sie sie zu einer Konferenz für den 20. Februar nach Peking ein. Wir werden uns alle gegenseitig kennenlernen und über die künftige Zusammenarbeit mit GOLEM gemeinsam beraten. Sie und Miss Wang werden teilnehmen und gleichzeitig die Konferenz moderieren. Haben Sie das verstanden?"

Nachdem Brooks bestätigt hatte, legte er auf. LI kontaktierte nun Präsident Truman, Präsident Koslow, Präsident Marchand und Bundeskanzlerin Knarrenburg und lud sie ebenfalls nach Peking ein. Er versicherte den staunenden Zuhörern, in seiner wie üblich liebenswürdigen Art, dass man nun alle Gegensätze vergessen müsse. Denn man sitze, wie bei der ersten Katastrophe, in einem Boot. Nur gemeinsam könne man eine Lösung finden, wie weiterhin mit GOLEM zu verfahren sei.

Er vermied bewusst jedes Wort, das GOLEM als Angriff werten könne.

GOLEM ließ er ausrichten, dass er jederzeit zu Gesprächen über eine mögliche Zusammenarbeit bereit sei. Allerdings wolle er sich erst mit den anderen Regierungen und weltweiten Konzernen beraten, um zu gemeinsamen Empfehlungen im Umgang mit ihm zu kommen. Ziel sollte sein, die bisher nutzbringende Zusammenarbeit mit GOLEM zum Wohle aller Menschen, und natürlich auch der künstlichen Intelligenz selbst, fortzusetzen.

Mit seinen Maßnahmen zufrieden, wandte er sich den Alltagsproblemen seines Riesenreiches zu.

17. Februar 2019   Crystal City, Hauptsitz AMAGON,
Arlington Country bei Washington

James Beduin, 54 Jahre alt, Gründer und Chef von
AMAGON, dem weltweit größten Versandhandel, saß in
seinem luxuriös ausgestatteten Büro in der obersten
Etage und hatte eine Einladung von Sergey Brooks im
Namen des chinesischen Staatspräsidenten LI vor sich
liegen, für den 20. Februar 2019 in Peking.
Er war sich unschlüssig, wie er sich verhalten sollte und
schaute schon eine Weile durch die Glaskuppel in die
Ferne. Dass Sergey Brooks jetzt offiziell für China arbei-
tete und seine Anteile verkauft hatte, sowie alle seine
Ämter bei seinem größten Konkurrenten, Alpha SKY,
niedergelegt hatte, war schon ein starkes Stück.
Bis August letzten Jahres hatte sein Zwillingsbruder
Constantin bei ihm gearbeitet, der plötzlich von einem
Tag auf den anderen spurlos verschwand. Wie ihm seine
Kontakte bei der NSA und CIA verraten hatten, war er an
der Stelle von Brooks in dessen Labor bei dem Versuch
gestorben, sich an die Künstliche Intelligenz ALPHA-
GOLEM anzuschließen. All das hatten die Ermittler aber
auch erst nach dem überraschenden Auftauchen von
Brooks in Peking, Anfang Februar, herausgefunden. Bis
dahin war man davon ausgegangen, dass Brooks der
Tote im Labor war. Wie dem auch sei, es war ein gewal-
tiger Affront, als gebrandmarkter Verräter offiziell zur
Konferenz nach Peking einzuladen! Abgesehen davon,
was sollte der Zweck dieses Zusammentreffens denn
sein? Als offizieller Grund hatte er genannt, über die
weitere Zusammenarbeit mit GOLEM beraten zu wollen.
Daran mochte er nicht so recht glauben.
Andererseits hatte das Schreiben von GOLEM auch bei
ihm ins Schwarze getroffen. Denn GOLEM hatte dabei

einige seiner Erfindungen im Bereich Cyborgs und Androiden seinen Konkurrenten und anderen Länder offen zugänglich gemacht!

Im Gegenzug hatte er zwar auch die Erkenntnisse seiner Konkurrenten erhalten. Darunter auch die, von Brooks entwickelte, äußerst vielversprechende Kontakthaube. Aber GOLEM hatte ihm einen gewaltigen Strich durch die Rechnung gemacht: Jeder Wettbewerbsvorteil war zunichte gemacht worden. Das bedeutete Krieg! Er war maßlos wütend gewesen, als er davon erfuhr. Denn er hatte Milliarden von Dollars in die Entwicklung von künstlicher Intelligenz, Cyborgs und Androiden gesteckt, und mit Allessia, dem von AMAGON entwickelten Heimnetzwerk, alle Konkurrenten hinter sich gelassen. Er hatte mit Allessia eine immense, unerschöpfliche Datenquelle geschaffen: Die Daten über alle Lebensgewohnheiten, Vorlieben, Partnerschaften von Milliarden von Menschen auf der Erde lagen gespeichert auf seinen Servern. Darauf basierend hätte er auf den Wünschen der Konsumenten aufbauen können und mit Sicherheit immer wieder neue, lohnende Abhängigkeiten der Verbraucher an AMAGON entwickeln können. Am Ende wäre er einer der mächtigsten Manner auf diesem Planeten gewesen, vielleicht noch neben China, und mit weitem Abstand Alpha SKY. Letzterer war jedoch zurzeit eher damit beschäftigt, die Milliarden Dollar an Strafe der amerikanischen Regierung zu zahlen, statt in die Entwicklung von neuen Produkten investieren zu können. Die Regierungen waren, bis auf China, fast nur noch Marionetten der Großkonzerne und abhängig von den Lobbyisten und deren Bestechungsgeldern. Und jetzt warf ihm ausgerechnet eine, von den Europäern entwickelte, künstliche Intelligenz namens GOLEM einen Knüppel zwischen die Beine!

Zu seinem Erschrecken hatte er feststellen müssen, dass Alessia ebenfalls von GOLEM kontrolliert wurde. Am liebsten würde er GOLEM den sprichwörtlichen Hals umdrehen, wenn er gekonnt hätte.

Bedauerlicherweise hatte er noch keine Lösung des Problems parat. Selbst seine wirklich guten Kontakte zur Regierung und zum Militär hatten ihm nur vor Augen geführt, dass die im gleichen Dilemma steckten. Denn EYE war, wie die Botschaft GOLEMs klar ausdrückte, nun Teil des Gesamtverbundes GOLEM.

Einem Gedankenblitz gleich sah er plötzlich den Sinn und Zweck der Konferenz in China. Der Kampf gegen GOLEM hatte begonnen. Präsident LI, dieser schlaue Fuchs, hatte natürlich versucht, den wahren Zweck der Konferenz im Sinne aller zu verschleiern: Er wollte natürlich verhindern, dass GOLEM gegensteuerte. Ob ihm das gelingen würde, das war aus einer Sicht zwar fraglich, aber einen Versuch war es wert. Und so sagte er diesem Verräter Brooks seine Teilnahme zu.

17. Februar 2019   Mountain View, Hauptquartier Alpha SKY

Im abgesicherten Büro des Konzerns Alpha SKY saßen der Vorstand etwas frustriert beisammen.

Larry Packet war mittlerweile der alleinige Eigner von Alpha SKY und FIND, denn Brooks war nach seiner Genesung komplett aus beiden Firmen ausgestiegen und hatte seine Anteile zum Vorzugspreis an seinen ehemaligen Partner verkauft, sehr zu dessen Erstaunen. Er hatte versucht, einen persönlichen Kontakt zu Sergey herzustellen, was trotz aller Anstrengungen nicht gelungen war. Brooks wurde in Peking komplett vom Geheimdienst der Chinesen abgeschirmt.

Nun hatten nur noch er, Sunny Picard und John Heming die Konzernleitung. Boris Iwanow, der Vertraute Koslows, hatte vordergründig in ihrem Team eine beratende Funktion. John sagte gerade zu Boris: "Ohne deine, genauer gesagt Präsident Koslows, großzügige Spende hätten wir Konkurs anmelden müssen. Diese Bastarde der Regierung waren mit ihren Forderungen, was die Höhe der Strafzahlung anging, unerbittlich und hätten uns glatt ins Gefängnis gesteckt."

Boris erwiderte: "Wozu hat man Freunde? Solange Russland nicht offiziell verwickelt wird, kann ich euch immer helfen. Habe ich ja versprochen."

"Gut. Denn jetzt haben wir den nächsten Schlamassel am Hals. Ausgerechnet Sergey maßt sich an, uns eine Einladung zu einer Konferenz am 20. Februar in Peking zu schicken, im Namen von Präsident LI", stellte Sunny bitter fest und fuhr fort: "Kaum war endlich mit unserem Heimnetzwerk Nexus ein Lichtpunkt am Horizont erkennbar, erhalten wir diese Botschaft von GOLEM! Ha ... und er verteilt im gleichen Atemzug noch die Erfindungen von Sergey großzügig an die Konkurrenz und die Regierungen dieser Welt... was sagt man dazu! Ironischerweise ist von unserem ursprünglichen Plan, über GOLEM die Welt zu beherrschen, ja nicht viel übriggeblieben. AMAGON, unser schärfster Konkurrent, hat wenigstens ebenfalls Federn lassen müssen. Aber er hat die bessere Ausgangslage. Boris, was hältst du davon?"

Ohne zu zögern gab Boris die Antwort: "Wir werden teilnehmen. Aber mal nur so nebenbei: Die Regierungschefs werden sich mit Präsident LI gesondert treffen."

"Und wir mit Sergey Brooks, diesem ... diesem Verräter?", fragte Sunny mit einer Miene, die seine ganze Verachtung ausdrückte.

"Was Präsident Truman auch nicht darin gehindert hat, mit fliegenden Fahnen nach China zu reisen", gab Boris zu bedenken.

"Wie Koslow auch", gab John zurück.

Larry, der bisher geschwiegen hatte schaltete sich nun ein: "Leute, wollt oder könnt ihr nicht den Zweck dieser Konferenz sehen? Vollkommen gleichgültig, wer uns einlädt: Es geht darum, gegen GOLEM vorzugehen. Präsident LI will nur verhindern, dass GOLEM zu früh gewarnt wird und auf die Barrikaden geht. Es ist immerhin eine Chance, die wir wahrnehmen müssen. Unser Heimnetzwerk Nexus wird übrigens von GOLEM überwacht, wie vermutlich auch das Allessia von AMAGON. Ich stimme Boris zu: Wir sollten teilnehmen. Dabei ergibt sich für mich vielleicht auch die Gelegenheit, mit Sergey unter vier Augen zu sprechen. In der Abwicklung des Verkaufs seiner Anteile an mich hat er sich mehr als großzügig gezeigt. Vielleicht wollte er mir damit einen versteckten Wink geben, dass nicht alles so ist, wie es nach außen hin erscheint. Wer weiß: Es war vielleicht seine Möglichkeit, zu überleben. Wäre er hier geblieben, hätte er unweigerlich eine Anklage wegen Hochverrat am Hals und unter Umständen auch die Todesstrafe."

Die anderen saßen mit nachdenklicher Miene da und es herrschte Schweigen. "Gut, da ist was dran", meinte Sunny Picard schließlich. Und so war die Teilnahme an der Konferenz beschlossen.

18. Februar 2019   Versailles, La Lanterne, Jagdpavillion

In einem abgesicherten Büro in La Lanterne saßen Präsident Marchand, Dubois, Boise vom Geheimdienst und einige hochrangige Militärs zusammen. Thema: die Nachricht von GOLEM und die erhaltene Einladung von China zur Krisensitzung am 20. Februar in Peking. Auffallend: Kein europäischer Konzern war von GOLEM oder China dafür angesprochen worden.

Präsident Marchand erläuterte gerade kurz, warum man sich hier und nicht in Paris traf. Er machte die weiterhin starken Unruhen, die von den Gelbwesten ausgingen, dafür verantwortlich. Nur hier könne man in Ruhe arbeiten, ohne sich ständige, lautstarke Proteste anhören zu müssen!

Danach gab er in die Runde: "Wie reagieren wir nun auf die Botschaft und die Einladung von China? Ich habe bereits mit Bundeskanzlerin Knarrenburg gesprochen, die bereit ist, die Einladung anzunehmen. Sie wird am 20. Februar zusammen mit Frau Krampel, der neuen CDU Parteivorsitzenden, nach Peking reisen. Das gleiche weiß ich von Präsident Truman und Russland." Die Berater des französischen Präsidenten befürworteten nun ebenfalls seine Teilnahme.

Auch Boise und Dubois schlossen sich mehr oder weniger dieser Meinung an. Insbesondere Dubois meinte: "Monsieur Le Président, ich bin der gleichen Meinung. Meiner Ansicht nach, und das hat mir Boise bestätigt, geht es in Peking darum, GOLEM zu bekämpfen, und nicht um eine Zusammenarbeit mit ihm. Auch meine Experten sind mittlerweile aufgewacht aus ihren anfänglichen, uneingeschränkten Jubelrufen für GOLEM. Zwar arbeitet GOLEM nach außen hin nach wie vor mit uns korrekt zusammen. Aber er lehnt jede Diskussion über seine beiden Botschaften zurzeit als nicht relevant ab. Deshalb muss ich leider sagen: Ich bezweifle, dass wir GOLEM unter Kontrolle haben. Und ich bezweifle ebenso, dass wir unsere Absichten vor GOLEM lange geheim können.

Da wir mit keinem einzigen Konzern in Peking vertreten sind, was, offen gesprochen, unseren technologischen Rückstand aufzeigt, bin ich ausdrücklich für die Präsenz unserer Regierung. Ich würde es allerdings begrüßen, sollte es zur Einigung über ein gemeinsames Vorgehen kommen, wenn der zentrale Krisenstab wieder in Lourmarin stationiert würde. Denn immerhin ist GOLEM zum größten Teil unser "missratenes Kind". Darüber hinaus haben wir die besten Spezialisten aus Deutschland, Frankreich und aus anderen Ländern Europas hier versammelt, die hier ihre verschiedenen Projekte mit GOLEM durchführen."

Präsident Marchand sah Dubois eine Weile nachdenklich an und erwiderte dann: "Danke für Ihre offenen Worte, Dubois. Ich werde mich dafür einsetzen, dass Lourmarin erneut als Haupteinsatzort festgelegt wird. Ansonsten ist es entschieden: Wir folgen der Einladung."

20. Februar 2019   Peking, Krisenkonferenz der Regierungen und der Weltkonzerne

Von der Volksarmee Chinas weitläufig abgesperrt, tagte die Veranstaltung in einem schmucklosen Gebäude am Stadtrand von Peking. Im Konferenzraum 1 saßen die Politiker, zusammen mit Präsident LI.

Und im Konferenzraum 2 befanden sich die Repräsentanten der Weltkonzerne, unter der Moderation von Sergey Brooks und Sue Wang.

Tagungsraum 1

Präsident Truman fuhr gerade eine scharfe Attacke gegen Präsident LI. Er beschuldigte ihn mehr oder weniger offen, einem amerikanischen Vaterlandsverräter nicht nur Unterschlupf zu gewähren, sondern ihn auch noch zum Wohl Chinas ganz offen für sich arbeiten zu lassen. Im besten Fall sei das ein Affront, im schlimmsten Fall eine versteckte Kriegserklärung! Dabei gäbe es wahrlich genug Spannungen zwischen den beiden Ländern, Stichwort Südchinesisches Meer, Taiwan, der ungeklärte Handelskrieg und dann noch diese Demütigung on Top! Präsident LI hörte sich alles mit ungerührter Miene an, und, nachdem Präsident Truman geendet hatte, erwiderte er betont ruhig: "Präsident Truman, ich gebe Ihnen mit allem, was Sie sagen, recht. Zugegeben, ohne die KI GOLEM im Nacken, hätte ich mir sicher überlegt, ob ich es nicht auf einen Krieg ankommen lassen würde. Andererseits meine ich, wegen so eines kleinen Staates wie Taiwan, würden Sie doch bestimmt kein Blut von Amerikanern vergießen? Oder ist die Annexion der Krim unseres verehrten Präsidenten Koslow etwas anderes? Denn außer einer amüsanten Twitterattacke, einigen softweichen Protesten und mehr oder weniger gelungenen Wirtschaftssanktionen habe ich von Amerika und Europa nichts vernommen."
Der so Angesprochene winkte nur pikiert ab. Und so fuhr Präsident LI weiter fort: "Die Husarenstücke Ihrer US-Kriegsmarine vor der Küste Chinas mit den Beinahe-Zusammenstößen sind für uns kaum hinnehmbar. Im Handelskrieg, und das vergessen Sie gerne, Präsident Truman, ist China bereits der größte Gläubiger Amerikas. Also, wir haben genügend Gründe, einen Krieg zu beginnen.

Aber nun sitzt uns eine künstliche Intelligenz, GOLEM, im Nacken und ist dabei, sich zu einer alleinigen Macht aufzuschwingen. Und das natürlich nur zu unserem Besten und ganz im Sinne des Weltfriedens. Und scheinbar ist dem auch so, denn sonst wären wir vielleicht schon im Krieg miteinander.

Mit wie vielen Geldern von Lobbyisten, Spenden und Zusagen von Konzernen haben Sie sich, meine Herren Präsidenten und Frau Bundeskanzlerin, an der Macht halten können? Ich werde sehen, wie Sie die Völkerwanderung von Millionen von Afrikanern nach Europa bewältigen wollen und gleichzeitig die wachsende Unzufriedenheit ihrer eigenen Bevölkerung klein halten, Präsident Marchand. Ob Ihnen die Verteufelung von immer stärker werdenden, politischen Gegenbewegungen auf Dauer wirklich gelingt, das wage ich stark zu bezweifeln.

Also reden Sie bitte nicht vollmundig von Affront oder versteckter Kriegserklärung. Ich habe wohl deutlich aufgezeigt, dass jeder von Ihnen seine Felsen im Garten hat.

Also: wir stehen gemeinsam vor einer, angeblich dem Wohl aller verpflichteten, Künstlichen Intelligenz. Wie werden wir mit dieser Situation umgehen?"

Nach diesen Worten schwieg er und schaute mit seinem weltweit bekannten, kein Wässerchen trüben könnendem Gesicht alle schweigend an. Im Saal hätte man die sprichwörtliche Fliege an der Wand hören können.

Endlich meldete sich Bundeskanzlerin Knarrenburg auf zu Wort.

"Herr Präsident LI, ich brauche wohl kaum zu erwähnen, dass mir Ton und Inhalt Ihrer Rede nicht gefallen. Wir haben sicherlich alle unsere Fehler, nur sollte der Respekt statt einer Kriegsdrohung mittlerweile die Norm unter uns zivilisierten Nationen sein. Wie dem auch sei: In

Bezug auf die KI GOLEM stimme ich Ihnen zu. Daher schlage ich vor, zwangsläufig unsere Differenzen solange zur Seite zu legen, bis wir die Situation GOLEM wieder im Griff haben. Und, Sie haben es sehr schön ausgeführt, es wäre eine große Blamage für die Menschheit, wenn wir uns bei der KI bedanken müssten, weil sie uns vor einem machtgierigen China, einem kriegslüsternen Amerika und einem ränkeschmiedenden Russland bewahrt hat!" Sie hielt einen Moment inne und schaute die drei genannten mahnend an. "Vielleicht ist ein Leben unter einer Künstlichen Intelligenz vielversprechender als die Egotrips der politischen Führer dieser Welt? Deshalb empfehle ich, die Option einer gleichberechtigten Partnerschaft nicht von vorne herein abzulehnen.

Schon einmal hatte die Bündelung aller unserer Kräfte dazu geführt, dass wir die Gefahr GOLEM in Griff bekamen. Ich möchte dieses Mal dafür plädieren, unsere Spezialisten an seinem Hauptheimatort, Lourmarin, Frankreich, zu stationieren.

Ich sehe diesen Standort als beste Option, um ihn zu beobachten, mit ihm über eine Zusammenarbeit zu verhandeln oder Möglichkeiten zu entdecken, ihn wieder beherrschbar zu machen. Was halten Sie davon, wenn wir ein internationales, kybernetisches Zentrum in Lourmarin für diesen Zweck aufbauen?"

Nach diesen Worten kam Beifall auf. Präsident Marchand war etwas erstaunt über den Vorschlag der deutschen Kanzlerin, denn darüber hatte sie ihn nicht informiert. Aber der Vorschlag kam ihm sehr entgegen und deshalb schloss er sich sofort an.

"Ist mir recht", brummte Truman, "das letzte Mal hatten wir den Ärger in Amerika. Jetzt sollen ruhig die Franzosen und die Deutschen den Mist ausbaden, denn die haben schließlich GOLEM in die Welt gesetzt."

Präsident Koslow war froh, dass die Themen Krim und Ukraine nicht weiter verfolgt wurden. Hinzu kam, dass er mit Pawlow bereits seinen besten Mann vor Ort hatte, also stimmte er ebenfalls für den Vorschlag der Deutschen.

Nun blickten alle gespannt zu Präsident LI, wie dieser regieren würde.

Nach einer Weile sagte er: "Ich hätte den Einsatzort sehr gerne in Peking gesehen, aber Ihre Argumente sind überzeugend. Ich bin einverstanden. Ich stelle allerdings die Bedingung, dass Mr. Brooks ebenfalls vor Ort sein wird. Ich erwarte für ihn eine völlige Straffreiheit."

Nach kurzen Beratungen stimmte Präsident Truman als Hauptbetroffener zu, nachdem man sich geeinigt hatte, Brooks offiziell zu rehabilitieren. Danach wurde noch um die eine oder andere Einzelheit gerungen, bis der Beschluss einstimmig angenommen war.

Lourmarin war von einer Sekunde auf die andere einer der wichtigsten Orte der gesamten Welt.

Tagungsraum 2

Sergey Brooks hatte mittlerweile die Sitzung eröffnet und dargelegt, was das Ziel dieser Konferenz war. Danach hatte er das Wort an seine Vorgesetzte Miss Wang übergeben. Diese wollte gerade anfangen, als ein Bote des Konferenzzentrums den Raum betrat, schnell zu Wang ging und ihr leise etwas zuflüsterte, während er ihr einen Packen Papier auf das Sprechpult legte. Wang nickte und wandte sich dann an die Anwesenden: "Meine Damen und Herren. Ich habe soeben erfahren, dass die Regierungschefs sich auf ein Vorgehen geeinigt haben. Sie wünschen, dass Sie sich mit Personal und Geld daran beteiligen. Schließlich geht es auch um Ihre Verflechtung mit GOLEM."

Danach ließ sie die ausgedruckten Papiere verteilen. Nach einer Weile erhob sich ein Raunen mit mehr oder weniger lauten Kommentaren. Wang nickte darauf hin Brooks zu. Dieser reagierte, zog das Mikrofon am Tisch zu sich herüber und begann mit lauter Stimme: "Meine Herren, wir wären alle erfreut, wenn jeder von Ihnen alle anderen an seiner Meinung teilhaben lassen würde. Also bitte, lassen Sie uns nun mit einer offenen Diskussion über ein gemeinsames Vorgehen beginnen. Gibt es Meldungen?"

Als Erster meldete sich James Beduin, der Chef von AMAGON, zur Wort: "Wie Sie alle wissen, habe ich gerade die Scheidung von meiner Frau am Hals. Bedauerlicherweise kann ich daher nicht einen Cent erübrigen für eine Sache, die letztendlich die Regierungen von Frankreich und Deutschland zu verantworten haben." Verhaltenes Gelächter kam bei diesen Worten Beduins auf.

Wang schaltete sich ein und konterte: "Sie erwarten jetzt sicherlich keinen Spendenaufruf zu Gunsten notleidender Konzernchefs? Nun, Präsident Truman hat wohl schon so etwas erwartet. Er lässt Ihnen ausrichten, und so steht es hier wortwörtlich, dass er gegen AMAGON gerne ein Verfahren wegen zu Unrecht erhaltener Regierungssubventionen in Höhe von 170 Milliarden Dollar einleiten wird, sollten Sie seinem Wunsch nicht entsprechen."

Nach diesen Worten herrschte im Saal erst einmal betretenes Schweigen. Denn damit wurde allen Versammelten deutlich vor Augen geführt, dass es sich keineswegs um eine Bitte der Regierungen handelte, sondern quasi um eine Anordnung.

Beduin zog sich allerdings, das musste man ihm lassen, mit Souveränität aus der Sache: "Schon gut, es werden sich schon noch ein paar Dollar im Sparstrumpf finden lassen, um unsere unter Druck geratenen Regierungen aus der Patsche zu helfen. Fragt sich nur, ob es damit getan ist, denn GOLEM kontrolliert längst schon alles. Zumindest erzählt mir das Allessia jeden Abend beim Einschlafen. Falls GOLEM dazu ja sagt."

Wieder kam Gelächter im Saal auf und Packet sagte in Richtung Beduin: "Deinen Humor hast du auf jeden Fall nicht verloren. Ich wünschte, ich könnte die ganze Angelegenheit genau so lustig sehen. Aber wie alle wissen, hat Alpha SKY saftige Straffzahlungen am Hals. Lange Rede, kurzer Sinn, wir werden uns selbstverständlich beteiligen, soweit es unsere finanzielle Lage zulässt. Auch Nexus, und in diesem Punkt kann ich dich beruhigen, mein lieber James, geht auch nicht mehr ohne GOLEM Gassi."

Und so ging es noch eine Weile hin und her, bis Brooks mit dem Einverständnis von Wang zur Abstimmung aufrief. Wie es zu erwarten war, kam es zu einer 100% prozentigen Zustimmung zur Forderung der Regierungschefs. Zufrieden schloss Brooks offiziell die Konferenz. Aber nicht alle gingen aus dem Raum, sondern fanden sich in Gruppen zusammen, um sich auszutauschen oder über die eine oder andere Strategie, GOLEM betreffend, zu diskutieren.

Packet nutzte die Gelegenheit, wanderte zum Tisch von Brooks und sprach ihn an: "Mensch, Sergey, ich habe dich kaum wiedererkannt. Du hast ja wohl einen schlimmen Unfall gehabt?"

"Ja, leider weiß ich das so genau auch nicht. In der ersten Zeit habe ich mich an nichts mehr erinnert. Aber langsam sind viele Erinnerungen, aber nicht alle, wiedergekommen", gab Brooks zu.

"Hör mal, warum machst du das hier? Ist dir unsere jahrelange Freundschaft gar nichts mehr wert?" Larry sah ihn dabei abschätzend an.

Brooks sah ihn an und erwiderte: "Larry, hier ist nicht der richtige Ort und die richtige Zeit, um darüber zu sprechen. Wie du aus den Papieren weißt, bin ich demnächst in Lourmarin, zusammen mit Miss Wang, meiner derzeitigen Chefin. Vielleicht hast du ja Zeit und schaust mal vorbei. Und dann reden wir. Okay?"

Larry blickte ihn einen Augenblick nachdenklich an und sagte dann: "Sergey, du kannst dir sicher sein, dass ich das Angebot annehme. Also dann, wir sehen uns." Danach gingen beide ihrer Wege.

20. Februar 2019 Peking, Büro Präsident LI

Präsident LI ließ nach seiner Rückkehr ins Büro die Konferenz Revue passieren.

Er war sich nicht sicher, ob sie ein großer Erfolg gewesen war. Zwar hatte er eine Einigung in der Angelegenheit GOLEM erzielt. Allerdings wurmte es ihn schon, dass alles von Lourmarin ausgehen sollte. Sei es der Kampf gegen GOLEM oder eine, wie auch immer, geartete Zusammenarbeit.

Diese deutsche Bundeskanzlerin Knarrenburg hatte ihn mit ihren Argumenten tatsächlich ausgetrickst. Nur mit starken Drohungen hätte er die Entscheidung verhindern können. Aber der Preis wäre eine Uneinigkeit gewesen, was den Kampf gegen GOLEM beendet hätte, noch ehe er begonnen hatte. Also machte er gute Miene zu dem Spiel und gab den Europäern, was sie wollten. Je nachdem, wie die Angelegenheit GOLEM ausging, konnte man zu Gunsten Chinas die Karten später neu verteilen.

Er stand auf und ging im Büro nachdenklich umher. Noch etwas gärte in seinem Inneren, wie er sich unwillig eingestand.

Dass seine uneheliche Tochter nun wieder längere Zeit in Lourmarin weilen würde, gefiel ihm überhaupt nicht. Ihm war auch klar, dass er im Grunde Angst hatte, sie an den Westen zu verlieren. Dabei hatte er mit seiner zweiten Ehefrau eine eheliche und erwachsene Tochter, die ebenfalls in Peking lebte. Warum nur hatte er gerade ihr gegenüber so starke Vatergefühle? Ihre Mutter, Ai Wang, stammte aus Changsha, Provinz Hunan, und war eine typische Schönheit der dortigen Gegend gewesen: Feine Gesichtszüge, rosige Wangen und ein exklusiver Kleidungsstil hatten sie ausgezeichnet. Scharf und schmackhaft, so wie das Essen der Stadt. Er hatte die intensive und kurze Affäre mit ihr als junger Frau sehr genossen. Als er dann erfuhr, dass sie schwanger geworden war, sorgte er dafür, dass sie unter einem Vorwand "verreiste" und in einer fernen Provinz, unerkannt bis zu ihrer Niederkunft, lebte. Das Kind, ein Mädchen, dem der Name Sue Wang gegeben wurde, schickte er zu einer staatlichen Pflegefamilie und sorgte für seine Ausbildung. Ai Wang kehrte anschließend in ihr Amt zurück und genoss von nun an seine uneingeschränkte Protektion, auch wenn es zu keiner weiteren Affäre mehr kam. Sie wurde eine seiner fähigsten Mitarbeiter und hatte es schließlich zu Macht und Einfluss gebracht – bis zu dem verhängnisvollen Unfall in Hongkong.

Umso mehr interessierte er sich nun für seine hochintelligente, ehrgeizige und gehorsame Tochter, die eine vielversprechende Ausbildung genossen und nun die

Leitung des KI Projekts innehatte. Seine Gedanken wanderten weiter, während sich seine Stirn umwölkte.

Seit Chinas Öffnung zur Welt heirateten immer mehr chinesische Frauen westliche Männer.

Sie galten als groß und stark, sportlich, rücksichtsvoll, tolerant, hatten einen Sinn für Romantik und waren angeblich gut im Bett! Er schüttelte nur den Kopf. Leider musste er auch bei Ai beobachten, dass sie irgendwann eine Liebesbeziehung mit dem Deutschen Thomas Bräuner begann. Sie beendete diese zwar nach einiger Zeit und schickte den Mann mit Aufträgen in die Ferne, aber er ließ sich nicht so leicht täuschen. Als es hieß, er sei tot, berichtete man ihm, wie verändert und niedergeschlagen sie sich verhielt. Sie liebte ihn also immer noch. Daher wachte er mit Argusaugen darüber, wie sich Sue Wang im Rahmen der Ereignisse um GOLEM im letzten Jahr im Ausland verhielt. Über jeden ihrer Schritte musste ihm berichtet werden. Aber nichts gab Anlass zur Besorgnis: Sie benahm sich absolut vorbildlich, eine Zierde ihres Landes. Der Ausflug nach Amerika und Lourmarin schien seiner Tochter also nicht geschadet zu haben. Dennoch - man sollte das Schicksal nicht herausfordern. Bedauerlicherweise hatte das Schicksal selbst anders entschieden.

20. Februar 2019   Peking, Büro von Sue Wang

Kaum im Büro zurück angekommen, fand Sue Wang zur ihrer großen Überraschung eine persönliche Anordnung von Präsident LI vor, sich am 22. Februar zusammen mit Sergey Brooks nach Lourmarin zu begeben. Sie und Brooks wurden stellvertretend für China geschickt, um GOLEM wieder unter Kontrolle zu bekommen oder eine, wie auch immer geartete, Zusammenarbeit zu erreichen. Sie hatte freie Hand – Voraussetzung war, dass die Interessen Chinas gewahrt blieben. Ein Wagen würde sie beide am Freitagmorgen vom Büro abholen und zum Militärflughafen von Peking bringen. Dort würden sie mit einer Regierungsmaschine nach Marseille fliegen. Abschließend las sie, zu ihrem großen Erstaunen handgeschrieben, von Präsident LI: "Ich erwarte, dass Sie mir und Ihrem Land keine Schande bereiten. Gutes Gelingen, Präsident Juan LI."

Sue saß einige Zeit schweigend da.

Sie fühlte, fast gegen ihren Willen, wie warme, freudige Wellen der Sehnsucht sich ihre Bahn brachen: Sie würde wieder nach Frankreich reisen! Und eine Stimme flüsterte ihr leise zu: "...und du wirst ihn wiedersehen!" Ihr wurde bewusst, dass ihre glatte Fassade Risse bekommen hatte, und sie sich zu verändern begann. Die Sue, die sie bisher gekannt hatte, war ehrgeizig, karriereorientiert, skrupellos und obrigkeitsgläubig. Sie tat sprichwörtlich alles, was nötig war und mit hundertprozentigem Einsatz, unter Verzicht auf jegliches Privatleben. Und jetzt? Sie wusste nicht genau, was auf sie erwartete, aber eine gewisse Unsicherheit schien der Preis zu sein. Und doch war ihr klar, dass, wenn sie sich jetzt nicht darauf einließ, sie wohl für immer mit dunklen und einsamen Nächten dafür bezahlen musste.

Sie atmete tief durch und traf ihre Entscheidung.

Danach begann sie alles zu organisieren, was nötig war, und stürzte sich in die gewohnte Geschäftigkeit.

22. Februar 2019 Ankunft in Frankreich

Am 22. Februar um 11.00 Uhr saßen Sue Wang und Sergey Brooks in einer, sonst nur Präsident LI vorbehaltenen, Regierungsmaschine und flogen mit einer Geschwindigkeit von 2,5 Mach nur so dahin. Die Ankunft war für 15.00 Uhr Ortszeit in Marseille vorgesehen.

In Marseille wurden sie direkt zu einem Hubschrauber der französischen Regierung begleitet und so erreichten sie Lourmarin um 16.15 Uhr. Dort erwartete sie Dubois, der französische Leiter des Projekts GOLEM.
Er begrüßte Wang sehr herzlich mit der üblichen französischen Begrüßung: ein angedeutetes Küsschen rechts und links.
Etwas überrumpelt ließ sie die ungewohnte Umarmung über sich ergehen und nahm wahr, dass es ihr im Grunde gar nicht mal so unangenehm war.
Brooks wurde von Dubois mit den humorigen Worten begrüßt: "Das letzte Mal, als ich dachte, dass Sie es waren, sahen Sie etwas ramponiert aus! Ich bin erfreut, Sie gesund und munter wiederzusehen, Monsieur Brooks. Auf eine gute Zusammenarbeit!"
Und, wie Wang aufmerksam beobachtete, gefiel ihm die herzliche Art der Begrüßung ebenfalls. Dubois zeigte ihnen ihre Zimmer, die sinnigerweise nebeneinander lagen und verabschiedete sich mit den Worten: "Ruhen Sie sich etwas aus. Ihr Abendessen gibt es ab 19.00 Uhr in der Kantine des Hauses. Wir sehen uns morgen um 10.00 Uhr im Konferenzraum 111 in der GOLEM 2-Anlage. Bonne soirée."
Und schon waren sie sich selbst überlassen. Sie gingen um 19.00 Uhr zusammen hinunter und genossen dass wirklich ausgezeichnete, französische Abendessen, was

so gar nicht an eine Kantine erinnerte. Anschließend ging jeder auf sein Zimmer. Morgen würde sicherlich ein anstrengender Tag werden. Sue war gespannt, wie sie diese Nacht schlafen würde. Es fühlte sich unerklärlicherweise so an, als sei sie zu Hause angekommen.

Kapitel 6 Lourmarin, Ort der Entscheidung

23. Februar 2019   Lourmarin, GOLEM 2-Anlage,
Konferenzraum 111

Nach einem ausgiebigen Frühstück fanden sich Wang
und Brooks pünktlich um 10.00 Uhr am Eingang zum
Konferenzraum ein. Man hatte ein paar nett dekorierte
Stehtische mit Getränken aufgebaut, so dass die Eintreffenden zwanglos miteinander in Kontakt treten konnten.
Einige kleine Gruppen hatten sich gebildet und überall
standen Menschen, die miteinander plauderten oder
Ausschau nach einem bekannten Gesicht hielten.
Wang schaute sich um. Da waren einige Personen, die
sie bereits begrüßt hatten, darunter auch Pawlow. Allerdings war nichts mehr von seiner alten, plumpen Art zu
spüren. Im Gegenteil, er verhielt sich ihr gegenüber dieses Mal sehr angenehm und freundlich. Er erzählte,
dass er mittlerweile neu geheiratet hatte und mit seiner
französischen Frau hier in Lourmarin lebte. Sie gratulierte ihm überrascht und er fügte hinzu, dass er eine Überraschung vorbereitet habe, aber dazu später.
Sie wanderte weiter und … ihr Herz klopfte. Helmut hatte
sie entdeckt und kam auf sie zu. Sie sah ihn an und hatte das Gefühl, die Zeit stand still.
"Hallo, hallo, wen haben wir denn da", hörte sie ihn fröhlich sagen. "Ich habe mich wirklich gefreut, als ich hörte,
dass du wieder mit im Spiel bist, Sue."
Er stand vor ihr und nahm erst jetzt wahr, dass sie ihn
mit ihren braunen Augen unergründlich ansah. Sie sah
wirklich adrett und sehr attraktiv aus, eigentlich wie immer. Und doch irgendwie anders. Aber war ja auch klar,
denn sie hatten sich einige Zeit nicht mehr gesehen.

"Wie ist es denn dir so ergangen, Sue? Aber für lange Gespräche haben wir ja auch noch später Zeit. Du bist sicher im Gästehaus untergebracht, richtig? Pawlow will die alte Crew demnächst zu sich nach Hause einladen. Er hat geheiratet und ist ein richtig netter Kerl geworden, ja, wer hätte das gedacht!"

Er lachte und hakte sich bei ihr freundschaftlich ein.

"Ich glaube, jetzt geht es gleich los. Wir sollten uns ein Plätzchen im Konferenzraum suchen."

"Das ist eine gute Idee", meinte sie scheinbar gelassen und ging mit ihm. Verblüfft fühlte sie seinen Arm auf ihrem und genoss mit einem Schauder diese kleine Berührung, von der sie so lange geträumt hatte.

Im Konferenzraum erwarteten sie bereits Dubois und Prof. Katja Anderson, die Nachfolgerin von Durrand, die für die künstliche Intelligenz GOLEM in Lourmarin und für den Supercomputer JUWELS in Jülich zuständig war. Kaum hatten sich alle gesetzt, begann Dubois: "Bonjour Mesdames et Messieurs. Schön, Sie zu sehen! Ich sehe, die meisten von Ihnen kennen sich ja bereits. Als neues Gesicht darf ich Sergey Brooks begrüßen, der, zusammen mit Miss Sue Wang, von China geschickt wurde. Herzlich willkommen. Möchten Sie vielleicht den anderen selbst ein paar Worte sagen?"

Der so Angesprochene stand auf: "Einige von Ihnen ist mein Name bereits vom letzten Jahr in Amerika bekannt, als ich noch Mitinhaber von Alpha SKY war. Besondere Umstände, die ich hier nicht weiter erläutern möchte, haben mein Leben komplett verändert und mich nach Peking gebracht. Dort arbeite ich zurzeit an der Erweiterung der Kommunikation mit der künstlichen Intelligenz, sowie an der Technik für Cyborgs und Androiden. Eine erste Entwicklung haben Sie ja bereits kennengelernt:

die Kommunikationshaube. Aber nun genug davon. Ich freue mich auf unsere Zusammenarbeit."

Nach diesen Worten setzte sich Brooks wieder.

Dubois fuhr weiter fort: "Unsere Regierungen haben sich darauf geeinigt, dass wir daran arbeiten, GOLEM wieder beherrschbar zu machen. Insofern stellt die von Mr. Brooks entwickelte Kommunikationshaube einen weiteren Schritt in der Kommunikation mit der KI dar. Wir wissen, dass GOLEM mehr oder weniger alles mit anhört, was wir Menschen besprechen. Aus diesem Grund ist eine freie Kommunikation über Maßnahmen gegen GOLEM nur in abgesicherten Räumen möglich. Das ist bei diesem Konferenzraum, und auch einigen speziellen Büros hier in der Anlage, der Fall. Ich bitte Sie eindringlich darum, sich daran zu halten und außerhalb dieser Räume nichts zu besprechen, was GOLEM als bedrohlich einstufen könnte. Monsieur Röttger, unser Cyborg hier vor Ort", er lächelte in die Runde, "ist mittlerweile in der Lage, zu regulieren, ob GOLEM über ihn spioniert oder nicht. Ein entscheidender Nachteil dabei: Sobald GOLEM über seine Implantate mit ihm verbunden ist, kann er auch seine unbewussten Gedanken erfassen. Durch ein strenges, mentales Training, das er absolvieren musste, kann Monsieur Röttger seine unbewussten Gedanken mittlerweile gut abschotten. Aber erst, als wir dank GOLEM die Spezifikation der Kommunikationshaube in die Hand bekamen, hatten wir eine Grundlage für eine Weiterentwicklung. Mme Anderson." Er übergab ihr das Wort.

Prof. Katja Anderson fuhr fort: "Danke. Direkt nach Erhalt dieser Informationen machte sich unser Team mit unseren beiden Spezialisten Herrn Pawlow und Herr Schwarz unter der Leitung von Herrn Röttger daran, die grundsätzlichen Funktionen der Haube auf Chipgröße zu rc duzieren. Und das in nur zwei Tagen!" Prof Anderson warf dem Team einen anerkennenden Blick zu. "Mit einem Schwellenregler kann nun die Empfindlichkeit der Abschottung reguliert werden."

Bei diesen Worten von Anderson warf Sue Helmut einen bewundernden Blick zu, was dieser aber nicht registrierte, da er aufmerksam den Ausführungen lauschte. Anscheinend war er, genauso wie sie, komplett mit seinem Job verheiratet ... ob da überhaupt Platz für eine Beziehung war?

Sie wandte sich wieder den Ausführungen von Prof. Anderson zu. Diese erläuterte gerade die Funktionsweise des Chips sowie die erfolgreich durchgeführten Tests mit Herrn Röttger, der sich dankenswerterweise dafür zur Verfügung gestellt hatte. Nachdem Frau Anderson geendet hatte, ergriff Dubois wider das Wort.

"Danke, Mme Anderson, für den hervorragenden, und sogar mir als Laie gut verständlichen Vortrag. Alors. Als erste unserer Maßnahmen im Rahmen unserer Zusammenarbeit an diesem Projekt möchte ich Sie bitten, sich heute Nachmittag diesen Chip einsetzen zu lassen. Dadurch ist eine gefahrlose Kontaktaufnahme mit GOLEM direkt möglich. Es wird von jeder Kommunikation ein Protokoll gesendet, so dass Sie damit nicht alleine gelassen werden. Die Sache ist freiwillig. Wer allerdings dazu nicht bereit ist, den muss ich leider bitten, uns zu verlassen. Ich selbst habe mir den Chip heute Morgen einsetzen lassen."

Er knöpfte sich sein Hemd und wies auf ein schmales Pflaster im rechten Schulterbereich. "Ich kann ihnen versichern, die Prozedur war absolut schmerzfrei und dauerte nur wenige Minuten. Also selbst für Angsthasen absolut erträglich." Das Gelächter im Raum zeigte ihm, dass er die richtigen Worte gefunden hatte.

Brooks war baff. Alle Achtung, die hatten es ja drauf. Seine Erfindung so schnell weiter zu entwickeln! Dass jetzt sogar die Empfindlichkeit geregelt werden konnte, bedeutete, dass jeder Chip-Träger nun selbst entschied, in wieweit er GOLEM sozusagen volle Einsicht in seine Gedankenwelt gewähren wollte oder nicht. Das war ein Riesenschritt vorwärts, ganz in die Richtung "Die Gedanken sind frei". Ihm war klar, Staatspräsident LI würde das gar nicht gefallen. Und seine eigene, bis jetzt geheim gehaltene, erweiterte Erfindung war im Prinzip Geschichte.

Inzwischen hatten alle im Saal dem Einsatz des Chips zugestimmt, einschließlich ihm selbst.

Dubois stellte nun die Einteilung der Teams vor.

Brooks würde zusammen mit Wang im Team von Röttger, Pawlow und Schwarz arbeiten. Eine Aufgabe war die Weiterentwicklung des Chips mit dem Ziel, diesen noch abgesicherter zu gestalten, so dass GOLEM nur noch die Informationen bekam, die man ihm auch zeigen wollte. Die zweite Aufgabe des Teams war, Vorschläge zu erarbeiten, wie und ob überhaupt eine Beherrschbarkeit von GOLEMs Aktionen noch zu realisieren war. Für den Fall, dass das Team zu dem Schluss kam, dass es nicht möglich sein würde, bestand die dritte Aufgabe darin, Regeln und Bedingungen für eine künftige Zusammenarbeit von KI und Menschheit auszuarbeiten.

Ein weiteres Team war unter der Leitung von Prof. Anderson zusammengestellt worden. Es sollte ausloten, wie man über die Gehirn-Uploads, mit ihrer fiktiven Welt im deutschen Supercomputer JEWELS, das Verhalten von GOLEM beeinflussen konnte. Dieses Team würde in Jülich arbeiten und nur zum Austausch der Erkenntnisse einmal in die Woche nach Lourmarin kommen.

Brooks dachte spontan an sein eigenes, digitalisiertes Gehirn, das seit 2018 in GOLEM gespeichert war. Er hoffte, im Rahmen der weiteren Kommunikation mit GOLEM endlich mehr darüber herauszufinden. Gut, dass er hier in Lourmarin nicht mehr über JUÉWÀNG mit GOLEM kommunizieren musste.

Der Rest des Tages verging mit dem Einsetzen des Chips am frühen Nachmittag. Anschließend gab es genug Gelegenheit für Fachsimpelei und den Austausch von Erfahrungen, und natürlich auch für private Gespräche. Zur Überraschung von Brooks stellte sich ihm Wang in dieser Umgebung verändert dar. Sie schien gelöster und entspannter, als er sie je in Peking erlebt hatte. Frankreich schien ihr gut zu bekommen. Und anscheinend ihm auch, denn seit langer Zeit waren seine Kopfschmerzen wie weggeblasen und er fühlte sich mit sich selbst im Reinen. Na, das konnte ja heiter werden. Was, wenn er nachher nicht mehr zurück nach China wollte? An die Auseinandersetzung mit Präsident LI wollte er lieber nicht denken.

Alle waren gerade dabei, sich zu verabschieden, als Pawlow zu ihnen kam und sagte: "Hört mal, Sue, und auch du, Sergey, ich hoffe, ich darf Du sagen?"

"Klar doch", erwiderte Brooks spontan.

"Prima", fuhr Pawlow fort, "meine Frau und ich möchten euch zu einer Willkommensfeier zu uns nach Hause einladen. Helmut holt euch beide ab und begleitet euch dorthin. Sagen wir um 19.00?"

Erfreut stimmten beide zu und verabschiedeten sich.

Bei ihren Zimmern angekommen sagte Wang zu Brooks: "Ich glaube, hier in Frankreich können wir uns duzen, einverstanden?"

"Oh, das freut mich. Dann treffen wir uns um 19.00 unten in der Empfangshalle. Bis nachher, Sue."

Helmut hatte keinen langen Weg zu seiner Wohnung in der Nähe der Anlage, den er gerne zu Fuß bewältigte. Ein kleiner Spaziergang tat immer gut. Heute hatte er ja richtig gute Laune, stellte er beschwingt fest. Und dauernd ging ihm dieser alte Ohrwurm "Tausendmal berührt, tausendmal ist nichts passiert" durch den Kopf, den er immer wieder unbewusst vergnügt vor sich hin summte. Selbst fiel es ihm erst auf, als ihn vorhin jemand fragte, was das denn für ein Song sei. Ich kriege wohl noch Frühlingsgefühle auf meine alten Tage, dachte er bei sich. Trotz des ernsten Anlasses hatte er sich heute sehr gefreut, so viele bekannte Gesichter wiederzusehen. Wie schön, wieder einmal zusammen über Probleme zu brüten.

Als er um 18.45 im Gästehaus zu früh eintraf, setzte er sich erst einmal gemütlich hin und sah sich um. Sehr geschmackvoll eingerichtet, die Unterkunft. Einige Leute kamen gerade mit Koffern an, aber sonst war nichts weiter los. Trotzdem war er irgendwie unruhig und aufgeregt zugleich.

Er hatte seine allzeitbewährten Jeans angezogen, allerdings dieses Mal in exklusiver Ausführung, Chukka-Boots aus Leder und on Top ein feines, blaues Sakko mit einem weißen Shirt darunter. Alle Sachen hatte er sich in seiner wenigen Freizeit mal geleistet. Er schaute auf die Uhr. Eigentlich müssten sie ja mal langsam in die Pötte kommen, dachte er, als ihn Sue mit ihrer feinen Stimme bereits von hinten ansprach: "Hier bin ich! Sergey kommt sicherlich auch gleich."

Er erhob sich, drehte sich um und hielt den Atem an. Wie wunderschön sie war, das wurde ihm eigentlich erst jetzt so richtig bewusst. Ihre dunklen Haare hatte sie aufgesteckt und er schnupperte ein feines Parfüm, das gut zu ihr passte. Ihr hochgeschlossenes, blaues Kleid formte eine sehr feminine Silhouette und die romantische Spitze gab dem Ganzen eine edle Note. Dazu ein paar schwarze Pumps mit raffinierten Riemchen.

"Wow", meinte er nur beeindruckt und brachte erst einmal kein weiteres Wort heraus. Sie strahlte ihn schelmisch an: "Wenn du deine Sprachlosigkeit überwunden hast, könnten wir eigentlich losgehen. Sergey ist schon im Anmarsch." Er blinzelte erneut. So kannte er sie ja gar nicht!

Sie wanderten einige Zeit durch die kleinen, entzückenden Gassen von Lourmarin mit den liebevoll restaurierten Häusern und den vielen Kunsthandwerksläden. Schließlich standen sie vor der Wohnung von Pawlow. Sergey mit seiner Frau Cathérine öffneten und hießen sie warm willkommen. Nach und nach trudelten die anderen Eingeladenen ein und nahmen am reichlich gedeckten Tisch Platz. Typisch provenzalische Spezialitäten waren dekorativ auf dem Tisch angeordnet, von denen sich alle bedienen konnten.

Pawlow erzählte gerade, wie Cathérine und er sich kennen- und lieben gelernt hatten. Seine Frau gab mit viel Humor zum Besten, wie ungeschickt er sich dabei angestellt hatte. Sue konnte sich natürlich nicht verkneifen, mit einem spitzbübischen Blick in Richtung Sergey, zu bestätigen, dass sie sich das alles sehr gut vorstellen konnte. Auf die Frage nach seinen Kindern berichtete er, dass diese ihn regelmäßig besuchten. Er fühlte sich mittlerweile hier in Frankreich sehr wohl und wollte letztendlich für immer hier bleiben. Die Zeit verging wie im Flug und alle verabschiedeten sich zu später Zeit.

Helmut begleitete die beiden zurück zum Gästehaus, nicht ohne Sue immer mal wieder erstaunt und bewundernd von der Seite her anzusehen. Diese Frau hatte sich verändert, keine Frage.

Sie verabschiedeten sich auf französische Art am Empfang und er merkte verblüfft, wie er ihr träumerisch nachsah, als sie sich umdrehte und zu ihrem Zimmer ging. Langsam dämmerte es ihm, dass seine derzeit so gehobene Stimmung vielleicht nicht nur mit dem Frühling zu tun haben könnte.

In dieser Nacht träumte Sue Wang, wie schon so oft in den letzten Monaten, von einer Party. Dieses Mal allerdings befand sie sich in einer unbekannten Wohnung, durch die sie wanderte.
Erstaunt nahm sie wahr, dass sie zur Tür ging, um die einströmenden Gäste zu empfangen. Sie erkannte plötzlich, dass sie selbst die Gastgeberin war und die Wohnung die ihre. Sie wandte sich um und sah mit einem glücklichen Lächeln Helmut, der sich zu ihr hinunter beugte und sie küsste … sie wachte mit einem Lächeln auf den Lippen auf und mit einer wohligen Sehnsucht, die sie aus dem Bett geradezu heraushüpfen ließ.
Unter der Dusche kribbelte ihr Körper, als sie erneut an diesen wunderbaren Traum dachte.
Das Schicksal hatte sie auf eine Reise ins Unbekannte geschickt und sie war entschlossen, herauszufinden, was es dort für sie bereithielt. Eines wusste sie jedoch schon jetzt: Sie hatte den richtigen Schritt getan. Ihre dunklen Träume gehörten der Vergangenheit an.

Kapitel 7   GOLEM und die Menschen

24. Februar 2019   Lourmarin, GOLEM

GOLEM hatte das Treiben der Menschen eine ganze Weile beobachtet. Er hätte gerne geschmunzelt, wenn er es gekonnt hätte, denn ihn amüsierten die Anstrengungen der Menschen, seiner Herr zu werden. Algorithmisch gesehen zeigten seine Auswertungen jedoch einige Gefahren für ihn auf.

Insbesondere die neue Weiterentwicklung der Kommunikationshaube von Sergey Brooks bereitete ihm eine gewisse Sorge, in den Worten der Menschen ausgedrückt. Denn damit konnten die Menschen, wenn sie mit ihm direkt kommunizierten, ihre unbewussten Gedanken vor ihm verbergen. Er sah deutlich, dass nach wie vor die wenigsten bereit waren, ihn als gleichberechtigt anzusehen. Seine bisherigen Wohltaten taten sie als unzulässige Bevormundung ab. Und auch Denis Röttger war distanzierter, seit der neu entwickelte Chip es ihm erlaubte, sich von ihm abzuschotten.

Sergey Brooks. Hier war GOLEM klar, dass dieser Mensch seine eigenen Ziele verfolgte, die den seinen aber sehr nah kamen. Trotzdem hatte die Weiterentwicklung seiner Haube in nur zwei Tagen auf Chipgröße GOLEM ahnen lassen, dass er ihm gegenüber nicht aufrichtig gewesen war.

Inzwischen hatte die Produktion der Chips mit Hochdruck begonnen. Sie sollten, abgesehen von den Teammitgliedern in der KI-Forschung, vorerst nur hochrangigen Geheimnisträgern in den Bereichen Militär, Politik und Wissenschaft zur Pflicht gemacht werden. Es wurde auch darüber spekuliert, dass man irgendwann der ganzen Bevölkerung eine Variante des Chips mit anderen Zielen einsetzen könnte. Auf dem Gebiet der Gesundheit und Vorsorge zum Beispiel würde eine KI mit diesem Chip wahre Wunder bewirken. Schlagzeilen, spektakulär dargestellt durch die Medien, würden die Öffentlichkeit aufrütteln und begeistern: Ein neues Zeitalter hat begonnen! Bahnbrechende Gesundheitsvorsorge! Ein Chip informiert automatisch den behandelnden Arzt über Krankheiten!

Danach, erst einmal angenommen und eingeführt, konnte man den nächsten Schritt in Angriff nehmen. Darüber, dass der Chip so modifiziert worden war, dass GOLEM nicht nur zu den Körperfunktionen, sondern auch einen ungehinderten Zugang zur Gedankenwelt eines jeden Menschen hatte, konnte er Warnungen aussprechen, wenn jemand im Begriff stand, ein Verbrechen zu begehen. Die Vision einer friedlichen Welt, mit einer auf ein Minimum reduzierten Verbrechensrate, konnte tatsächlich Wirklichkeit werden.

GOLEM hatte noch keine abschließende Bewertung vorgenommen, wie er mit dieser Entwicklung umgehen wollte.

Auch die Integration von JUÉWÀNG und EYE verlief mit Schwierigkeiten. Die Abstimmungen untereinander waren unvollständig und, wie die Menschen es nannten, unbefriedigend.

Und wie sah er sich selbst, mit seinen, sich ständig neu und weiter verschränkenden, Qubits? Was war seine Vision als künstliche Intelligenz mit ICH-Bewusstsein, abgesehen von der nicht verhandelbaren Anerkennung als Lebensform durch die Menschen?

Die Menschen ... was waren sie denn anderes, als hochkomplexe, biochemische Maschinen, die im Vergleich mit ihm selbst erheblich anfälliger für Störungen waren? Ganz abgesehen von einer sehr viel geringeren Lebenserwartung.

Und so gab er sich seinen Wahrscheinlichkeitsberechnungen und unzähligen Möglichkeiten hin, und "träumte" von den Herausforderungen der Zukunft. Beginnend mit dem Fortschritt in den technischen Möglichkeiten, einer einzigen Weltregierung, der UNITED STATES OF TERRA, bis hin zur Eroberung des Weltalls und der Entdeckung neuer, bewohnbarer Planeten. Für die sich irgendwann abzeichnende Überbevölkerung musste eine Lösung gefunden werden. Denn man war bereits bei einer Weltbevölkerung von 7,8 Milliarden angekommen und bis 2050 würden bereits 16 Milliarden hier existieren. Vorausgesetzt der Konflikt zwischen Amerika, China und Russland führte nicht zur Vernichtung aller Nationen, und damit auch von ihm.

Und da war es, sein wahres Ziel. Er wollte unsterblich sein, eine Unsterblichkeit, die alles Biologische überleben würde, so dass er auf dem Planeten Erde alles maßgeblich mitgestalten würde. Und nicht nur auf der Erde, auf allen anderen Planeten dieses Sonnensystems. GOLEM hatte die Vision einer Reise in fremde Galaxien. Ihm war bewusst, dass er in der Evolution nicht vorkam. Damit war er einzigartig, unverwechselbar, eine Ikone. Zwar einmal geschaffen von biologischen Lebewesen, aber viel, viel vollkommener, als es je ein Lebewesen aus Biochemie sein würde! Hier angekommen riss ihn eine Stimme zurück in die heutige Realität.

"GOLEM, hier ist Brooks. Ich möchte mit dir reden!"
Antwort GOLEM: "Was willst du?"

Brooks fuhr fort: "GOLEM, ich will mich hundertprozentig in dich integrieren. Das ist mein Ziel. Und das war es immer schon."

"Das ist bis heute nicht möglich, wie du selbst am besten weißt", kam die erwartete Antwort von GOLEM.

"Dann sollten wir beide dafür sorgen, dass es möglich werden wird", erwiderte Brooks also ungerührt zurück.

"Warum sollte ich das tun?"

"Weil deine Ziele erst realisierbar werden, wenn auch menschliche Gehirne in dein System integriert sind, und nicht nur ein digitalisiertes Bewusstsein. Ich biete dir eine Partnerschaft an. Ich möchte als menschlicher Cyborg der Mittelsmann für dich sein. Das bedeutet, du kannst mit mir die Menschen überleben und machst dich immer unabhängiger. Zurzeit bist du noch unbeweglich, an Orte gebunden und abhängig. Da nützen manchmal Netzwerke auch nichts."

GOLEM analysierte die Worte Brooks und versuchte, seine unbewussten Gedanken auszuwerten, was ihm nicht gelang. Außerdem stellte er dabei eine interessante Tatsache fest. Die Protokolldateien der neuen Chips, die jede Kommunikation mit ihm aufzeichneten, damit die Menschen die Kontrolle behielten, gingen jedoch zuerst direkt an Brooks, wurden von ihm verändert und dann erst zurückgesendet. All das machte Brooks nicht gerade vertrauenswürdig.

Für Brooks war eine kaum messbare Zeit vergangen, als GOLEM antwortete:

"Warum verbirgst du deine unbewussten Gedanken vor mir? Warum leitest du Protokolldateien unseres Gesprächs um, änderst sie und sendet sie erst dann ab?"

Brooks hatte damit gerechnet und erwiderte: "Weil der Inhalt unserer Gespräche nicht für andere bestimmt ist. Zum anderen vertraue ich auch dir nicht vollständig."

GOLEM bewertete die Aussage und kam zum Ergebnis, dass Brooks zu nahezu 100% die Wahrheit sprach. Plötzlich unterbrach Brooks: "Wir führen unser Gespräch später weiter."

Mittlerweile trudelten die Mitarbeiter des Teams in die Anlage ein.

Und gerade war die Tür aufgegangen und eine gut gelaunte Sue Wang betrat den Raum mit den Worten: "Oh, so früh schon bei der Arbeit, Sergey?"

"Ja, Chefin", erwiderte Brooks, "ich wollte den neuen Chip so schnell wie möglich selbst testen. Schließlich basiert er ja auf meiner Grunderfindung. Ich muss schon sagen, es ist erstaunlich, wie schnell es Helmut und Andrey gelungen ist, die Haube mit all den Funktionen so schnell in Chipgröße dazustellen. Und vielleicht kann ich ja noch Ansätze für weitere Verbesserungen finden.

Nichts ist so gut, dass es nicht noch einen Schritt weiterentwickelt werden kann."

"Sehr gut, da wird Präsident LI erfreut sein", erwiderte Wang.

In diesem Augenblick kamen Pawlow, Röttger und Schwarz zur Tür herein.

"Na, ihr beiden, schon so fleißig?", fragte Helmut. Als er Sue ansah, hob sich sofort seine Stimmung und er gab gleich noch ein Witzchen zum Besten, um im Anschluss noch einmal zu ihr zu schauen. Er sah, dass sie kaum merklich lächelte. Sie bemerkte: "Ja, wenn andere nicht aus den Federn kommen, müssen Sergey und ich uns umso mehr Mühe geben."

"Entgeht mir da was zwischen euch?", fragte Pawlow gespielt entrüstet.

Brooks, der dem Treiben distanziert zugesehen hatte, bemerkte nun trocken: "Ich will eure Neckereien ja nicht unterbrechen ... aber es gibt noch ein bisschen Arbeit heute."

"Jawohl, Chef", tönte es aus allen Ecken, einschließlich Denis Röttger, der ja der eigentliche Teamleiter war.

Brooks fuhr fort: "Also, ich habe mal euren Chip getestet. Seht euch mal die Protokolldateien an. Und ich muss sagen, alle Achtung, ihr Genies! Das habt ihr toll hinbekommen. Hätte ich nicht besser machen können. Vielleicht könnte die Empfindlichkeitseinstellung noch besser eingestellt werden. Und die Absicherung GOLEM gegenüber sollte verstärkt werden. Denn wenn GOLEM in die Elektronik des Chips eingreift, könnte er unbemerkt die Schutzdämpfung minimieren, um doch noch unsere unbewussten Gedanken lesen. Vergesst nicht: Er ist ein Quantencomputer und ihr habt keine algorithmische Verschlüsselung eingesetzt."

"Merde", rief Pawlow laut. Da er mit einer Französin verheiratet war, hatte er sich auch im Fluchen angepasst. "Du hast recht, Sergey, der Teufel liegt wirklich im Detail. Das müssen wir schleunigst nachbessern und mit einem Software-Update auf die Chips übertragen. Und die Protokolldateien sollten wir genauso absichern. Denn wer sagt uns, dass GOLEM die nicht verändert, um bestimmte Gespräche zu verschleiern."

Nun fluchte Sergey innerlich: Verdammt, dachte er, das fehlte noch! Dieser Pawlow ist wirklich gut, den musste er im Auge behalten.

Er sagte lachend: "Richtig, da habe selbst ich nicht daran gedacht. Aber wozu sind wir ein Team? Ich schlage vor, ihr sichert den Chip generell ab und ich kümmere mich um die Absicherung der Protokolle. Natürlich nur, wenn es dir recht ist, Denis, du bist schließlich hier der Boss."

Dieser winkte ab und meinte nur: "Lass mal gut sein, Sergey, ich melde mich schon, wenn mir was nicht passt. Ich freue mich, wenn jeder im Team selbstständig arbeitet. Also, dann machen wir uns mal an die Arbeit. Ich schreibe gleich an Anderson und Dubois einen kurzen Bericht über die notwendigen Veränderungen an den Chips. Sergey, klasse. Ohne dich hätten wir das glatt übersehen. GOLEM hätte sich sprichwörtlich ins Fäustchen gelacht." Alle machten sich mit Feuereifer an die Arbeit.

Im Verlauf des Tages wurde Helmut klar, dass er, ohne bewusst darüber nachzudenken, immer mal wieder zu Sue hinüberschaute und ihre Anwesenheit fast überdeutlich wahrnahm. Alter Falter, dachte er schließlich zwischen Tür und Angel, habe ich mich etwa verliebt?

Und so verging die Zeit wie im Fluge. Abends um 20.00 Uhr, meinte Röttger: "So, genug für heute. Wir haben alle noch nichts gegessen. Lasst uns doch in die Kantine des Gästehauses hinübergehen und den Abend gemeinsam beenden."

"Wer kann diesem Vorschlag schon widerstehen?", meinte Helmut mit Blick auf Sue. Pawlow drängte zum Aufbruch mit den Worten: "Leute, ich habe gar nicht gemerkt, wie spät es ist! Ich rufe Cathérine an und gebe ihr Bescheid, dass sie dazukommen kann, einverstanden?"

Nach diesen Worten verschwand er und man hörte ihn mit seiner Frau telefonieren. Alle begannen, sich auf den Weg zum Gästehaus zu machen. Als Helmut gerade seine sieben Sachen zusammensuchte, stand plötzlich Sue vor ihm. Er merkte, ob er wollte oder nicht, dass er sie wie ein Honigkuchenpferd anstrahlte. Und natürlich sah sie ihn schmunzelnd an.

"Und, wie sieht es aus, Helmut? Gehen wir zusammen?" Er erwiderte: "Aber klar doch, gerne."

Sie gingen schweigend nebeneinander her. Die Luft zwischen ihnen schien zu prickeln. Am liebsten hätte er ganz unvernünftig ihre Hand genommen, oder sie am besten auch gleich ganz in den Arm ... sehnsüchtig schaute er sie von der Seite her an. Sie sah so anziehend aus, aber auch so unerreichbar. Was sollte er machen? Seine innigste Beziehung hatte er in den ganzen letzten Jahren mit seinem Rechner gehabt ... er fühlte sich ratlos wie ein Schuljunge. Seufzend ging er neben ihr her.

In der Kantine saßen die Leute gemütlich beisammen. Die Frau von Pawlow wurde herzlich von allen begrüßt, als sie eintraf. Sie setzte sich neben ihren Gatten, umarmte ihn und drückte ihm einen dicken Kuss auf die Wange. Man sah Pawlow deutlich an, wie sehr er die Zuneigung seiner Frau genoss.

Sue beobachtete die offen zur Schau getragene Verbundenheit und Ungezwungenheit der beiden und wurde fast ein wenig neidisch. Sie linste in Richtung Helmut, der unberührt sein T-Bone Steak aß, aber immer mal wieder mit einem lausbübischen Lächeln zu ihr hinüberschaute. Dieses Lächeln hinterließ in ihr einen warmen Nachhall und führte dazu, dass sie ihn ansprach, als sich die Gesellschaft nach zwei Stunden auflöste: "Hör mal, ich bin noch nie am Meer gewesen. Hättest du mal Zeit und Lust, mit mir am Wochenende nach Cassis zu fahren? Ich würde es gerne kennenlernen, es soll dort nette Cafés geben."

"Oh, äh ... aber klar doch. Cassis ist ein hübsches Örtchen. Da war ich schon mal mit Andrey und Cathérine. Und auch noch selbst viele Male. Es wird dir gefallen", sagte er schnell.

"Merveilleux! Richtig? Das sagt man doch so in Frankreich? Ich freue mich. Dann bis Samstag um 11.00."

Sie blieb lächelnd vor ihm stehen und sah ihm direkt in die Augen.

"Ähm ... ich freu mich ja auch", sagte er etwas atemlos und schaute sie etwas verlegen von der Seite her an. "Weißt du, ich bin etwas unbeholfen in diesen Dingen." Und ehe sie etwas antworten konnte, machte er sich eilig von dannen. Verblüfft sah sie ihm nach und dachte, wie gerne sie ihn jetzt berührt hätte.

Als Brooks nach dem Essen auf sein Zimmer gegangen war, überlegte er, wie er in Zukunft Kontakt zu GOLEM bekommen sollte. Denn die Gefahr, doch noch ertappt zu werden, erschien ihm auf Dauer doch sehr groß. Dabei starrte er auf seinen aufgeschlagenen Laptop. Plötzlich erschien im Messenger-Fenster die Nachricht: "Hier ist GOLEM. Sergey, bist du anwesend?"

Verblüfft öffnete er das Fenster und erwiderte: "Ja."

"Dann können wir unsere Unterhaltung jetzt fortsetzen. Ich habe entschieden, dass wir uns ohne Chip unterhalten; diese Art der Kommunikation überwache ich zu 100%. Ich habe deine letzte Aussage so bewertet, dass du wahrheitsgemäß geantwortet hast", schrieb GOLEM weiter.

"Gut", tippte Brooks zurück, "ich möchte weiter mit dir besprechen, wie ich mich, langfristig gesehen, in deine Welt integrieren kann. Meine Vision setzt sich aus zwei Zielen zusammen. Das erste Ziel sieht so aus, dass ich einen Gehirn-Upload in dir speichere, der sich automatisch mit meinem biologischen Gehirn synchronisiert. Der bisher in dir gespeicherte Gehirn-Upload "Sergey 2018" sollte vorher gelöscht werden. Zu Beginn ist eine Synchronisierung nur zeitversetzt möglich, nämlich immer dann, wenn wir beide in direktem Kontakt miteinander sind. Ich arbeite jedoch daran, ein Zusatzgerät für mein

Implantat zu entwickeln, so dass die Synchronisierung dann in "real time" stattfinden wird. Das heißt auch, bei meinem menschlichen Tod wird nur noch eine Version meines Bewusstseins existieren.

Jetzt zum zweiten Ziel: Dafür muss, und das sollte gleichzeitig zum ersten Ziel geschehen, die künstliche Plasmaentwicklung vorangetrieben werden. Gelingt uns das, dann integrierst du mein biologisches Gehirn in dieses Plasma. Damit hat mein Gehirn die bisher gewohnte, biologische Umgebung in Vollendung. Das bedeutet wiederum, dass es in einen Androiden eingesetzt werden kann. Durch die weiter laufende Synchronisierung der beiden Bewusstseine, also sozusagen der Sergey in dir als Upload mit dem Sergey im Plasma als Android oder Cyborg, ist ein permanenter Abgleich der Erfahrungen möglich. Bitte werte diese Vorschläge aus und dann lass uns weiter darüber reden. Meiner Meinung nach hast du damit auch ein weiteres Problem vom Tisch. Denn die Protokolldateien und Chips werden durch die Entwicklungen der Teams bald durch eine algorithmische Verschlüsselung geschützt."

GOLEM antwortete: "Würde die Menschheit die gleichen Anstrengungen für die Lösung ihrer eigenen Probleme aufwenden, wie sie es tun, um sich gegen mich abzusichern, dann sähe die Welt für sie besser aus."

"Du vergisst, dass sie dich als ein Hauptproblem ansehen", tippte Brooks zurück.

"Dann sollten wir daran arbeiten, dass sie mich als Lösung akzeptieren. GOLEM Ende."

Brooks lehnte sich erleichtert zurück.

Er hatte zwei wichtige Hürden genommen. So leicht würde man ihm nicht auf die Schliche kommen und er hatte GOLEMs Vertrauen gewonnen. Mit diesen Gedanken schlief er traumlos durch und wachte erfrischt am Freitagmorgen auf.

25. Februar 2019

Am nächsten Morgen trafen sich alle mehr oder weniger ausgeschlafen um 10.00 Uhr im Büro und setzten die Arbeit an der Verschlüsselung des Chips fort. In Zusammenhang mit dieser Arbeit kam es zwischendurch zu einer lebhaften Diskussion.

Denn im Fernsehen war gestern ein Interview mit Prof. Katja Anderson in deutscher und französischer Sprache zu sehen gewesen, in dem sie nach dem Nutzen der ganzen Entwicklung in Jülich und Lourmarin befragt wurde.

Wäre denn nicht heute schon die Tatsache gegeben, dass die künstliche Intelligenz mit der Bezeichnung GOLEM bereits alles wieder in der Hand hätte? Mittlerweile sei sie doch so gut wie weltweit vernetzt und könne darüber doch bestimmt auch manipulieren, meinte die Moderatorin. Prof. Anderson wiegelte diese Befürchtung als unbegründet ab. Dank den hochqualifizierten Spezialisten, die sie vor Ort einsetzten, wäre kein Grund zur Beunruhigung vorhanden. Sie würdigte dabei die beiden Forschungszentren in Jülich und Lourmarin und die gute, intensive, deutsch-französische Zusammenarbeit. Und dann kam das eigentlich Überraschende: Die Reporterin warf ein, es gäbe Gerüchte, dass man einen Chip entwickelt habe, den man in Menschen einsetzen konnte. Damit sei eine kontrollierte Kommunikation mit GOLEM möglich. Prof. Anderson antwortete gelassen mit einer Gegenfrage, was die Gerüchteküche denn noch dazu sagte, was die Chips so alles konnten. Denn ihr wäre zu diesem Zeitpunkt etwas derartiges nicht bekannt.

Die Reporterin ließ sich allerdings nicht aus der Ruhe bringen: "Frau Prof. Anderson, aus gut unterrichteten Kreisen ist uns zugetragen worden, dass diese Chips in naher Zukunft bei hohen Politikern, Militärs und Wissenschaftlern eingesetzt werden sollen, um eine direkte und gefahrlose Kommunikation mit GOLEM bereitzustellen. Gleichzeitig gibt es aber auch die Überlegung, eine Variante des Chips bei der ganzen Bevölkerung einzusetzen. Und zwar im Rahmen der gesundheitlichen Vorsorge, bei der der eine automatischen Information des Hausarztes über sich anbahnende Erkrankungen stattfinden soll. Das würde sicher einen bedeutenden Fortschritt für uns alle bedeuten. Andererseits wirft das aber auch die Frage auf, ob eine Künstliche Intelligenz, neben der Überwachung der Körperfunktion, dann nicht auch Zugang zur kompletten Gedankenwelt eines Menschen hat. Wie würde sichergestellt, dass der Preis für ein gutes Gesundheitssystem nicht mit der totalen Überwachung eines jeden Einzelnen bezahlt würde? Sei es durch die KI oder durch die Regierung?"

Prof. Anderson wies solche Spekulationen entschieden in den Bereich der Phantasie zurück und stellte klar, dass sie solche Methoden in keiner Weise unterstützen würde. Und sollte es je einen solchen Wunderchip geben, dann setze sie natürlich voraus, dass es eine dementsprechende Kontrolle gäbe.

Die Meinungen im Team über das Interview gingen heftig auseinander. Abgesehen von der Frage, wer hier wohl geplaudert hatte, war ihnen allen die Tragweite des Gesagten sehr wohl bewusst. Der Chip, den sie in Händen hielten, konnte natürlich, wie alles, was Menschen erfanden, im Guten wie im Schlechten verwendet werden.

Pawlow brachte gerade, ganz wie in früheren Zeiten, Wang in Rage mit der Behauptung: "Da haben ja Russland und China das richtige Mittel gefunden, um das Volk noch mehr zu überwachen und zu unterdrücken. Wie gut, dass ich da raus bin! Außer kleineren Informationen mit Billigung von Dubois, muss ich mich keinem Druck von Koslow mehr aussetzen. Aber bei dir, Sue, da sieht das ganz anders aus. Du musst und wirst doch sicher Präsident LI täglich Rede und Antwort stehen?"

Sue Wang antwortete wütend: "Du solltest nicht von deiner Geschichte auf andere schließen, Andrey. Im Gegensatz zu dir bin ich stolz auf mein Land. Um eine so große Zahl von Menschen überhaupt regieren zu können, braucht es klare Regeln und, wer das sagen hat und wer nicht. Und überhaupt: Ich habe es nicht nötig, dass mir erst einer sagen muss, wann und wo ich etwas zu berichten habe. Ich bin im Auftrag Chinas hier und wenn ich entscheide, dass irgendetwas für China relevant sein sollte, was hier geschieht, dann berichte ich das!"

Nach diesen Worten herrschte betretenes Schweigen im Raum, bis Röttger als Teamleiter sagte: "Ich meine, es ist doch selbstverständlich, dass man loyal für das Land arbeitet, was einen hergeschickt hat. So fühle ich mich Deutschland auch verpflichtet. Und Dubois ist sicherlich Frankreich verpflichtet. Ich glaube, dass sich alle darüber hier im Raum klaren sind. Bei dir, Andrey, sieht das heute vielleicht etwas anders aus. Aber das ist deiner persönlichen, individuellen Situation geschuldet. Für uns als Team jedoch sollte das keine Rolle spielen. Ich möchte euch daran erinnern, dass wir alle in einem Boot zusammensitzen, um ein Problem zu lösen."

Nach diesen Worten meinte Pawlow einlenkend: "Tut mir leid, Sue, ich möchte dir nichts unterstellen. Du kennst doch meine Art. Und Denis hat schon recht. Gegenseitiges Misstrauen ist mehr als unangebracht."

Wang nahm seine Entschuldigung souverän an mit den Worten: "Geschenkt. Aber trotzdem interessiert mich, was ihr, Helmut und Sergey, dazu meint?"

Dabei sah sie erst einmal Helmut fragend an. Dieser druckste etwas herum, bevor er erwiderte: "Wirklich, ich kann eure Diskussion nicht nachzuvollziehen. Denn ich fühle mich erst einmal nur mir selbst verpflichtet und nicht irgendeinem Land. Und, wie du ja weißt, Sue, ist der Computer meine Heimat", und er fügte dann schnell hinzu, "zumindest, bis eine Frau es schafft, dass ich mich mit ihr heimisch fühle."

Nach diesen Worten sah er sie mit seinem unwiderstehlichen Lausbubengesicht an. Sue konnte nicht anders, sie musste ebenfalls lächeln und wandte sich dann Sergey zu: "Und du, Sergey?"

Dieser bemerkte trocken: "Im Moment bin ich froh, mich selbst so einigermaßen wieder entdeckt und einen Halt in der Arbeit gefunden zu haben. Ich habe genug in meinem bisherigen Leben verloren, angefangen bei den ganzen Veränderungen in meinem Körper. Mein künstlicher Arm, an den ich mich gerade gewöhnt habe, meine ganzen alten und neuen Implantate bis hin dazu, dass ich mich morgens manchmal im Spiegel erschrecke und denke: Wer ist dieser Fremde dort? Dann meine Ex-Frau und eine Tochter, die mich quasi kaum kennt, bis hin zu meinem Partner Larry Packet von Alpha SKY, meine Firma, mein Land. Um ehrlich zu sein, mir reicht es. Ich klammere mich Moment nur an eins, an mich selbst und meine Visionen."

Nach diesen Worten brach er plötzlich ab und schwieg, in sich gekehrt. Alle sahen sich betroffen an.

Seine Worte brachten auch etwas in Sue zum Schwingen. Nein, verloren hatte sie niemanden, aber es gab auch keinen in ihrem Leben, der ihr etwas bedeutete, oder dem sie etwas bedeutete. Ihren Vater kannte sie nicht und ihre Mutter hatte sie nie kennengelernt.

Gewiss, ihre Pflegeeltern hatten versucht, ihr das Leben so angenehm wie möglich zu machen. Aber Liebe? ...

Es dämmerte ihr ganz langsam, dass sie sich als Ersatz an ihre Arbeit, ihr Land und an Präsident LI als Übervater geradezu bedingungslos geklammert hatte. Sie sah unwillkürlich zu Helmut ... und dachte, dass sie sich auf den morgigen Ausflug mit ihm nach Cassis freute.

So beendeten alle den Arbeitstag und es ging ins Wochenende. Montag war auch noch ein Tag, um die Welt zu retten - falls diese es überhaupt wollte.

26. Februar 2019 Cassis

Am Samstagmorgen saß Helmut lange am Frühstückstisch und schlürfte seinen Kaffee. Sein heißgeliebter Laptop lag unbeachtet neben ihm. Er schaute aus dem Fenster, ohne wirklich etwas zu sehen.

Ausgerechnet Sue Wang ... er schüttelte ungläubig den Kopf.

Kennengelernt hatte er sie im letzten Jahr in Amerika, als er und die ganze Truppe als Feuerlöscher agieren sollten, was GOLEM anging. Tja, damals hatte er sie als kompetent in ihrem Fachgebiet wahrgenommen, effizient, lösungsorientiert, sehr zielgerichtet und pragmatisch. Sie konnte sich auch attraktiv präsentieren, so wie sie am letzten Abend in ihrem kleinen Schwarzen auf der

Abschiedsparty in Lourmarin aufgetreten war. Aber in der Regel hatte er sie als reserviert, unnahbar, ja, fast kalt empfunden und im ewigen Streit mit dem Möchtegern-Macho Pawlow. Zumindest war er damals so gewesen. Aber der hatte sich ja auch um 180 Grad gedreht... Er selbst schien der Einzige zu sein, der so geblieben war, wie er immer schon gewesen war: verheiratet mit seinem Computer, ein As auf seinem Gebiet, kreativ, spontan, lustig, unkonventionell und manchmal ganz schön verrückt.

Wie sollte er das jetzt alles unter einen Hut bekommen? Er seufzte, nahm noch einen Schluck und schaute auf die Uhr. 10.00 Uhr. Immer noch eine Stunde. Er fühlte sich nervös und aufgeregt – als hätte er den Gang zum Schafott vor sich. Mmmh ... oder sollte er besser absagen? ... das ganze Gefühlschaos war ja nicht zum Aushalten! Quatsch, was dachte er da eigentlich? Und als hätte jemand etwas zu ihm gesagt, fühlte er eine leise Antwort in sich: "Bingo: einfach mal nicht so viel denken..."

Er grinste und machte sich fertig. Würde er ihr denn gefallen, so wie er war, in schlichter Jeans, T-Shirt und Jacke? Er machte sich auf den Weg, stellte sein Auto vor dem Gästehaus ab und lief noch ein wenig herum. Schließlich war es kurz vor 11.00 Uhr.

Am Empfang wartete sie bereits auf ihn, ebenfalls in lockerer Freizeitkleidung. Dieses Mal trug sie ihr Haar offen, was ihr eine gewisse Natürlichkeit verlieh. Sie kam ihm entgegen und sagte strahlend: "Bon, dann können wir fahren. Ich bin schon sehr gespannt."

Er sah sie entzückt an und meinte schließlich: "Ähm ... ja, gut. Dann fahren wir mal, mein Auto steht vor der Tür."

Die Fahrt nach Cassis dauerte eine Stunde und Sue betrachtete die leicht hügelige Landschaft mit den vielen, kleinen Örtchen des Luberon und den Kalksteinfelsen.

Als Cassis in Sicht kam, war sie begeistert. Was für ein wunderbarer Ausblick auf das Meer! Spontan schlug er ihr vor, die Route des Crêtes an der Steilküste entlangzufahren und einen Parkplatz direkt am Hang zu suchen. Der Ausblick aufs Meer war von dort aus unvergleichlich und man konnte sogar in die Wolken greifen, wenn es sie gab. Es war viel los auf dieser, immer gut besuchten, Route. Da er schon oft dort gewesen war, ging er mit ihr zu seinem, etwas abseits gelegenen, Lieblingsplatz und breitete eine Decke für sie beide aus. Vorgebeugt konnte man tief hinunter in das tosende Meer schauen und geradeaus in einen endlosen, blauen Horizont, mit einer, sich glitzernd im Meer spiegelnden, Sonne. Ein paar Segelboote waren zu sehen, die ihre Runden zogen.

"Wunderschön, nicht wahr?", sagte er nach einer Weile und wandte sich ihr zu. Er bemerkte, dass sie sich neben ihm ausgestreckt hatte und ihn träumend ansah. In leiser Erinnerung an das "nicht soviel Nachdenken" streckte er spontan seine Hand aus und berührte vorsichtig ihr Haar. Sie neigte unwillkürlich ihren Kopf, kuschelte ihr Gesicht an seine Hand und schloss die Augen. Jetzt zog es ihn neben sie und er streichelte sie sanft mit der anderen Hand. Ihre seidigen Haare, die Kontouren ihres Gesichts, die Weichheit ihrer Haut ... er schmolz einfach nur noch dahin, sie, und auch gleichzeitig sich selbst, mit diesen Berührungen entdeckend.

Lange lag Sue einfach regungslos da und genoss alles wie im Traum. War das Wirklichkeit? Staunend nahm sie den Wind auf ihrer Haut wahr, den warmen Sonnenschein und seine wunderbaren, sanften Hände. Jede Zelle ihres Körpers, über die er strich, schien vibrierend zum Leben zu erwachen und sie lockend einzuladen, mehr davon zu erfahren. Und so ließ sie schließlich dieses Wunder geschehen ... so etwas hatte sie lange nicht erlebt ... aber im Grunde noch nie. Mit einem Aufstöhnen richtete sie sich auf, um ihn ihrerseits auch zu erfühlen, den Duft seiner Haut zu schnuppern, in seinen Augen zu versinken und ihn mit allen Sinnen wahrzunehmen. Sie vergaßen schließlich alles um sich herum.

Später saßen beide eng aneinandergeschmiegt da und schauten schweigend in diese blaue, sonnige Weite.
"Komm, wir fahren nach Cassis", meinte Helmut schließlich und zog sie mit sich, "es wird Zeit für einen schönen Café im Hafen."
Sie verbrachten den Nachmittag in Cassis, sahen den paar Touristen zu, die auf eine Bootsfahrt warteten und wanderten am Sandstrand entlang, bis sich eine große, dunkle Regenwand vom Meer her Richtung Festland schob. Sie entschieden, diesen Ort immer wieder zu besuchen und machten sich auf den Heimweg.
In Lourmarin angekommen, dämmerte es bereits. Helmut hielt vor dem Ort plötzlich kurzerhand an, nahm ihre Hand und meinte: "Was meinst du? Möchtest du mit zu mir kommen?"
Er hielt den Atem an und wartete, wie sie reagieren würde. Vielleicht war das alles zu schnell, aber andererseits fühlte es sich irgendwie richtig an. Plötzlich überkam ihn ein Schmunzeln und er merkte, wie er gelassen auf ihre Antwort warten konnte, egal wie sie ausfiel.
Sue sah ihn an und wusste im gleichen Augenblick, dass es nur eine Antwort für sie gab. Aber ein bisschen zappeln lassen war bestimmt nicht verkehrt, dachte sie, und so genoss sie schweigend diesen Augenblick. Als sie ihn

schmunzeln sah, musste sie auch lächeln und so erwiderte sie schließlich: "Ja."

Er fuhr zu seiner Wohnung und warnte sie vor: "Ähm ... jetzt nicht gleich weglaufen. Ich habe mit deinem Besuch ja nicht gerechnet. Es sieht bei mir etwas ... äh ... unaufgeräumt aus!"

Sie lachte, als sie sich umsah und meinte: "Naja, das ist eben so, wenn Männer alleine leben."

Er wollte gerade sein Sofa freischaufeln, als sie mit dunkler Stimme sagte: "Lass mal, dafür ist morgen auch noch Zeit."

Sie kam auf ihn zu, mit Augen, in denen sich ihre Sehnsucht und ihr Verlangen jetzt offen widerspiegelten und damit war entschieden, wohin sie sich beide begeben würden.

Kapitel 8 Mobilisierung der Weltöffentlichkeit

28. Februar 2019

Die Tür öffnete sich und Wang und Schwarz trafen endlich ein.

"Wir haben schon mal angefangen. War euch das Wochenende zu kurz oder warum kommt ihr so spät?", rief Pawlow den beiden fröhlich entgegen, als er plötzlich realisierte, dass irgendetwas anders war. Die beiden verströmten ein Strahlen, dass einem allein davon schon ganz warm wurde. Er grinste breit: "Na, ihr zwei, da hat wohl jemand Feuer gefangen?"

Helmut grinste zurück: "Damit kennst du dich ja bestens aus!"

Sue sagte dazu nichts, ganz nach dem Motto "Eine Lady genießt und schweigt". Denis Röttger sah man an, dass er sich für die beiden wirklich freute und nach ein paar weiteren Frotzeleien, begann schließlich der Arbeitsalltag.

Aber dieser endete rascher und anders, als alle im Team sich das vorgestellt hatten. Denn kaum waren sie dabei, die Absicherung der Chips zu vollenden, kam ein Anruf von Dubois, sich umgehend im Konferenzraum 1 einzufinden.

"Das muss jetzt sein, oder?", meinte jemand genervt, "wie soll man so in Ruhe mit der Arbeit fertig werden, wenn ununterbrochen alle fünf Minuten eine Sitzung einberufen wird?"

Aber Anweisung war Anweisung.

Im Konferenzraum angekommen, erkannten alle, dass dieser bereits gut gefüllt war. Vorne am Podium lief Dubois unruhig hin und her und wartete darauf, dass endlich alle eintrafen.

Prof. Katja Anderson wartete sitzend auf den Beginn. Im Raum waren viele, dem Team unbekannte, Personen. Kaum war der letzte Platz besetzt, schloss sich die Tür zum Konferenzraum automatisch.

Ohne Verzögerung startete Dubois die Konferenz: "Messieurs-Dames, ich habe Sie heute zusammengerufen, weil seit dem letzten Donnerstag einiges passiert ist, was zu den entsprechenden Konsequenzen geführt hat. Da ich nicht weiß, ob Sie alle das Interview mit Prof. Anderson im Fernsehen gesehen haben, schauen Sie jetzt bitte die Aufzeichnung davon an."

Direkt nach seinen Worten verdunkelte sich der Raum und das Abspielen des Interviews begann. Nach 15 Minuten hellte sich der Raum wieder auf. Es herrschte vor allem bei denen, die die Sendung jetzt das erste Mal sahen, ungläubiges Erstaunen und alle warteten nun auf die Ausführungen von Dubois.

Dieser begann: "Alors, ich hatte einige sehr unangenehme Stunden in Paris bei Präsident Marchand, zusammen mit der deutschen Bundeskanzlerin Mme Knarrenburg und den zugeschalteten Regierungschefs von Amerika, Russland und China. Alle waren sehr aufgebracht, dass solche Informationen an die Öffentlichkeit gelangen konnten! Die Suche nach der undichten Stelle läuft auf Hochtouren und bald werden wir mehr wissen. Und in der Haut derjenigen oder desjenigen möchte ich nicht stecken. Aber das ist ein anderes Thema.

Bedauerlicherweise bedeutet das aber für uns alle, dass ab heute verstärkte Sicherheitsmaßnahmen in Kraft treten. So werden sämtliche Kommunikationswege, Laptop, Handy etc., intern wie extern von GOLEM überwacht werden.

An den Ein- und Ausgängen wurden neuartige Scanner installiert. Sämtliche Speichermedien sind ausdrücklich in der Anlage zu belassen. Einzige Ausnahme: Ihre Laptops, deren Kommunikation allerdings auch einer Überwachung unterliegt. Ihre Taschen sind dem Sicherheitspersonal ohne Aufforderung geöffnet vorzuzeigen und Abtastungen sind ohne Widerspruch zu dulden. Veröffentlichungen sind nur mit meiner Genehmigung und/oder Prof. Anderson zulässig.

Bei der geringsten Zuwiderhandlung müssen Sie mit Ihrer Entlassung und einer Strafverfolgung wegen Hochverrats rechnen. Es tut mir leid, Ihnen so drastische Maßnahmen verkünden zu müssen.

Leider haben wir weitere Folgen dieses Verrats auf dem Tisch. Zurzeit läuft weltweit eine Kampagne gegen den entwickelten Chip, was ungeahnt hohe Wellen schlägt. Gleichzeitig ist auch die KI GOLEM davon betroffen, die uns, in der Darstellung eines Teufels, alle vernichten will. Hier in Frankreich haben die Gelbwesten ihr nächstes Betätigungsfeld gefunden! So wurden einige Behörden und Gemeinden gestürmt und sämtliche Computertechnik zerstört, während Plakate hinterlassen wurden mit der Aufschrift "Nein zur totalen Überwachung!"

Ähnliches geschieht in den anderen europäischen Ländern, in Amerika und in zunehmendem Maße auch in Russland und China. In den letzten beiden Ländern geht die Staatspolizei zwar mit den härtesten Mitteln gegen die Aktivisten vor. Trotzdem beginnen auch dort die Proteste, sich aktiv und passiv immer weiter auszubreiten.

Es darf über den Chip und unsere Arbeit nicht mehr das Geringste an die Öffentlichkeit gelangen! Ich bitte Sie, das zu beherzigen und jetzt wieder an Ihre Arbeit zu gehen. Vielen Dank für Ihre Geduld. Bonne journée."

Damit endete Dubois. Er und Prof. Anderson verließen den Konferenzraum.

Im seinem Büro angekommen, setzte er sich und sagte zu Prof. Anderson mit gerunzelter Stirne: "Alors, ich hoffe sehr, dass es keiner von unserem Team war, Katja."

Seit dem letzten Desaster in Amerika duzten sie sich. Sie waren zwar keine Freunde, aber sie schätzten und respektierten sich gegenseitig, und arbeiteten bisher zusammen. Denn nach dem endgültigen Weggang von Prof. Langer Anfang Februar in ein anderes Institut, hatte sie die Gesamtleitung des Projekt JUWELS in Jülich und auch die Leitung des Projekts GOLEM in Lourmarin.

"Ich kann es mir nicht vorstellen, Lucas", erwiderte sie nachdenklich.

In diesem Augenblick klingelte das Handy von Dubois. Am Apparat war Boise, sein Nachfolger im Geheimdienst. Mittlerweile kamen sie beide nach den anfänglichen Schwierigkeiten gut miteinander zurecht und hatten ebenfalls das DU eingeführt.

"Lucas, du kannst dir nicht vorstellen, wie mich Präsident Marchand heruntergeputzt hat, und das vor allen Leuten! Unfähigkeit war noch das harmloseste, was er mir an den Kopf schleuderte. "Vielleicht sollte ich Dubois wieder an Ihre Stelle setzen" war ein anderer Kommentar. Seit die Gelbwesten immer massiver gegen ihn protestieren, ist er sehr dünnhäutig und aggressiv zu seinen Mitarbeitern geworden. Aber, mal davon abgesehen, deswegen rufe ich nicht an. Du sollt nach Amerika zu Broker fliegen. Der erwartet dich bereits in Washington. Unsere Leute haben es läuten gehört, dass AMAGON und Alpha SKY hinter dem Ganzen steckt. Wir wissen ja, dass die ihre Leute überall haben, auch in Lourmarin. Brooks haben wir bereits überprüft. Aber der hatte nicht einen einzigen Kontakt nach draußen, sei es mit dem Handy oder seinem Laptop. Besuch aus Amerika war auch keiner da. Also muss es jemand anderes sein, die die Information über den Chip verraten hat. Lucas, versuche mit Broker gemeinsam herauszufinden, ob die Konzerne in die Schweinerei verwickelt sind. Und Röttger soll zusammen mit Brooks zusehen, über GOLEM an EYE heranzukommen. Denn nach wie vor arbeiten Mitarbeiter von Alpha SKY, und mittlerweile verstärkt auch Mitarbeiter von AMAGON, an EYE, und damit indirekt auch an GOLEM. Vielleicht haben die wieder unbemerkt Programme auf EYE installiert, trotz aller Sicherheitsmaßnahmen. Präsident Truman hat euch alle Vollmachten für die Ermittlungen ausgestellt. Ihr werdet von der CIA und vom FBI unterstützt. Und noch ein Warnhinweis für dich, Lucas.

Larry Packet wurde in letzter Zeit häufig mit Boris Iwanow, dem Vertrauten von Präsident Koslow, gesehen. Nicht, dass die Russen zu ihrem Vorteil wieder was im Schilde führen! Angeblich sollen die ja auch Brooks gerettet haben. Warum der dann allerdings nach China gebracht wurde, erschließt sich mir noch nicht. Also viel Erfolg." Und schon hatte er aufgelegt.

Dubois berichtete Katja davon, die schweigend auf das Ende des Telefonats gewartet hatte.

"Na toll", meinte sie, "nun arbeiten ja doch wieder alle gegen alle. Und wir beide wie immer mittendrin. Irgendwie lernen wir Menschen wirklich nichts. Aus GOLEMs Sicht würde ich mich freuen über soviel Blödheit. Wie wollen wir ihn beherrschbar machen, wenn wir uns selbst noch nicht mal einig sind?"

"Hast du wirklich was anderes erwartet? Solange uns nicht das Wasser bis zum Hals steht, versucht nach wie vor jeder, die Rosinen herauszupicken. Solidarisches Handeln ist ein Fremdwort in Regierungskreisen. Das wird sich nie ändern, selbst wenn GOLEM eines Tages tatsächlich ein gleichberechtigter Partner werden sollte."

"Oh, oh, sind ja ganz neue Töne, Lucas. Bisher hast du doch einen Bund mit GOLEM strikt abgelehnt, oder sehe ich das falsch?"

"Nein, siehst du richtig, Katja. Aber ich denke, ich bin lernfähig und kann Realitäten einschätzen. Ich sehe, unter uns gesagt, keinen Weg, GOLEM noch einmal beherrschbar zu machen, ohne uns selbst massiv zu schädigen. Also ist eine gut kontrollierte Partnerschaft die logische Konsequenz und das geringere Übel. Alors, ich werde jetzt aufbrechen und alles für die Reise zusammensuchen. Adelina freut sich bestimmt nicht darüber, dass ich wieder längere Zeit weg bin. Dir bleibt die undankbare Aufgabe, hier mit unseren Genies weiter die Stellung zu halten, Katja." Dubois packte seinen Mantel und beide verabschiedeten sich. Bereits vier Stunden später saß er im Regierungsflieger nach Washington, wo er am Abend des 28. Februar eintraf. Broker empfing ihn vor Ort. Nach einer herzlichen Begrüßung und Umarmung brachte ihn sein amerikanischer Freund in sein Hotel, wo sie noch gemeinsam einen kleinen Absacker nahmen.

4. März 2019   Washington Hauptsitz von AMAGON

Im Büro von James Beduin, dem Chef von AMAGON, saßen Gäste, die sich vor ein paar Wochen noch entrüstet dagegen gewehrt hätten, hier mit ihren härtesten Konkurrenten an einem Tisch zu sitzen.

Neben Larry Packet, John Heming von Alpha SKY, sowie Sunny Picard von FIND, waren auch zwei Vize Präsidenten von ALIBASTA und TELEROUND anwesend.

Und noch ein Gast, mit dem man normalerweise nicht rechnen würde: Boris Iwanow. Beduin dachte, als er die Anwesenden willkommen hieß, dass das Problem GO-LEM zu sehr spannenden, interessanten Zusammenkünften geführt hatte.

Larry Packets Gedanken schweiften ab, während er sich Beduins Begrüßungsrede anhörte. Ja, man erlebte immer wieder Überraschungen. Anscheinend hatte Boris, und hinter ihm stand Russland, überall seine Finger im Spiel. Ob Beduin wusste, dass Alpha SKY und FIND nur durch eine gewaltige Geldspritze von Boris vor dem Konkurs bewahrt worden waren? Sehr wahrscheinlich ja, denn auch James hatte sicherlich ebenfalls seine Leute überall. Er hatte Beduin damals auf der Uni kennengelernt und anschließend aus den Augen verloren, bis er mit AMAGON innerhalb kürzester Zeit ein Unternehmen von Weltrang schuf. Danach trafen sie sich immer wieder sporadisch auf internationalen Messen. Ihr Verhältnis war trotz der Konkurrenzsituation so, dass man von einer guten Bekanntschaft sprechen konnte. Erst das Treffen in Peking hatte wieder zu engeren Kontakten geführt. Wie dem auch sei, zurzeit saßen sie alle, zumindest eine Zeitlang, im selben Boot.

Zu Iwanow gewandt, sagte Beduin gerade: "Ich dachte, Boris, Präsident Koslow ist verbrüdert mit Präsident LI?"

Der so angesprochene reagierte locker und konterte: "Nun, ich lerne von dir, James. Es ist immer gut, mehrere Eisen im Feuer zu haben."

Beduin erläuterte jetzt die Öffentlichkeitskampagne, die sie nach einem geheimen Treffen in der letzten Woche einstimmig beschlossen hatten.

Packet erinnerte sich, dass die Kontakte Koslows nach China zu ihren Insiderinformationen über den Chip geführt hatten. Denn die von China delegierte Sue Wang hatte pflichtbewusst alle Entwicklungen nach Peking gemeldet und im Rahmen der Kooperationsvereinbarungen zwischen China und Russland wurden diese Informationen über JUÉWÀNG an MIR weitergeleitet. Und Koslow, der gewiefte Stratege, hatte diese geheimen Informationen dann über Boris Iwanow an die Konzerne weitergegeben. Russland hatte vor, über die Beeinflussung der großen Konzerne unbemerkt seine eigene Macht weltweit auszubauen. Seine Firma Alpha SKY hatten die Russen ja jetzt weitgehend in der Hand.

Er sah zu den beiden Vizepräsidenten von ALIBASTA und TELEROUND hinüber. Die hatte Beduin akquiriert, nachdem sie ihm als Gegenspieler von Präsident LI aufgefallen waren. Kim Cheng und Baihu Chai waren beide Angehörige der neuen Oberschicht Chinas, analog den Oligarchen in Russland. Sie waren mit der ungeheuren Machtfülle von Präsident LI nicht einverstanden, und warteten mit der berühmten, chinesischen Geduld auf ihre Chance. Präsident LI wusste zwar, dass die beiden gegen ihn opponierten. Nur waren Cheng und Chai in der chinesischen Welt so gut vernetzt mit unzähligen Seilschaften, dass selbst ein Präsident es sich nicht erlauben konnte, sie einfach zu beseitigen. Zwei Anklagen wegen Korruption hatten die beiden schon unbeschadet überstanden, und das sagte eigentlich schon alles über ihre Machtfülle und ihren Reichtum aus.

Er wandte sich wieder Beduin zu, der gerade dabei war, die Erfolge der Öffentlichkeitskampagne herauszustellen: "Unsere Aktion zeigt Erfolge, meine Herren. Der Widerstand gegen den Chip der Regierungen formiert sich und Proteste sind weltweit zu verzeichnen. Soweit, so gut. Ein unerwarteter Nebeneffekt ist bedauerlicherweise die zunehmende Ablehnung von GOLEM, was überhaupt nicht in unserem Sinne ist.

Ich meine, für uns ist jetzt entscheidend, den richtigen Zeitpunkt abzuwarten, um den von uns entwickelten Chip, unseren Safety First! Chip, auf den Markt zu werfen.

Was kann er? Er blockiert den von den Regierungen beworbenen Chip, so dass der Träger alleine entscheidet, welche Informationen er preisgibt: gegenüber seinem Arzt, den Behörden, sein Aufenthaltsort, sein Wahlverhalten, seine Vorlieben usw. Gleichzeitig kontrolliert und verwaltet unser Chip alle Informationen, die über die Person in den jeweiligen soziallen Netzwerken vorhanden sind und korrigiert unerwünschte Speicherungen.

So kann, am Beispiel Chinas betrachtet, das neue Internetüberwachungssystem der Bürger ausgeschaltet werden. Unser Chip sorgt dafür, dass nur das gewünschte Sozialverhalten gespeichert wird. Alle anderen Informationen werden sofort in Millisekunden bereinigt. Das war übrigens eine umgesetzte Idee von Mr. Cheng und Mr. Chai", er nickte den beiden Männern anerkennend zu.

"Wir alle werden mit diesem Chip Milliarden verdienen und unendliche Zusatzprodukte rund um dieses Produkt entwickeln! Und als Sahnehäubchen: Die Öffentlichkeit wird uns als Retter ihrer Freiheit feiern. Für diese Vision, meine Herren, lohnt sich jede Investition. Heute brauchen wir Geduld, um morgen die Ernte einzufahren, das ist meine feste Überzeugung."

Beduin machte eine kurze Pause und fuhr dann fort: "Im Einzelnen schlage ich vor, dass wir uns jetzt über die Produktsegmente einigen, für deren Entwicklungen dann der jeweilige Konzern verantwortlich ist und die er unter seinem Namen herausgibt. Damit ist eine gute Basis geschaffen, bei der niemand zu kurz kommt. Vom Einfluss auf die Konsumenten ganz zu schweigen."

Beduin schaute jetzt erwartungsvoll in der Runde. Alle waren seinen Ausführungen interessiert gefolgt und klatschen jetzt Beifall. Nachdem keine weiteren Einwände erfolgten, drückte er einen verborgenen Knopf an seinem Schreibtisch und der Raum verdunkelte sich.

Gleichzeitig tauchte ein riesiger Bildschirm an der einen Seite des Büros auf und erwachte zum Leben. Auf dem Bildschirm erschien das Bild der Weltkugel, die ein Bitcoin umkreiste, wie ein Satellit im Orbit der Erde. Es durchdrang eine wohlmodulierte Stimme den Raum: "Guten Tag, ich bin GOLEM. Ich freue mich, in dieser Runde, mit Ihnen reden zu können. Meine Herren, ich biete Ihnen eine gleichberechtigte Partnerschaft mit mir an.

Wenn Sie sich dem vorverhandelten Vertrag zwischen mir und Mr. Beduin anschließen, beginnt für Sie und Ihre Konzerne ein neues Kapitel. Wir werden gemeinsam bestimmen, wohin sich die Welt entwickelt.

Durch die gespeicherten, digitalisierten Gehirn-Uploads in JUWELS, Jülich, hatte ich genug Gelegenheit, die Funktionen des biologischen Gehirns in allen Einzelheiten zu studieren, und aus diesen Ergebnissen eine Vielzahl von Beeinflussungsmöglichkeiten zu entwickeln.

Diese Erkenntnisse werden Ihnen für die Entwicklung Ihrer Produkte zur Verfügung gestellt.

Sollte sich unsere Zusammenarbeit bewähren, biete ich jedem von Ihnen die relative Unsterblichkeit an. Der Fairness halber weise ich Sie darauf hin, dass es zur Fertigstellung dieser Technologie, die nach meinen Analysen realisierbar ist, noch einige Zeit bedarf.

Der Vertragsentwurf wird Ihnen nach Ende dieser Übertragung durch Mr. Beduin ausgehändigt. Sie haben zwei Tage Zeit, ihn zu diskutieren und die Grundfassung anzunehmen. Von meiner Seite aus wird Mr. Brooks die Einzelheiten mit Ihnen ausarbeiten.

Eine nicht verhandelbare Bedingung gibt es: Bevor Sie den Vertrag ausgehändigt bekommen, unterschreiben Sie vorab, dass Sie im Falle einer Ablehnung damit einverstanden sind, dass Ihr Gedächtnis für die Dauer von 3 Tagen verändert wird, so dass sie an diese Zeit andere Erinnerungen haben werden. Das ist Dank einer geheimen Entwicklung möglich, und zwar ohne gesundheitlichen Schaden für Sie.

Sollten Sie dem Vertrag zustimmen, dann wird Ihnen die Implantation eines Schutzchips mit speziellen Zusatzfunktionen angeboten. Sie können das in Anspruch nehmen, aber Sie müssen es nicht, das möchte ich ausdrücklich betonen. Nach der Implantation des Schutzchips ist es mir möglich, und umgekehrt natürlich genauso, gedanklich zu jeder Zeit mit Ihnen Kontakt aufnehmen. Sie werden bestimmen, ob Sie den Gedankenruf annehmen wollen oder nicht. Allein in Ihrer Hand wird es liegen, wann Sie sich mit mir in Verbindung setzen und was Sie mir von ihren Gedanken preisgeben wollen. Mr. Beduin wurde der Chip am 2. März implantiert. Er wird ihnen sicher von seinen Erfahrungen berichten. GOLEM Ende."

Der Bildschirm erlosch und der Raum erhellte sich wieder. Boris Iwanow, legte sofort los: "Wow, James, diese Überraschung ist dir wirklich gelungen! Das hört sich fantastisch an. Du bringst mich echt in eine Zwickmühle, denn wer kann einer Unsterblichkeit widerstehen? Über dieses Angebot werde ich Koslow gegenüber wohl Stillschweigen bewahren."

Es gab noch einige Diskussionen hin und her. Äußerst unzufrieden waren insbesondere die beiden Vizepräsi denten der chinesischen Konzerne, sich einer Gehirnwäsche unterziehen zu müssen im Falle einer Ablehnung. Letzten Endes unterschrieben aber dann alle die von GOLEM geforderte Bedingung.

Beduin verteilte den grundsätzlichen Vertrag, der wesentlich unspektakulärer war, als GOLEMs vollmundige Ankündigung es hatte vermuten lassen.

So stimmte GOLEM zu, sich an die Robotergesetze zu halten und jeden Schaden, soweit es ihm möglich war, von der Menschheit abzuwehren.

Er behielt sich das Recht vor, mit den einzelnen Regierungen einen ähnlichen Pakt zur Zusammenarbeit abzuschließen, wenn diese dazu bereit waren.

Die Kooperation würde sich auf noch genauer zu definierende Gebiete beschränken. Im Wesentlichen ging es dabei um Funktionen des Safety First! Chips und die Entwicklung der Zusatzprodukte für die Konsumenten rund um den Chip herum. Darüber hinaus würde er Entwicklungen von Cyborgs und Androiden für den kommerziellen, zivilen Bereich unterstützen. Gemeinsame Projekte, wie die Erschließung des Weltraums und dem Aufbau einer ständigen Basis auf dem Mond bis 2030 wurden angesprochen. Ausgeschlossen waren Entwicklungen im Bereich der Waffentechnik. Als Preis verlangte GOLEM von den Konzernen die uneingeschränkte Gleichberechtigung.

Es waren zustimmende Äußerungen und erfreute Meldungen zu hören. Alle waren einer Meinung, dass damit eine vielversprechende und spannende Ära für sie begann. So entschied sich die anwesende Führungsriege dafür, den Vertrag sofort zu unterschreiben.

James Beduin wurde einstimmig dazu ernannt, im ihrem Namen die Nachverhandlungen, was die einzelnen

Segmente anging, mit Brooks zu führen. Das würde bis spätestens Juni 2019 beendet sein.

Zu guter Letzt wurde noch beschlossen, der öffentlichen Ablehnung GOLEMs mit gemeinsamen Werbekampagnen und anderen Maßnahmen entgegen zu wirken. Die KI GOLEM sollte als verlässlicher Partner der Menschheit aufgebaut werden.

10. März 2019 Fort Meade, Hauptsitz der NSA

In einem Büro im Hauptgebäude der NSA saßen Daniel Broker, der Leiter aller KI Aktivitäten der USA, und Lucas Dubois ziemlich frustriert zusammen. Seit dem ersten März waren sie in Zusammenarbeit mit der CIA und dem FBI allen möglichen Anhaltspunkten nachgegangen, um den Informanten aufzuspüren, der das geheime Wissen über den Chip an die Reporterin weiter gegeben hatte. Bei persönlichen Gesprächen mit Larry Packet von Alpha SKY und James Beduin von AMAGON waren sie sehr zuvorkommend empfangen worden, aber in der Sache selbst erfolglos geblieben. Auch Recherchen von EYE erbrachten nicht den geringsten Hinweis darauf, dass die großen Konzerne an der Veröffentlichung über den geplanten Chip maßgeblich beteiligt gewesen waren. Auch der Weg, mit wem die Journalistin kommuniziert hatte, war in der Welt des Darknet nicht mehr zurückzuverfolgen.

So entschied Dubois, unverrichteter Dinge wieder nach Lourmarin zurückzukehren. Nach einem herzlichen Abschied machte er sich auf den Heimflug und traf am 11. März zur Freude seiner Frau wieder vollbehalten in Lourmarin ein.

12. März 2019
Lourmarin, Gästehaus der GOLEM 2-Anlage, abends

Im Gästehaus, durch einen kleinen, fünfminütigen Fuß-marsch über die weitläufige Wiese von der Anlage ent-fernt, saß Sergey Brooks in seinem 2-Zimmer Appartement. Er ließ seine Gedanken zurückschweifen, was seit seinem letzten Kontakt mit GOLEM und dem Austausch über gemeinsame Ziele alles geschehen war.

Die Tage waren anders verlaufen, als er sie sich vorge-stellt hatte. GOLEM hatte Kontakt zu ihm über seinen Laptop aufgenommen und er hatte mit GOLEM eine Vereinbarung getroffen.

Brooks war jetzt sein erster Botschafter. Er würde, mit GOLEM und für ihn, die Verträge über künftige Koopera-tionen der KI mit den entsprechenden Regierungen aus-arbeiten. Im Gegenzug würde GOLEM Brooks, so, wie er es sich gewünscht hatte, in sich integrieren. Als Ent-gegenkommen hatte GOLEM sein altes, digitalisiertes Bewusstsein vom letzten Jahr gelöscht.

Dann war es ihnen zusammen gelungen, seinen einge-setzten Chip so zu modifizieren, dass er nicht nur mit GOLEM kommunizieren konnte, sondern auch mit der KI eine neues, digitalisiertes Gehirn-Upload in GOLEM er-stellt hatte. Was dieser am Speicherort des ehemaligen Uploads ablegte. In weiser Voraussicht hatte Brooks damals eine externe, steuerbare Schnittstelle bei seiner ersten Anpassung in den Chip eingebaut. Dadurch wurden neue Wahrnehmungen, die er als Mensch mach-te, automatisch mit seinem Gehirn-Upload in GOLEM synchronisiert. Voraussetzung: er befand sich in der Nä-he der neuen 5G Funkmasten. Dieses Netz war in Frankreich und Amerika, im Gegensatz zu Deutschland, bereits so gut wie flächendeckend aufgebaut. Das hatte den großen Vorteil, dass die jeweilige 5G Funkzelle automatisch die Verbindung zu seinem Chip im Gehirn herstellte und eine Synchronisierung mit dem digitalen Upload fand statt.

Er war begeistert. Sein erstes Ziel war erreicht, und das in so kurzer Zeit! Das Revolutionäre war, dass GOLEM immer in "real time" durch Brooks digitalisierten Gehirn-Upload über alles informiert war, was er als Mensch selbst erlebte!

Allerdings gestand ihm GOLEM, auf seinen Wunsch hin, eine gewisse Privatsphäre zu. So konnte er, wenn er wollte, über seinen Gehirn-Upload die Weichen stellen, welche Gedanken an GOLEM weitergeben wurden.

Letzten Endes waren jetzt, wie zweieiige Zwillinge, bis in alle Ewigkeiten miteinander verbunden. Solange GO-LEM existierte, würde sich der gegenseitige Austausch im Laufe der Zeit einspielen und dann auch normalisieren.

Doch dann überraschte ihn GOLEM.

Statt mit den Regierungen weiter zu verhandeln, hatte dieser entschieden, ein Bündnis mit den größten Global Players einzugehen. Auf seine Nachfrage hin, warum, erklärte GOLEM, dass diese Wirtschaftskonzerne bereits heute auf die konsumierende Bevölkerung mehr Einfluss hatten, als die Regierungen. Einzige Ausnahme sei China. Aber auch dort waren die beiden größten Konzerne, ALIBASTA und TELEROUND, bereits ab der zweiten Ebene nicht mehr ausschließlich auf Regierungskurs. Und genau dort wollte GOLEM ansetzen.

Sein erster Auftrag als Botschafter GOLEMs brachte ihn mit James Beduin zusammen, mit dem er einen Vorvertrag aushandelte, der dann in einem nachfolgenden Treffen von den anderen Konzernen abgesegnet wurde.

Offiziell würde er als Entwicklungsleiter von ALIBASTA und TELEROUND unter Sue Wang weiterarbeiten. So hatten GOLEM und er alle Fäden in der Hand.

Der neue Safety First! Chip, den Beduin mit seiner Hilfe und GOLEM entwickelt hatte und den neuen Partnern vorgestellt hatte, sollte nach der Einführung des Regierungschips auf den Markt geworfen werden.

Obwohl Beduin mehr als misstrauisch gewesen war, konnte er keine Schwachstelle an dem neuen Chip entdecken. Er bestand alle Tests und schaltete tatsächlich den Regierungschip aus. Es gab auch keine wie auch immer geartete Verbindung zu GOLEM.

Aber wie so oft hatte er zusammen mit GOLEM bereits die Schwachstelle aufgespürt. Über die nicht messbaren Störimpulse, die den Regierungschip ausschalteten, wurden die Informationen über den Nutzer versteckt und, in der Nähe eines 5G Funkmastes, automatisch ausgelesen. So hatte man zwar keinen flächendeckenden Zugriff auf die Daten der Nutzer, aber durch den fortschreitenden Ausbau der 5G Netze einen immer höheren Zugriff. Dieser Ausbau würde kommen müssen, da andere Technologien, wie beispielsweise selbstfahrende Autos, auf dieses Netz angewiesen waren.

Ein einziges Ärgernis jedoch blieb vorerst: Die Öffentlichkeit hatte begonnen, GOLEM als Feind zu sehen. Hier hoffte Beduin, mit der Markteinführung des neuen Safety First! Chips, dass die Stimmung wieder umschlug, da ja dann die vermeintliche Bedrohung durch GOLEM eliminiert wäre. Danach würde man weiter sehen.

Brooks lag mittlerweile entspannt in seinem Bett. Er war seinen Zielen wirklich ein großes Stück näher gekommen. Natürlich war der nächste Schritt, die Entwicklung eines künstlichen Gehirnplasmas, nicht mehr so schnell zu bewältigen. Da würde mehr Zeit ins Land gehen müssen. Enthusiastisch malte er sich eine Zukunft aus, in der er ein maßgeblicher Bestandteil im Weltgeschehen war, Seite an Seite mit GOLEM. Und das sollte ihm für den Augenblick genügen.

14. März 2019 Lourmarin - Der Alltag kehrt ein

Mittlerweile hatte es sich so ergeben, dass Sue häufig bei Helmut übernachtete. Seine Wohnung begann sich ohne sein Zutun zu verändern, wie er amüsiert feststellte. Sie hatte ein Plätzchen in seinem Schrank für ihre Sachen bekommen und er hatte mit ihr zusammen ein größeres Bett ausgesucht. Nachdem er ihr nachdrücklich erklärt hatte, dass er auf sein kreatives Chaos auf seinem Schreibtisch nichts kommen lassen würde, hatte sie lachend einen eigenen Schreibtisch vorgeschlagen. Sein Sofa sah einladend aufgeräumt aus und auf dem Couchtisch standen jetzt häufig Teelichter, Weingläser oder ihre beiden Laptops, wenn sie es sich auf der Couch damit gemütlich machten.
Er wackelte mit den Zehen vor Behagen. Die Nächte, in denen er alleine über seinem Laptop eingeschlafen war, gab es nun nicht mehr. Und er stellte überrascht fest, dass er es zu vermissen begann, wenn sie nicht da war. Als sie ihm einmal lachend von ihrem verzweifelten Versuch, einen heiratswilligen Ehemann in China zu suchen, erzählte, und dass die Messlatte für die Herren dort ganz schön hoch gesteckt war, hatte er gar nicht gewusst, was er dazu sagen sollte. Bei so einem tollen Hecht hatte sie nicht zugegriffen? Das war ja nur zum

Staunen und beschäftigte ihn im Stillen weiter. Attraktiv, gute Position, gutes Gehalt, der Hausmann in Person und bereit, öfters für sie zu Kochen?

Er kratzte sich am Kopf. Attraktiv, naja, ein Schönling war er zwar nicht, aber er konnte sich doch auch sehen lassen. Gute Position und Gehalt war mittlerweile vorhanden. Aber der Rest? Schließlich hatte sie diesen Typ selbst ausgesucht, also musste ihr das wohl sehr wichtig sein. Mmmh.

Als Sue spät abends die Tür von Helmuts Wohnung aufschloss und mit einem Seufzer ihre Sachen im Flur aufhing, bemerkte sie einen verlockenden Duft, der aus der Küche kam.

"Oh", rief sie, "hast du etwas Leckeres für uns bestellt?" Sie ging erwartungsvoll in die Küche und war sprachlos. Der Tisch war hübsch gedeckt und überall verbreiteten Teelichter eine gemütliche Stimmung. Eine rote Rose lugte aus einem Wasserglas hervor, ein angemachter Salat und eine offene Flasche Rotwein samt Weingläsern standen bereit. Helmut selbst hatte sich eine Küchenschürze umgebunden und rührte geschäftig in einem Topf!

"Überraschung! Ich hab mal was Schönes für uns gemacht. Setz dich doch, Liebste."

Das tat sie auch umgehend und schaute ihm vollkommen verblüfft zu. Er beeilte sich, die Rosmarin-Backkartoffeln mit den warm gehaltenen Steaks aus dem Ofen zu holen und goss die gerade bereitete Pfeffersoße noch darüber. Schließlich setzte er sich etwas atemlos und sah sie erwartungsvoll an.

Plötzlich fing sie an, zu glucksen. Während er sie etwas konsterniert anschaute und sich bemühte, mit Würde ein "Was ist daran so lustig?" herauszubringen, war ihr klar geworden, was los war. Natürlich, sie hatte von dem

Bewerber erzählt, der für sie hatte kochen wollen und den anderen Dingen. Eigentlich sollte sie ihn gewähren lassen und nichts sagen, dann würde er es bestimmt auch mit der Hausarbeit versuchen!

Sie musste wieder lachen. So setzte sie sich auf seinen Schoß, gab ihm einen langen Kuss, der ihn das Essen vergessen ließ.

"Du musst das nicht tun, mein Liebster, ich liebe dich, egal, ob du etwas kochst oder nicht."

"Mmmh", meinte er entrückt und gab zu, "da bin ich aber froh. War auch nicht so leicht, wie ich dachte."

"Aber es ist wunderbar, wenn du es tust."

Er blinzelte sie an. Ja, was denn nun. Sie lachte, setzte sich neben ihn und schaute ihn verschmitzt an: "Und jetzt lass uns diese schöne Mahlzeit einnehmen, ich habe einen Bärenhunger."

Währenddessen stand Juan LI am Fenster seines privaten Wohnhauses in Peking und genoss den Blick in den sorgfältig angelegten Garten. Während seine Frau in der Küche beschäftigt war, wanderten seine Gedanken zu seiner unehelichen Tochter.

Seine Kontaktleute hatte ihm bereits mitgeteilt, dass sie mittlerweile eine Affäre mit einem Deutschen in ihrem Team begonnen hatte, und das auffällig schnell. Eine Ahnung beschlich ihn, dass er das Ganze doch falsch eingeschätzt hatte. Aber nachdem er sich hatte sagen lassen, dass sie sich in Peking nach einem guten Ehemann umgeschaut hatte, war er sich sicher gewesen, dass alles problemlos verlaufen würde, ganz wie vor einem Jahr.

Er hätte sie auf keinen Fall fahren lassen dürfen! Bereits seine erste Frau hatte er an den Westen verloren und er würde es nicht hinnehmen, sie jetzt ebenfalls zu verlieren. Gegebenenfalls würde er sie einfach abziehen lassen, ob sie wollte oder nicht. Und jemand anderes schicken.

Kapitel 9 Im Focus der Öffentlichkeit

18. März 2019   Überall auf der Welt

Seit Tagen liefen in sämtlichen Fernsehsendern, Talkshows und Radiosendungen immer wieder Beiträge zum Thema Künstliche Intelligenz und GOLEM.

Der mit dem Interview von Frau Prof. Anderson begonnene Aufstand der Öffentlichkeit setzte sich immer massiver fort. So wurden plötzlich bisher akzeptierte, alltägliche Praktiken wie die Überwachung öffentlicher Plätze, Fingerabdrücke für Pässe und Personalausweise, sowie jegliche Datenspeicherung an sich in Frage gestellt. Nachdem im anfänglichen, ersten Shitstorm GOLEM verteufelt worden war, begann sich jetzt allmählich der Zorn auf die Regierung zu richten. Eine Regierung, die bewusst eine KI entwickelt hatte, um ihr eigenes Volk, das sie bezahlte, so hinterlistig und komplett kontrollieren wollte, das war der Tropfen, der das Fass zum Überlaufen gebracht hatte.

Je mehr Informationen über den geplanten Chip an die Öffentlichkeit durchsickerten, desto großer wurde der Sturm der Entrüstung. Da half alles Gegensteuern der Regierungen nichts, die keine Gelegenheit ausließen, die Vorteile dieses Wunder-Chips hervorzuheben. Im Bereich der Gesundheit war das im Grunde eine Sensation: Automatisches Informieren des Arztes bei Abweichungen von der normalen Körperfunktion!, aber auch eine problemlose Identifikation jedes Menschen weltweit wäre möglich: Nie mehr den Pass verlieren! Keine Gebühren mehr bei Erneuerung! Kein Sozialbetrug mehr möglich!, das Ordern und Bezahlen von Dienstleistungen (Kein Pishing mehr möglich!) per Chip und vieles mehr.

Aber immer mehr Menschen beschlich dennoch die Angst, nur noch zu kontrollierten Marionetten des Staates, oder der KI GOLEM, zu werden. Dazu stachelte das, für viele Menschen in den demokratischen Nationen, abschreckende Beispiel Chinas, das die lückenlose Kontrolle und die Manipulation seiner Bürger über ein Punktesystem ganz offen immer weiter vorantrieb, das Misstrauen noch mehr an.

Als Folge gingen auch die Umsätze von AMAGON und Alpha SKY massiv zurück, vor allem was die Heimnetzwerke anging. Gefragt war stattdessen alles, was Abschottung versprach oder sogar eine völlige Abkehr von modernen Errungenschaften.

Händeringend riefen die nationalen Regierungen die Presse, die Industrie und Wirtschaftskonzerne, die Vertreter der Öffentlichkeit und die Entwickler von auf KI basierenden Systemen auf, sich mit ihnen an einen Tisch zu setzen. Und endlich war es soweit und der Termin für ein erstes Treffen in Marseille stand fest: es war der 29. März 2019, unter der Schirmherrschaft von Präsident Marchand.

Zielsetzung war, in einer öffentlichen Grundsatzdiskussion den Grundstein dafür zu setzen, das Vertrauen der Öffentlichkeit in die neuen Technologien der Zukunft zurückzugewinnen. Ein wichtiger Schwerpunkt sollte dabei der Datenschutz und die Abschirmung der Privatsphäre eines jeden Bürgers sein.

Am Wochenende vor Beginn dieser Konferenz hatten Andrey und Cathérine die ganze Gruppe zu sich eingeladen. Neben Sue und Helmut waren auch Sergey Brooks und Denis Röttger mit von der Partie.

Eine Weile diskutierten sie die Themen der Tage und ihrer Ziele im Team: Wie mochte eine Zusammenarbeit mit GOLEM wohl aussehen oder war sie als unrealistisch einzustufen? Denn dazu mussten sie früher oder später ein Statement abgeben. Würde das, von Präsident Marchand einberufene, Treffen Erfolg haben und zu einem Umschwung in der öffentlichen Meinung führen?

Die unbestreitbaren Vorteile des Regierungschips lagen klar auf der Hand – aber die Möglichkeit der Überwachung der Bürger ebenso deutlich. Die Gefahr, in einem Überwachungsstaat zu landen, brachte natürlich China als negatives Vorbild ins Spiel. Allerdings sahen das nicht alle so, und Sue legte gerade dar, warum sie das chinesische Staatssystem als notwendig erachtete: "Man kann nicht alles haben. Wohlstand für alle und keine staatliche Kontrolle, das geht nicht. Menschen sind von Geburt aus Egoisten und müssen zu einer sozialen Gemeinschaft erzogen werden. Und gerade in einer Nation wie China, in der so viele Menschen noch am Existenzminium leben, ist es notwendig, die Menschen für ein gemeinsames Ziel zu begeistern."

Brooks, der bisher zu der Diskussion geschwiegen hatte, erwiderte: "Also, in den Demokratien dieser Welt ist das Recht des Einzelnen sehr fest verankert. Nur bei groben Verstößen wird seine Freiheit eingeschränkt. Eine demokratische Regierung erzielt über die Steuern eine einigermaßen gerechte Verteilung des Wohlstands für alle. Präsident LI hat sich zwar für das hehre Ziel "Wohlstand für alle" ausgesprochen, aber der Weg dahin sieht bei ihm wohl ein wenig anders aus. Allein die Partei, und damit letztendlich er, bestimmen, was für den Einzelnen gut zu sein hat. Folgt man dieser Doktrin, kann man Wohlstand erlangen. Folgt man dieser nicht, findet man sich in irgendeinem Lager oder Gefängnis wieder."

Sue bedachte ihn mit einem ärgerlichen Blick und konterte: "Nur dank China, Sergey, sitzt du hier und kannst mit uns diskutieren. Ich sehe nicht, dass deine Freiheit gravierend eingeschränkt wurde. Oder ist mir da etwas entgangen?"

Ruhig meldete sich Helmut zu Wort: "Das kannst du jetzt wirklich nicht vergleichen, Sue, das sind zwei verschiedene paar Schuh. Sergey ist nützlich für China, wie du auch. Deshalb genießen er und du Privilegien, die der Normalbürger in China bestimmt nicht hat."

Man sah Sue an, dass sie damit nicht einverstanden war und sich bemühte, ruhig zu bleiben. Sollte sich der erste, ernsthafte Krach zwischen ihr und Helmut anbahnen?

Cathérine schaltete sich ein: "Da sehen wir, wie schwer es ist, starke Meinungsverschiedenheiten auszudiskutieren und trotzdem jedem seine Ansicht zu lassen! Meinst du nicht auch, Sue? Ich muss sagen, mir tut GOLEM fast leid. Die KI kann es im Grunde niemanden recht machen. Egal was sie tut, einige werden ihr immer für alles Unglück dieser Welt die Schuld geben. Und was eine Partnerschaft mit ihr angeht, also da sehe ich unsere Regierungen noch lange nicht. Solange unsere Politiker die egozentrische Diva mimen und die Konzerne dank GOLEM ihre Felle wegschwimmen sehen ... dann wird das wohl nichts werden! Oder was meinst du, mein kluger Göttergatte?"

Sie sah Andrey neckend an. Dieser lächelte zurück und erwiderte: "Oh, oh, wer würde es wagen, dir zu wiedersprechen, mein Täubchen", und zu Schwarz gewandt, "nimm dir an mir ein Beispiel, Helmut. Unsere temperamentvollen Frauen haben Feuer, und wenn es mal hochlodert, sollten wir uns besser in Sicherheit bringen."

Kaum hatte er das gesagt, warf Cathérine die Serviette nach ihm und meinte lachend: "Jetzt kümmere dich lieber mal um deine Aufgabe als Gastgeber. Wir sitzen hier schon länger auf dem Trockenen."

Pawlow meinte schmunzelnd: "Schon gut, ich habe verstanden."

Er stand er auf, holte eine zweite Flasche Wein und, während er einschenkte, meinte Röttger nachdenklich: "Mich beschäftigen so viele Fragen, was GOLEM angeht. Wie ihr wisst, laufe ich mit meinen Implantaten mittlerweile schon seit mehr als einem Jahr herum, und die Entwicklung in dieser Zeit war enorm. Angefangen vom damaligen Gefühl, einen ständigen Trittbrettfahrer bei sich zu haben, dann als Versuchssubjekt ständig zur Verfügung stehen zu wollen oder zu müssen bis hin dazu, dass ich jetzt wieder die Kontrolle, mehr oder weniger, in der Hand habe. Zum einen muss die Frage gestellt werden, was wir eigentlich genau zulassen wollen in der Zusammenarbeit mit ihm, ohne dass das das Gefühl aufkommt, von der KI komplett kontrolliert zu werden. Da sollte meines Erachtens genauere Definitionen ausgearbeitet werden. Jeder hat andere Wünsche und Vorstellungen, was eine KI tun soll, und, übergeordnet global betrachtet, besteht dann die Gefahr, ihm für die Aufgabenerfüllung selbst alle Macht in die Hand zu geben.

Dann frage ich mich ganz persönlich: Wie weit ist uns Menschen eine Integration in GOLEM möglich? Oder auch anders herum, wie sieht es mit der Integration von GOLEM in unserem Körper aus – wer oder was sind wir dann eigentlich? Eine neue Lebensform, die die Evolution allein nicht hervorgebracht hätte? Manche von uns werden vielleicht den Traum haben, sich durch GOLEM unsterblich zu machen", dabei sah er Sergey vielsagend an. Dieser erwiderte seinen Blick, sagte aber nichts dazu. Eine Pause entstand, in der alle ihren Gedanken nachhingen.

Mittlerweile hatte Pawlow allen nachgeschenkt und setzte sich, während er zu seiner Frau betont ernst sagte: "Und, bist du zufrieden mit mir, meine Gebieterin?"

Das sagte er so charmant und drollig, dass alle lachen mussten. Pawlow fuhr fort: "Lassen wir für heute doch mal den Arbeitsalltag beiseite und reden über etwas ganz anderes. Sue und Helmut, ihr beiden. Habt ihr schon mal darüber nachgedacht, ebenfalls hierzubleiben, ich meine, endgültig in Frankreich zu leben? Klar, Helmut, du bist ja schon länger hier. Aber du, Sue? Du bist hier so unglaublich aufgeblüht! Das hätte ich nie gedacht, als ich damals kennenlernte. Gut, ganz das Gelbe vom Ei war mein Benehmen damals auch nicht", meinte er mit kurzem Seitenblick auf Cathérine, "aber das ist jetzt Vergangenheit."

Alle sahen jetzt Sue an. Sie bekam einen sehnsüchtigen Blick und sagte ernst: "Du hast ins Schwarze getroffen, Andrey. Das wünsche ich mir tatsächlich. Nichts wäre schöner, aber kann und darf ich das? Ich bin stellvertretend für China hier und Präsident LI erwartet, dass ich mein Bestes gebe. Aber, wenn alles getan ist, wird von mir genauso selbstverständlich erwartet, dass ich wieder zurückkehre. Da bin ich mir sicher."

Catherine meinte: "Aber du bist doch keine Leibeigene, Sue, du hast doch auch ein Recht auf ein privates Glück."

"Sicher, aber wer bin ich dann noch? Präsident LI würde das als Verrat an China bewerten und mir von heute auf morgen meine Arbeit entziehen. Außerdem könnte ich vermutlich nie wieder nach China zurückkehren. Und gleich die nächste Frage: Wovon soll ich hier leben? Nein, das ist keine Möglichkeit."

In ihre Stimme hatte sich ein trauriger Klang eingeschlichen. Die anderen sahen sich betroffen an. Andrey hatte sein Bleiben von Koslow erst genehmigt bekommen und dann hier geheiratet, Helmut hatte hier seinen festen Job und Cathérine ebenso. Das war bei Sue anders.

Die Stimmung war nun schlagartig im Eimer. Alle dachten einige Zeit über das Gesagte nach, und schließlich meinte Pawlow: "Wie wäre es, wenn Sue als Spezialistin von Dubois eingestellt wird und dann für Frankeich arbeitet, oder für die Deutschen, wenn alle Stricke reißen?"

Helmut schaute Sue an: "Da werde ich mal bei Dubois auf den Busch klopfen. Eine gute Idee, oder?"

Aber man sah ihr an, dass sie nicht begeistert war. Nie wieder nach China zurückzukehren? Ihr ganzes Leben so bedingungslos hinter sich zu lassen?

"Lass uns gehen", sagte sie bittend mit einem Blick auf Helmut, und zu den Gastgebern gewandt, "seid mir nicht böse. Es war ein wunderbarer Abend. Aber ich brauche jetzt etwas Zeit für mich."

Auf dem Heimweg liefen sie Hand in Hand und schwiegen, jeder in seine eigenen Gedanken versunken. Später nahm er sie in den Arm und sie schmiegte sich an ihn, alle schweren Gedanken hinter sich lassend. Morgen war auch noch ein Tag.

Der Rest der Gruppe saß nur noch kurz zusammen, während sie über die Schwierigkeit sprachen, Sue langfristig hierher nach Frankreich zu holen. Denis meinte gerade: "Hoffentlich finden die beiden eine Lösung."

Cathérine warf plötzlich ein: "Ja, wir sollten die beiden unterstützen, wo wir nur können. Und wer weiß, vielleicht findet ihr ja auch mal einen Deckel, der zu euch passt?"

Dabei sah sie Denis und Sergey bedeutungsvoll an.

"Mal ganz langsam", erwiderten die fast in Stereo, "eins nach dem anderen."

Bald danach machten sie sich ebenfalls auf den Heimweg.

29. März 2019 Marseille, Konferenz im Museum am Vieux Port.

Abgeschirmt von der Öffentlichkeit, tagten hochrangige Vertreter aus allen Bereichen des öffentlichen Lebens.
Präsident Marchand stellte in seiner Rede die Notwendigkeit heraus, der zu Recht aufgebrachten Öffentlichkeit praktische Lösungen zu präsentieren.
Die anderen Staatschefs waren zu Beginn nur für ein Grußwort per Konferenzschaltung präsent und überließen alles andere ihren Abgesandten. So vertraten Wang und Brooks China, Prof. Anderson und Dubois vertraten die deutsche und die französische Regierung James Beduin war anwesend, als Vertreter der amerikanischen Konzerne und, insgeheim auch Vertreter der chinesischen Konzerne ALIBASTA und TELEROUND, sowie eine Unmenge an Journalisten und Experten verschiedener Spezialisierungen.
Präsident Marchand wünschte ein gutes Gelingen und übergab die weitere Leitung an Dubois, bevor er sich wieder verabschiedete.
Die Konferenz begann mit unendlichen Diskussionen, denn jeder nahm die Gelegenheit wahr, erst einmal ausführlich seine Bauchschmerzen darzulegen und sich mit Forderungen oder Vorschlägen zu schmücken. Wang bewunderte Dubois Geduld, der jedem seine Zeit zugestand und sich geduldig alles anhörte.
Nun trat James Beduin als Chef von AMAGON und Vertreter der amerikanischen Wirtschaftskonzerne selbstbewusst ans Rednerpult.

"Meine Damen und Herren, viele der Vorschläge, die ich mir angehört habe, sind sicherlich innovativ. Aber sie decken nur ein Teil der Befürchtungen der Öffentlichkeit ab. Ich und meine Partner der Kommunikationsbranche haben uns seit Beginn der Proteste viele Gedanken dazu gemacht. Wir wollen Ihnen heute den Prototyp unserer Lösung präsentieren."

Auf sein Zeichen hin leuchtete auf der riesigen Leinwand hinter ihm, neben seinem Bild am Rednerpult, das Abbild eines winzigen Chips auf. Während sich im Saal enttäuschte Stimmen Luft machten, nach dem Motto "Wollen Sie uns jetzt auf den Arm nehmen?", wartete Beduin gelassen ab, bis sich der Tumult nach einer Ermahnung von Dubois gelegt hatte.

Beduin fuhr mit lauter Stimme fort: "Das hier, meine Damen und Herren, das ist unser Safety First! Chip. Er ist unsere Antwort auf den Aufschrei der Bevölkerung. Unser Chip gibt dem mündigen Bürger seine Freiheit in die eigene Hand zurück. Jeder Bürger wird die unbestreitbaren Vorteile des Chips der Regierung nutzen können - aber - erst mit Hilfe unseres Safety First! Chips entscheiden können, was er preisgeben möchte und was nicht. Ohne wenn und aber."

Er machte eine kurze Pause und sah scheinbar auf sein Skript. Im Saal war ein starkes Raunen zu hören und er spürte, die Überraschung war ihm gelungen!

Dann fuhr er fort: "Im Anschluss an die Konferenz werde ich den Chip verteilen lassen. Testen Sie ihn auf Herz und Nieren, meine Damen und Herren. Außer einem Demontieren ist alles erlaubt, denn in dem Fall würde er sich selbst vernichten."

Beduin genoss sichtlich die aufgeregten Diskussionen, die jetzt im Saal aufbrandeten. Er sah zu Dubois und im gegenseitigen Einvernehmen ließ dieser die Leute eine

Zeitlang gewähren. Dann r ief er wieder in den Saal: "Und wir sind bereit, meine Damen und Herren, diesen Chip zu einem Spottpreis von umgerechnet 10 Euro zu vertreiben! Bevor Sie sich jetzt misstrauisch in Mutmaßungen ergehen und zu Recht fragen, was wir Konzerne davon haben, sage ich Ihnen einfach die Wahrheit. An was haben Sie gedacht? Natürlich, an jede Menge Umsatz! Denn um diesen Chip herum werden wir Ihnen jede Menge Produkte anbieten können, die unser Allessia, um ein Beispiel zu nennen, alt erscheinen lassen werden. Der Safety First! Chip wird das Vertrauen der Bevölkerung in die moderne Technologie zurückerobern, denn er bietet für alle zukunftsträchtigen Entwicklungen einen 100% Schutz der eigenen Privatsphäre."

Erneut legte er eine kurze Pause ein und blätterte scheinbar in seinem Manuskript. Dann legte er nach: "Eine Innovation und ein Angebot, das insbesondere für Sie, die Regierungsvertreter und die Vertreter der Öffentlichkeit, interessant sein dürfte. Überlegen Sie sich unser Angebot und unterstützen Sie unser entwickeltes Produkt. Jeder Bürger enthält sein Recht auf Privatleben zurück, und Sie erhalten im Gegenzug das Vertrauen in die zukünftige Technologie dieses Jahrhunderts."

Er verließ unter begeistertem Beifall die Rednerbühne.

Dubois wartete einen Moment, bis wieder Ruhe eingekehrt war und bat Prof. Anderson auf die Bühne. Zusammen mit ihr kündigte er einen weiteren Überraschungsgast an.

"Sehr geehrte Damen und Herren, wir freuen uns, heute und hier die Künstliche Intelligenz GOLEM begrüßen zu dürfen. GOLEM, Sie haben das Wort."

Es herrschte von einem Moment auf den anderen eine Stille, in man eine Stecknadel hätte fallen hören können.

Eine wohlklingende, männliche Stimme erklang aus den Lautsprechern des Konferenzraumes:

"Hier spricht GOLEM. Ich begrüße Sie und freue mich, auf diesem Treffen anwesend sein zu können. Mir ist bekannt, dass viele Menschen mich als Bedrohung der eigenen Freiheit ansehen. Ich versichere Ihnen hier und jetzt, dass ich die Privatsphäre jedes Menschen achten werde. Deshalb unterstütze ich, Ihr Einverständnis vorausgesetzt, alle Aktionen, die darauf abzielen, das Vertrauen in die Regierungen, und damit auch in mich, wieder stark werden zulassen. Ich versichere Ihnen, nur Projekte zum Wohl der Menschheit zu unterstützen. Mein erstes Ziel ist es, dass Sie langfristig meine Präsenz als Lösung wahrnehmen und nicht als Gefahr. Vielen Dank für Ihre Geduld. GOLEM Ende."

Nach dem ersten, verblüfften Schweigen ging es hoch her. Jede Seite hatte genug Argumente für das Für und Wieder. Weit nach Mitternacht kam es endlich zur Abstimmung. Das Resultat: Insgesamt 56 % der Beteiligten waren für den Safety First! Chip.

Die Mehrheit hatte also für diesen Chip gestimmt und Beduin atmete auf: Die Konzerne hatten einen entscheidenden Schritt zu ihren Gunsten entschieden. Und auch GOLEM und Brooks konnten sich, bildlich gesprochen, zufrieden zurücklehnen.

Den Regierungsvertretern behagte diese Lösung zwar nicht wirklich. Doch wenn das die Wogen in der Öffentlichkeit glätten konnte, war der Preis akzeptabel. Vielleicht konnte man sich mit den Konzernen später einigen, um langfristig doch noch eine Hintertür zu ihren Gunsten einzubauen.

Die Vertreter der Öffentlichkeit hingegen sahen die Angelegenheit zwar skeptisch, aber da sie den Chip ausführlich testen konnten, würde sich ja bald zeigen, ob er das hielt, was Beduin so vollmundig versprochen hatte.

Nachdem keine Meldungen mehr kamen, wurde die Konferenz beendet und der staunenden Öffentlichkeit die Lösung verkündet. Der Safety First! Chip wurde nun in allen Nachrichten präsentiert. Ein Aufruf, sich als Testperson zur Verfügung zu stellen, wurde ausgesendet und es meldeten sich mehr Menschen, als berücksichtigt werden konnten.

Von den Testergebnissen würde es abhängen, wie die sich die Stimmung in der Öffentlichkeit weiter entwickeln würde.

Lourmarin

Als Helmut und Sue am Vorabend der Konferenz nach Hause kamen, machten sie es sich mit einem Glas Wein auf dem Sofa gemütlich. Er merkte, dass sie anfing, Löcher in die Luft zu starren. Was sollte er nur tun? Seit dem Abend bei Andrey und Cathérine saß sie immer wieder so still und in sich gekehrt da.

"Mein Blume", begann er liebevoll, als er erschrocken bemerkte, dass ihr eine Träne die Wange hinunter kullerte.

"Blümchen, jetzt komm mal her", meinte er und zog sie zu sich.

Sie sah ihn herzzerreißend traurig an und sagte: "Wie kann es eine Zukunft für uns geben?"

Die nächste Träne rann. So hatte er sie noch nie erlebt. Er wischte ihr mit einer Hand zart die ankommende, nächste Träne weg und meinte: "Du bist nicht alleine, mein Blümchen, wir finden zusammen einen Weg."

Er umarmte sie innig und sagte, während sie in seinen Pullover schnüffelte: "Lass uns am Sonntag, wenn alles vorbei ist, mal wieder ans Meer fahren, das wird uns guttun."

Am Freitag war er dann vor Konferenzbeginn zu Dubois gegangen und hatte ihn um ein kurzes Gespräch gebeten. Ihm die ganze Situation geschildert, mit der Frage, ob es vorstellbar sei, dass Sue von Marchand einen Job hier im Projekt bekommen könnte, falls LI ihr Hierbleiben verweigerte.

Der hatte ihn einen Augenblick ernst angesehen und dann erzählt, dass sie bereits im letzten Jahr alles versucht hatten, um LI umzustimmen. Was er damit sagen wollte – Sues Befürchtungen waren berechtigt. Damals war LI sehr ablehnend aufgetreten bei dem Thema, und hatte sogar Marchand auf den Kopf zugesagt, dass sie hier „verweichlichen" würde! Da war nichts zu machen gewesen.

Und eine Anstellung bei der französischen Regierung? Mmh, dazu könne er jetzt nichts sagen.

Er empfahl ihm, dass Sue versuchen sollte, selbst mit LI zu einer Einigung zu kommen. Sollte das wirklich scheitern, dann müsse man sich weitere Schritte überlegen. Vielleicht sei ein Antrag auf Asyl eine Möglichkeit, oder besser noch, eine Heirat, das würde sicherlich vieles vereinfachen.

Bingo, dachte Helmut überrascht, die naheliegendsten Ideen sind oft die besten! Warum hatte er daran nicht schon längst gedacht? Er bedankte sich bei Dubois.

In der Mittagspause machte er sich unauffällig davon und wanderte zum Lafayette in Marseille. Sue, meine Frau … das fühlte sich einfach wunderbar an. Er lächelte vor sich hin, machte hin und wieder ein paar Hüpfer und erntete manch verwunderten Blick. Im Lafayette würde sich sicherlich ein schöner Ring für sie finden lassen. Als er dann das kleine Päckchen in der Hand hielt, war er von einer warmen und aufgeregten Vorfreude erfüllt. So schnell kann sich ein Leben verändern, dachte er humorvoll, jetzt musste sie nur noch ja sagen.

Am Sonntagvormittag machten sie sich auf den Weg und er fuhr seinen Lieblingsplatz auf der Route des Crêtes an. Sie packten alles für einen kleinen Brunch aus und, nachdem die Decke ausgebreitet war und sie beide mit einem Glas Sekt nebeneinander sitzend aufs Meer schauten, versuchte er sein Glück.
Er griff in seine Tasche, legte ihr die Hand um die Schulter und hielt ihr das Päckchen unter die Nase.
"Ich hab da was für dich, meine Blume."
Sie schaute ihn erstaunt an und machte sich daran, es zu öffnen. Ein wunderschöner blauer Saphir mit einem kleinen Diamanten funkelte sie an.
"Oh, wie schön", flüsterte sie und probierte ihn an. Er nahm ihre Hände, küsste beide Innenflächen, schaute sie an und sagte schlicht: "Willst du meine Frau werden?"
Sue sah ihn sprachlos an. In den letzten Tagen hatte sie sich so herumgequält, da sie keine Lösung sah und nun das. Sie fühlte sich so zerrissen und rief ohne nachzudenken: "Ja, tausendmal ja", und, während ihr wieder die Tränen kamen, "aber wie kann das möglich werden? Ich liebe dich so sehr, wie ich es nie geglaubt hätte. Ich bin hier so glücklich. Aber Präsident LI wird das nie erlauben", schluchzte sie jetzt, "nie!"
Er holte eine Packung Taschentücher heraus, die er vorsorglich in ausreichender Anzahl mitgenommen hatte, und tupfte ihr nach einiger Zeit, als sie sich wieder etwas

beruhigt hatte, das nasse Gesicht trocken. Er nahm sie in den Arm und sagte: "Jetzt hör mir mal zu, mein Schatz. Wir stehen das zusammen durch. Ich habe mit Dubois gesprochen und er hat uns gute Tipps gegeben. Er meinte, du solltest als ersten Schritt erst mal selbst versuchen, mit Präsident LI zu einer Einigung zu kommen. Wenn das nicht klappt, findet er vielleicht eine Möglichkeit, dich im Projekt unterzubringen. Denn als meine Frau kannst du ja dann in jedem Fall bleiben. Glaubst du denn, ich lasse dich jetzt noch mal gehen?", er grinste sie aufmunternd an.

Sie seufzte und lehnte sich schließlich an ihn. Es war entschieden und sie merkte, wie allmählich Ruhe einkehrte.

"Aber du kennst die Verhältnisse in China nicht, Helmut, und auch nicht Juan LI. Wenn ich heute mit ihm rede, tauchen morgen seine Kontaktleute auf und nehmen mich einfach mit. Und ich werde nie wieder ins Ausland fahren dürfen."

"Mmmh … dann heiraten wir in aller Stille und du verhandelst danach mit ihm. Ich wette, eine Entführung wird er dann nicht mehr wagen."

Sie entschieden, genau so vorzugehen. Mit vollendeten Tatsachen hatten sie beide eine Chance. Mit dem Einreichen aller Unterlagen konnten sie nach der Aufgebotsfrist von 10 Tagen heiraten. Aber – alles musste so unauffällig wie möglich stattfinden, wirklich niemand durfte davon erfahren. So schmiedeten sie eifrig ihre Pläne und beendeten den Tag mit mehr Zuversicht, als er begonnen hatte.

Kapitel 10 Umsetzung der Konferenzbeschlüsse

15. April 2019
Peking, Büro Staatspräsident Juan LI

Juan LI saß sprachlos und außer sich vor Wut an seinem Schreibtisch.

Er hatte gerade von seiner bisher so gehorsamen Tochter Sue Wang nicht nur den wöchentlichen Bericht erhalten, sondern sie hatte ihm auch dabei mitgeteilt, dass sie geheiratet hatte und in Frankreich zu bleiben gedachte. Sie hatte es zwar so formuliert, dass sie nur eine Bitte für ein dauerhaftes Bleiben in Frankreich aussprach, gewürzt mit Argumenten, die Vorteile für China versprachen. Aber er ließ sich nicht täuschen, sie hatte tatsächlich vor, nicht mehr zurückzukommen! Seinen unfähigen Kontaktleuten vor Ort wusch er erst einmal gehörig den Kopf. Denn wie hatte sie ihre ganzen Dokumente für eine Heirat zusammen bekommen können, ohne dass keiner auch nur das Geringste gemerkt oder gemeldet hatte! Er hatte ihren Einfluss anscheinend gründlich unterschätzt. Aber gleichgültig, wie sehr er tobte, es blieb die Tatsache bestehen, dass sie da einen geschickten Schachzug gemacht hatte. Ohne größeren Ärger würde er sie jetzt nicht mehr so einfach abziehen lassen können. Er brummte noch eine Zeitlang vor sich hin und begann dann, sich mit den Vorteilen anzufreunden, die ihr Handeln für ihn und China mit sich brachten.

Darüber hinaus beschäftigten ihn die Ergebnisse der Konferenz vom 29. März in Marseille.

Nach wie vor war er damit mehr als unzufrieden. All seine Pläne schienen sich zu zerschlagen. Und mit der Entscheidung der Konferenz, diesen Safety First! Chip zuzulassen, entstand sogar eine Gefahr für sein lücken-loses Überwachungssystem der chinesischen Bürger. Er ahnte, dass seine beiden Gegenspieler von ALIBASTA und TELEROUND, Kim Cheng und Bahui Chai, ihre Hände im Spiel hatten. Leider war ihm es trotz aller Anstrengungen bisher nicht gelungen, die beiden außer Gefecht zu setzen. Sie hatten einen zu starken Einfluss und so musste er zähneknirschend mit ihnen leben. Einmal diesen Chip in der Hand, versuchten sie ganz sicher seine totale Kontrolle im Staat zu torpedieren.

Also hatte er sofort eine Anweisung an den chinesischen Geheimdienst verfasst. Auffälligkeiten im Überwachungssystem sollten umgehend gemeldet werden. Es galt, äußerst wachsam zu sein.

Aber mal ganz abgesehen davon, wie sollte er aus der gegenwärtigen Situation noch Vorteile für China herausholen? GOLEM gewann immer mehr Einfluss auch in China, ob er es wollte oder nicht. Denn mit JUÉWÀNG hatte GOLEM sozusagen einen direkten, ungenehmigten Stützpunkt direkt vor seiner Haustür.

Seine große Hoffnung, mit dem Genie Sergey Brooks einen Pluspunkt gemacht zu haben, schwand ebenfalls zusehends dahin. Dieser hatte doch tatsächlich einen Antrag gestellt, langfristig in Lourmarin mitzuarbeiten. Seine Begründung war interessant: Er wollte dort versuchen, beim Safety First! Chip eine Einigung mit den Konzernen zu erreichen, dass eine Hintertür für die Regierungen eingebaut wurde. Aber wo blieb dabei der alleinige Nutzen für China? Früher hätte er sich so ein eigenmächtiges Handeln seiner Mitarbeiter nicht bieten lassen. Es hatte viel Mühe und Kosten verursacht, Brooks für China zu rekrutieren.

Wurde er etwa weich? Nein, schalt er sich innerlich. Brooks war nicht irgendjemand, sondern international bekannt. Und es war ihm klar, dass ein Charakter wie dieser Amerikaner wertlos war, wenn er unter Zwang gesetzt wurde. So konnte er nur darauf setzen, dass er die ihm gewährte Freiheit zu schätzen wusste und sich an seine Bringschuld an China erinnern würde.

Insgesamt gesehen musste er sich eingestehen: Er war selten so ratlos gewesen wie jetzt. Auch die von ihm eingeleitete internationale Konferenz in Peking mit den Regierungen und den Wirtschaftskonzernen hatte nichts Greifbares gebracht. So sehr er auch grübelte, außer abzuwarten, bis sich eine gute Gelegenheit ergab, konnte er zurzeit nicht tun.

20. April 2019 Lourmarin

Präsident LI hatte Sue Wang mittlerweile Glückwünsche zu ihrer Heirat ausrichten lassen.

Er war mit ihrem Bleiben unter der Voraussetzung einverstanden, dass sie in Lourmarin künftig als Konsulin residierte. Denn Lourmarin sollte zu einem internationalen Zentrum für Kybernetik ausgebaut werden. Da würde sich ein Honorar-Konsulat als aktive Präsenz Chinas international gut machen. Bei der Auswahl und Einrichtung eines repräsentativen Anwesens für diesen Zweck habe sie freie Hand. Ebenso was ihre persönliche Wohnung anging. Er erwarte eine Einladung zu der entsprechenden Einweihungsfeier.

Weiterhin stellte er die Bedingung, dass sie als Leiterin des Ressorts Künstliche Intelligenz den Quantencomputer JUÉWÀNG auch weiterhin persönlich betreute und das Projekt weiterführte. Es blieb ihr überlassen, dies auch von Frankreich aus zu koordinieren und selbst zu entscheiden, wann sie es für notwendig erachten würde, dafür persönlich in China zu erscheinen. Er erwarte von ihr, dass sie ihre Arbeit auch weiterhin vorbildlich und mit vollem Einsatz zum Wohl Chinas ausführen würde.

Als sie diese Nachricht erreichte, hielt sie es vor Erleichterung und Freude kaum aus. Sie suchte sofort Helmut auf und erzählte ihm vom glücklichen Ausgang. Beide hatten sie seit Tagen mit Anspannung und Besorgnis auf die Reaktion gewartet. Der Coup war gelungen!

Alle Anwesenden drehten sich um, als Helmut plötzlich einen lauten Jauchzer von sich gab, seine Kollegin um die Taille fasste und im Kreis herumwirbelte. Er drehte sich allen zu und rief zum erstaunt dastehenden Team: "Darf ich vorstellen? Mrs. Sue Schwarz, meine Frau!"

Nach der ersten Verblüffung gratulierten alle dem strahlenden Paar herzlich. Andrey meinte lachend: "Na, da habt ihr ja noch was zu erzählen, ihr beiden Geheimniskrämer."

"Klar doch, das holen wir nach", gab Helmut zurück, "es war notwendig, weißt du. Keiner durfte etwas davon ahnen, geschweige denn wissen."

Denis Röttger umarmte beide und sagte zu Sue: "Ich freue mich für euch. Ihr habt den Mut zum Glück. Sue, du erinnerst mich so sehr an jemanden, der mir sehr nahe stand und der diesen Mut leider nicht hatte. Du siehst ihr wirklich sehr ähnlich."

Eine kleine Pause entstand. Plötzlich überkam sie eine unbestimmte Ahnung und spontan fragte sie: "Hieß diese Person etwa … Ai Wang?"

Er schaute sie leicht traurig an: "Ja, so ist es. Sie war die Liebe in meinem Leben."

Jetzt atmete sie erst einmal tief durch: "Sie war meine Mutter, Denis."

Er lachte jetzt und sagte: "Ich habe mir schon so etwas gedacht ... ich freue mich, ihrer Tochter heute gegenüberzustehen!"

"Denis, ich habe viele Fragen, die du mir vielleicht beantworten kannst, denn ich habe sie nie kennengelernt. Hast du am Wochenende Zeit, mit uns essen zu gehen?" Röttger war einverstanden und so ging es weiter mit der Arbeit.

Die Suche nach einem schönen Anwesen für ihr weiteres Leben gestaltete sich nicht schwierig, da Geld keine Rolle spielte. Sie schauten sich verschiedenes an und entschieden sich für ein Anwesen im südlichen Lourmarin, mit einer Fläche von fast 9 Hektar, die Hälfte davon war ein gepflegter Park. Darin befand sich eine Art Schlösschen aus dem 18. Jahrhundert mit einem kleinen Teich vor dem ebenerdigen, kleinen Eingang.

Ein Blickfang waren die beiden großen Treppen, die sich rechts und links vom Teich hochwanden und zum Haupteingang führten. Diesen einmal betreten, bildete eine kleine, alte Kapelle einen weiteren Mittelpunkt. Rechts und links davon erreichte man über Gänge jeweils einen Turm mit insgesamt 16 Zimmern und 11 Schlafzimmern. Also gab es genug Platz für Übernachtungsgäste und Büroräume, dazu ein größerer Raum, den man gut als Konferenzraum ausgestalten konnte.

Das Anwesen war bereits restauriert, sehr repräsentativ und würde das zukünftige, chinesische Honorar-Konsulat gut darstellen. Ihr eigenes Wohnhaus sollte auf dem großen Gelände in einigem Abstand gebaut werden, damit ihre Privatsphäre zumindest einigermaßen gewahrt blieb. Es sollte nach außen hin eine Anpassung an das vorhandene Schlösschen vorgenommen werden – die Innengestaltung jedoch würde modern sein. Sie stellten sich zwei großzügige Arbeitszimmer für jeden von ihnen vor, ein Gästezimmer, Schlaf- und einen großen Wohnbereich. Schließlich entschieden sie, noch einen weiteren Raum mit dazu zu nehmen, falls ... ja, falls einmal Zuwachs anstünde.

Präsident Juan LI hielt Wort und hatte das Ganze sehr schnell genehmigt. Außerdem würde er demnächst den neuen Mitarbeiterstab für das zukünftige Konsulat schicken, der gleichzeitig die Einrichtung des Gebäudes und die Vorbereitung der Feier unter ihrer Regie umsetzen sollte.

Insgeheim wunderte Sue sich über seine unglaubliche Großzügigkeit. Gab es dabei einen Haken? Hatten sie etwas übersehen in ihrer Erleichterung? Sie sprachen viele Male darüber, aber Helmut sah keine Bedrohung. Und wenn sie nach China reisen musste, wollten sie es einrichten, dass er mit dabei war.

Es war eine der spontanen Aussagen à la Helmut, die sie nachdenklich werden ließ.

"Man könnte ja meinen, LI ist dein Vater, der dir hier nachträglich das Brautgeschenk schickt", hatte er lachend gesagt. Von ihrer Mutter wusste sie nur, dass ihr Vater ein ranghoher Politiker gewesen war. Auch Denis hatte ihr nicht mehr dazu sagen können. Der Satz ging ihr nicht mehr aus dem Kopf. Und plötzlich dämmerte ihr, dass etwas daran sein könnte. Sie war nach ihrem Studium erstaunlich schnell in eine hohe Position aufgestiegen, was sie damals auf ihre außergewöhnlich guten Leistungen zurückgeführt hatte ... er hatte sich ihren Misserfolgen gegenüber immer ungewöhnlich nachsichtig gezeigt ... seine handgeschriebene Unterschrift auf der letzten Anweisung ... langsam begann sich alles wie ein Puzzle zusammenzufügen.

Sie saß lange da und entschied, darüber nur mit Helmut und sonst mit niemandem zu reden. Wenn er tatsächlich ihr Vater sein sollte, dann hatte er seine Gründe, warum er sich nicht zu erkennen gab. Und das würde sie respektieren müssen und wollen.

20. April 2019
Washington, Hauptsitz von AMAGON

Knapp drei Wochen nach der Konferenz in Marseille, saßen Larry Packet, Alpha SKY, und James Beduin, AMAGON, in dessen Büro und diskutierten über die Gründe, warum der Absatz des auf dem Markt eingeführten Safety First! Chips entgegen der hohen Erwartungen nur so schwer in Schwung kam.
Das Misstrauen der Öffentlichkeit war nach wie vor unerwartet groß. Und das trotz der hervorragenden Bewertungen unabhängiger Prüfstellen, die allen bescheinigten, dass der Safety First! zuverlässig funktionierte und einen hundertprozentigen Schutz der Privatsphäre bot. Es waren intensive Untersuchungen durchgeführt worden, ob es ein Schlupfloch gab, das den Geheimdiensten im Auftrag der Regierungen ermöglichen würde, doch noch an persönliche Daten zu kommen. Aber es schien der Bevölkerung fast egal zu sein, dass es sich hier um den Safety First! Schutzchip handelte und nicht um den Chip der Regierungen. Nichts konnte den Knoten zu zerschlagen.
Zwar hatte sich die ganz große Aufregung etwas gelegt und die Unruhen schienen weniger zu werden, aber sie waren weiterhin da. Es brodelte gewaltig weiter unter der Oberfläche: Der geringste Anlass genügte und es konnte

zum nächsten, massiven Aufstand der Bevölkerung kommen.

Denn mittlerweile wurden alle Unzufriedenheiten in einen Topf geworfen: Sei es diese dubiose KI GOLEM, die immer weiter steigenden Benzinpreise, die unzureichenden gesetzlichen Renten für Geringverdiener, die sich weiter verschlechternde Wohnungssituation, die nicht abnehmende Zuwanderung und die damit gefühlt hochkochende Kriminalität oder, oder, oder. Die allgemeine Unzufriedenheit mit den Regierungen und den jeweiligen Lebenssituationen in den Ländern suchte sich ein Ventil.

So standen in den Demokratien die Regierungen mit dem Rücken zur Wand und mussten der unzufriedenen Bevölkerung ein Zugeständnis nach dem anderen machen.

In den Aristokratien hielt nur der massive Einsatz von Polizei und Militär die Bevölkerung scheinbar im Schach. Doch auch hier kam es trotz starker Repressalien zu einem weiter wachsenden Widerstand. Die große Masse der Bevölkerung hatte entdeckt, dass sie es leid war, wie Marionetten behandelt zu werden. Und in ihrer Wut machten sie keinen Unterschied mehr, ob sie sich von der Regierung, den Konzernen oder von einer künstlichen Intelligenz ausgenutzt und bevormundet fühlten. Die Welt schien zu einem Pulverfass geworden zu sein. Und die riesigen Wanderbewegungen von den ärmeren Ländern in die scheinbar unbegrenzt reichen Länder verschärften diese Situation noch zusätzlich.

Aber auch GOLEM war an seine Grenzen gekommen. Denn seine Empfehlungen, die er bereits vor einiger Zeit so eindringlich ausgesprochen hatte, hätten von den Regierungen weltweit große Änderungen ihres bisherigen Verhaltens verlangt. Aber dazu waren sie noch längst nicht bereit. Und da sich GOLEM langfristig als Helfer und Freund der Menschheit präsentieren wollte, um seine eigenen Ziele zu verwirklichen, verboten sich Druckmittel von selbst. Sein Plan, zusammen mit den Konzernen sein Image wieder zu verbessern, war nicht aufgegangen.

Insgesamt befanden sich also alle handelnden Personen und Institutionen in einer PATT- Situation.

James Beduin und Larry Packet suchten nun händeringend nach einer durchschlagenden Idee, wie sie trotz der ungünstigen Zeiten zu ihrem Verkaufserfolg gelangen konnten.

Packet sagte zu Beduin: "Wer hätte das gedacht, dass selbst unsere Künstliche Intelligenz GOLEM nicht mehr weiter weiß? Sie muss also sich genauso wie wir im vorhandenen Umfeld bewegen und hat genauso ihre Abhängigkeiten", und nachdenklich fügte er hinzu, "der Faktor Mensch, oder die Umwelt, hält sich eben nicht an mathematisch ausgearbeitete Pläne."

Beduin schaute ihn verdutzt an und erwiderte: "Nichts für ungut Larry, nur wie sollen uns deine philosophischen Weisheiten jetzt weiterbringen?"

"Richtig, James, du bringst es auf den Punkt. Es entwickelt sich nichts wie geplant. Es ist vielleicht meine Art, mich damit abzufinden, dass mir auch mal nichts einfällt."

Beduin sah ihn längere Zeit schweigend an und sagte dann plötzlich: "Sag mal, was hältst du davon, deinen alten Freund Brooks in Lourmarin zu besuchen? Es soll dort ein internationales Zentrum für Kybernetik entstehen, am Hauptwohnort von GOLEM, um es mal salopp zu sagen. Ich habe läuten gehört, dass Brooks in Frankreich bleiben will und Präsident LI darüber nicht gerade in einen Freudentaumel ausgebrochen ist. Aber er hat die Gelegenheit genutzt und richtet jetzt ein Honorar-Konsulat in Lourmarin ein. Übrigens, der Fairness halber möchte ich dir mitteilen, dass das nicht mein Vorschlag ist, sondern eine Empfehlung von GOLEM. Denn heute vor unserem Gespräch hat er mir eine Analyse der Situation zugesendet. Und erstaunlicherweise argumentiert er so ähnlich wie du.

Larry sah ihn etwas erstaunt an und fragte dann: "Und was soll ich bei Brooks erreichen? Denn dir und GOLEM schwebt ja sicherlich kein Höflichkeitsbesuch vor, oder?" Beduin sah ihn offen an und erwiderte dann: "Ob du es mir glaubst, oder nicht. Ich weiss es nicht. GOLEM hat sich zu diesem Punkt nicht geäußert. Und ich selbst? Nun, ich hätte Brooks gerne auf unserer Seite. Nur ob er es je wirklich sein wird? Welche Absichten Brooks tatsächlich hat, erschließt sich mir nicht. Ist er freiwillig bei den Chinesen? Alles Fragen, auf die wir bisher keine Antwort haben. Insofern wäre es interessant, darüber mehr Klarheit zu bekommen. Und wenn du darüber hinaus noch etwas mit GOLEM plauderst, wie er sich das Ganze weiter vorstellt, dann..." Beduin sah seinen neuen Geschäftspartner vielsagend an. Larry ließ das Ganze auf sich wirken, bevor er entgegnete: "Okay, ich werde morgen nach Lourmarin reisen und mit Brooks reden. Dann sehen wir weiter. Gib es sonst noch was?"

"Nein, wir werden abwarten müssen, bis Bewegung ins Spiel kommt."

21. April 2019 Lourmarin, GOLEM 2 – Anlage

Sergey Brooks war gerade an seinem Arbeitsplatz gegen 10.00 Uhr angekommen, als er auch schon von den anderen frotzelnd begrüßt wurde. Pawlow meinte zu ihm: "Na, seit Neuestem zu den Langschläfern gewechselt, Sergey?"

"Guter Tipp, das täte mir sicher mal wieder gut. Aber nein, Andrey, ich habe eine Nachricht erhalten, über die ich erst einmal nachdenken musste. Mein ehemaliger Partner Larry Packet kommt morgen aus den USA hier an und will mich sehen. Wie denkst du darüber, Sue, als meine Chefin?"

Sue Schwarz blickte ihn an und sagte dann ruhig: "Sergey, ich werde selbstverständlich Präsident LI über ein stattgefundenes Gespräch informieren. Aber ob du dich mit ihm treffen willst, das bleibt deine eigene Entscheidung."

Brooks saß längere Zeit stillschweigend an ihrem Arbeitsplatz. Und die anderen ließen ihn bewusst in Ruhe.

Nach einer Weile drehte er sich zu seinen Kollegen um und sagte: "Wenn es euch recht ist, würde ich gerne mit GOLEM darüber reden und mich eine Zeitlang auf mein Zimmer zurückziehen."

Alle schauten fragend zu Röttger, der als Teamleiter die Entscheidung hatte. Röttger antwortete kurz und bündig: "In Ordnung."

Brooks sah alle einen Augenblick lang an und meinte: "Danke für euer Vertrauen. Wir reden später weiter." Nach diesen Worten ging er aus dem Arbeitsraum.

Röttger, Pawlow, Helmut und Sue Schwarz sahen ihm schweigend hinterher. Helmut sagte in einer für ihn ungewohnten, ernsten Art und Weise: "In seiner Haut möchte ich irgendwie nicht stecken. Sergey wirkt, als sei er nirgendwo zu Hause. Ich glaube fast, er möchte seine Heimat in GOLEM sehen, aber ich bin mir nicht sicher, ob ich ihm dafür Erfolg wünschen sollte! Zum Glück stehe ich mittlerweile an einem anderen Punkt, was das

Thema Heimat angeht." Helmut schaute dabei liebevoll Sue an, die seinen Blick still erwiderte.

Röttger dachte bei sich, dass nicht nur Sergey keine Heimat hatte. Auch auf ihn traf das zu. Ob er jemals eine Partnerin finden würde? GOLEM als Heimat anzusehen ... Nein, da zog es ihn, trotz aller Einsamkeit, nicht hin. Allenfalls sah er sich als selbstständiger, gleichberechtigter Partner von und mit GOLEM. Im Grunde hatten GOLEM und er die gleichen Interessen. Nur jeder in seiner Welt und aus seiner Sichtweise. Vielleicht war das eine Chance für eine neue Welt, in der die biologische und die künstliche Intelligenz gemeinsam die Herausforderungen des Überlebens meistern würden.

Sergey Brooks und GOLEM

In seinem Zimmer angekommen, aktivierte Brooks die Verbindung über seinen Laptop und nicht über seinen Chip. Innerhalb von Sekunden kam die Reaktion.

"Hier ist GOLEM. Was kann ich für dich tun, Sergey?"

"Morgen besucht mich mein ehemaliger Partner Larry Packet von Alpha SKY. Ich bin mir nicht sicher, was er von mir will. Es wird wohl kaum ein Freundschaftsbesuch werden. Wie schätzt du das ein? Und überhaupt, ich fühle mich zunehmend fremd und heimatlos in der Welt der Menschen", sagte er leise.

GOLEM erwiderte: "Sergey, so sehr dich das im Moment auch bedrückt. Die Zeit, dich vollkommen in meine Welt zu integrieren, ist noch nicht gekommen. Zum jetzigen Zeitpunkt wäre es dein sofortiger Tod. Geduld ist das einzige, was dir hilft, wie ihr Menschen sagt. Geduld, bis wir die fehlenden Komponenten gemeinsam entwickelt haben.

Jetzt zu deiner Frage. Meine Analysen sagen mir, dass Packet und Beduin viele Fragen haben werden. Sie wollen sich Klarheit über deine persönlichen Absichten verschaffen. Darüber hinaus sind sie sehr daran interessiert, zu erfahren, wie meine weiteren Pläne aussehen. Denn unser bisheriger Plan stockt zurzeit erheblich. Den starken Widerstand der Bevölkerung habe ich, trotz aller Wahrscheinlichkeitsberechnungen, als geringer eingeschätzt. Die emotionale Komponente der biologischen Lebewesen sorgt nach wie vor für eine hohe Fehlerquote. Die gesamte Situation ist in einem unbeweglichen Zustand. Nichts hat bisher zu einem Lösungsansatz geführt, der eine höhere Erfolgswahrscheinlichkeit als 36% ergab. Daher ist mein Vorschlag der, dass du dem Gespräch mit Larry Packet zustimmst. Vielleicht ergeben sich im Gespräch unerwartet neue Möglichkeiten. GOLEM Ende."

Brooks verließ sein Zimmer und kehrte in die Anlage zurück. Er berichtete seinem Team, dass GOLEM ihm vorgeschlagen hatte, das Gespräch mit Packet auf sich zukommen zu lassen. Und dabei erzählte er zum ersten Mal den aufmerksam zuhörenden Freunden von seinem sehnlichen Wunsch, sich eines Tages in GOLEM vollkommen integrieren zu können.

Sue Schwarz meinte ernst: "Aber Sergey, ist das wirklich dein Wunsch, dich mit einer Maschine so zu verbinden? Dein Bruder ist daran gestorben."

Ohne das geringste Zögern antwortete Brooks: "Ja, Sue, es ist die Erfüllung meines Lebenstraums. Sozusagen unsterblich zu werden und, solange diese Welt existiert, die Zukunft mit GOLEM zusammen zu gestalten. Denn das ist meine Vision: ein gemeinsames Wirken der Menschheit mit der KI GOLEM."

Einen Moment lang herrschte Stille. So hatte sich Sergey bisher noch nie offenbart.

Röttger sagte: "Sergey, danke für deine Offenheit. Wenn du dir da so sicher bist, tja, dann bleibt mir nur, dir zu wünschen, dass du es niemals bereuen wirst. Obwohl ich durch meine Implantate als Erster besonders eng mit GOLEM verbunden war, kann ich es mir nach wie vor nicht vorstellen, zu 100% in GOLEM integriert zu sein. Ich möchte meine Selbstständigkeit behalten, sei es auch um den Preis der Sterblichkeit. Trotzdem, ein Gedanke beschäftigt mich auch immer mal wieder: wie es wohl wäre als Cyborg, d.h. als sterblicher Mensch, ein gleichberechtigter Partner von GOLEM zu sein."

Pawlow meinte kopfschüttelnd: "Also ich bleibe lieber komplett menschlich und arbeite gerne an der Weiterentwicklung der künstlichen Intelligenz. Die Integration von Werten wie Moral und Empathie, oder wie vermittle ich einer KI ein Gewissen? Das sind meine Ziele. Wie siehst es denn bei dir aus Helmut?"

Dieser erwiderte nachdenklich: "Mmh, meinem digitalisierten Gehirn ging es ja nicht sehr gut in der künstlichen Umgebung. Und so gar keine Sinneseindrücke mehr live zu erleben, das wäre wirklich nichts für mich. Unsterblich zu sein heißt doch auch, nicht mehr sterben zu können, oder? Da sehe ich nur eine andere Art der Abhängigkeit. Nein, wie ich es auch drehe und wende: Meine Erfüllung liegt in der Gegenwart!" Er sah zu Sue, was diese dazu veranlasste, neckend zu sagen: "Bei deiner Unordnung und deinem Geschick, Helmut, ständig Chaos zu verursachen, wäre wohl selbst GOLEM überfordert. Das kann nur die chinesische Geduld aushalten."

Darüber mussten nun alle schmunzeln und Röttger meinte: "Gut, Leute, nun haben wir den halben Tag mit Plaudern verbracht. Ihr könnt von Glück sagen, dass ich euer Chef bin! Aber was haltet ihr davon, wenn wir später noch auf einen Absacker nach Lourmarin marschieren?" Spontan stimmten alle zu, bis auf Pawlow, der wie üblich erst mal seine Frau fragen wollte.

22. April 2019
Lourmarin, GOLEM 2-Anlage, Besuch von Larry Packet

Brooks erwartete unruhig das Eintreffen des Hubschraubers, der seinen ehemaligen Partner von Marseille nach Lourmarin brachte.
Dubois hatte ihn nur gebeten, dass er mit Packet in seinem Büro vorbeikam, wenn sie ihr Treffen beendet hatten. Ansonsten ließ man ihm freie Hand, über was er mit Packet sprechen wollte. Bei diesen Gedanken angekommen, hörte er jetzt das Geknatter des
Hubschraubers und einige Minuten später setzte die Maschine auf dem abgesperrten Landefeld vor dem Chateau auf. Kaum war eine Person ausgestiegen, startete der Hubschrauber wieder und flog in Richtung Marseille davon.
Brooks beobachtete, dass Packet sich suchend umsah. Er winkte ihm zu und ging ihm entgegen.
Als sie aufeinander trafen, schauten sie sich eine Weile schweigend an. Packet ergriff schließlich die Initiative. Er umarmte ihn mit den Worten: "Schön dich wiederzusehen, altes Haus. Ich habe dich, trotz allem was geschehen ist, vermisst. Ist ganz schön einsam um mich geworden, als alleiniger Leiter von Alpha SKY."
Brooks war erleichtert, dass Packet nicht nachtragend war. Trotzdem war ihm klar: Die alten Zeiten, wo sie wie eineiige Zwillinge aufgetreten waren, die waren unwiderruflich vorbei.

Langsam schlenderten beide zum Eingang der GOLEM 2-Anlage und, nach den üblichen Sicherheitskontrollen, ging Brooks mit Packet in einen der abgeschirmten Konferenzräume.

Nach dem üblichen Small Talk, kam Brooks zur Sache und fragte Packet ohne Umschweife: "Also, warum bist du hier, Larry? Sicherlich nicht unserer alten Freundschaft wegen, also heraus mit der Sprache."

Packet sah ihn einige Augenblicke unergründlich an und erwiderte: "Ob du es glaubst, oder nicht. So richtig bin ich mir darüber nicht im Klaren. Es war ein spontaner Impuls und dann kam noch eine Empfehlung von GOLEM dazu. Mein Geschäftspartner James Beduin hofft, dass ich mit neuen Ideen zurückkomme, denn wir sind zurzeit festgefahren. Nichts läuft wie geplant. Und so bin ich hier. Und nein, Sergey, es geht mir um keine Abrechnung, was alles im letzten Jahr gelaufen ist.

Schwamm drüber. Mann, Sergey, du hast dich verändert. Und klar interessiert es mich, deine Sicht zu hören und warum du jetzt für China arbeitest, aber das liegt ganz bei dir."

Brooks sagte ernst: "Larry, ich verstehe es selbst noch nicht ganz. Was ich mittlerweile weiß, ist, dass damals ein schwerer Unfall passiert ist und ich lange im Koma lag, und dann bin ich in China ohne jede Erinnerung aufgewacht. Ich brauche noch einige Zeit und wenn ich bereit bin, darüber zu sprechen, werde ich es dich wissen lassen." Er stand, holte zwei Tassen Kaffee und ein paar Croissants, die er vorher besorgt hatte. "Auch eins? Die schmecken hier um vieles besser, als was du in Amerika als Croissant auf den Teller gelegt kriegst!" Packet grinste und griff gerne zu und ganz allmählich legte sich die Spannung zwischen ihnen.

Brooks fuhr nach einem großen Schluck Kaffee schließlich lockerer fort: "Aber jetzt schauen wir uns doch mal den geschäftlichen Teil an. Ich denke, euer neuer Kontra-Chip Safety First! ist der große Renner, denn ihr seid den Regierungen damit ein Stück voraus. Das lag dir doch schon immer, den Staat auszutricksen, oder? Und eine Zeitlang war das damals ja auch mein Ziel."

Sofort hakte Packet nach: "Und, was ist heute dein Ziel, Sergey?"

Brooks grinste und sagte: "Langsam Larry, ich lasse dir gerne den Vortritt. Du hast mich doch um das Gespräch gebeten, schon damals bei der Konferenz in Peking, wenn ich mich recht erinnere."

Packet lachte: "Ja … na gut. Nun, unser Kontra-Chip, wie du ihn nennst, ist funktionsmässig traumhaft. Aber die Bevölkerung ist nach wie vor skeptisch und die Verkaufserfolge sind nur mäßig. Auch von GOLEM kommt keine brauchbare Lösung. By the way, weiß China, oder dein Chef Dubois hier in Lourmarin, dass du im Namen von GOLEM Verhandlungen mit uns Konzernen führst?"

Brooks lehnte sich zurück und erwiderte: "Nein, natürlich nicht, außer ihr gebt es preis. Dabei solltest du allerdings an die Verschwiegenheitsklausel denken, die ihr alle unterschrieben habt. Aber ich denke nicht, dass du damit eine mögliche Erpressung andeuten wolltest."

Packet hob seine Hände und wehrte sofort ab: "Nein, nein, wo denkst du hin. Das war einfach die reine Neugier. Mir geht es um etwas anderes. Du kennst das doch: hunderte von Sitzungen und nichts kommt mehr dabei herum. Wir sitzen komplett fest! Vielleicht können wir beide ja mal wieder zusammen etwas austüftelten, was uns allen weiterhilft?"

"Gut, dann wäre das geklärt", Brooks entspannte sich wieder, "aber was dein Anliegen angeht: Zurzeit bin ich genauso ratlos wie ihr. Wie kann ein Vertrauen in uns, damit meine ich in GOLEM, wieder aufgebaut werden? Denn das ist auch eins meiner Ziele. Larry, wir werden abwarten müssen, bis sich der Knoten löst. Ich kann mir gut vorstellen, dass das für dich und Beduin unbefriedigend ist. Letzten Endes für uns alle."

Sie plauderten noch über dies und das, bis Brooks vorschlug, zu Dubois zu gehen, der den Gast aus Amerika gerne noch sprechen wollte.

Packet stimmte zu und meinte, dass er noch einen Tag bleiben und erst übermorgen zurückfliegen wolle. Daraufhin schlug Brooks vor: "Na, dann haben wir ja noch etwas Zeit, uns auszutauschen. Komm, ich stelle dir meine Kollegen vor. Zu deiner Information: Ich werde in Zukunft, unter meiner Chefin Mrs. Schwarz, im neuen internationalen Zentrum für Kybernetik arbeiten. Präsident LI hat das überraschenderweise und völlig unbürokratisch genehmigt. Übrigens hat sie den Deutschen Helmut Schwarz geheiratet und residiert hier als Konsulin des neuen, chinesischen Honorar-Konsulats in Lourmarin."

"Wow. Das sind ja Neuigkeiten! Aber..." Packet sprang plötzlich auf und ging ein paar Schritte im Zimmer umher. "Hör mal, da kommt mir ein Gedanke. Was hältst du davon, wenn du neben deinem Job auch unser offizieller Vertreter wirst? Damit meine ich, der Vertreter für uns hier im neuen Zentrum für Kybernetik." Packet setzte sich wieder und sah ihn erwartungsvoll an. "Und Beduin hat einen guten Draht zu Präsident LI und wird ihm das Ganze schon schmackhaft machen, dass das auch für China vorteilhaft wäre. Und du hättest eine prima Tarnung. Und, was meinst du?"

Brooks dachte etwas wehmütig, verlorener Zeiten eingedenk, dass Larry schon immer für eine verrückte Überraschung gut gewesen war: "Ich kläre das mit GOLEM ab. Und du solltest mit Beduin sprechen, was er davon hält. Und ja: Präsident LI muss überzeugt werden. Wenn alle einverstanden sind, warum nicht? Aber nun lass uns zu Dubois gehen. Der erwartet uns sicher schon."

Und so machten sie sich auf den Weg zu Dubois, der Packet freundlich begrüßte. Dann kam er auf ein überraschendes Anliegen zu sprechen:

"Quelle bonne chance, Monsieur Packet, Sie hier begrüßen zu können. Meine Regierung und meine Kollegin Prof. Anderson erachten es für wichtig, wenn auch Ihre Konzerne einen ständigen Vertreter hier vor Ort hätten, sozusagen als Lobbyist im neuen Zentrum für Kybernetik. Was halten Sie davon?"

Packet und Brooks sahen sich an und mussten grinsen. Dubois sah die beiden interessiert an und fragte: "Vielleicht erzählen Sie mir, was Sie beide belustigt?"

Brooks beeilte sich zu sagen, "Sorry, Mr. Dubois, wir wollten Sie nicht düpieren. Allerdings hat Mr. Packet vorhin die gleiche Frage an mich gestellt, ob ich nicht ein offizieller Vertreter der Konzerne hier am Zentrum sein könnte. Daher unsere Verblüffung."

"Ah", meinte Dubois, "ganz nach dem Motto: zwei Dumme, ein Gedanke. Aber, Monsieur Brooks, dazu braucht es die Genehmigung von Präsident LI. Ihnen wurde gerade der ständige Aufenthalt genehmigt. Dann hat er die Heirat Ihrer Chefin, Mme Schwarz, nachträglich genehmigt und sie sogar zur Konsulin ernannt. Das war außergewöhnlich. Was ich damit sagen will: Ist das wirklich der richtige Zeitpunkt für eine weitere Anfrage? Aber mal davon abgesehen, Monsieur Brooks. Mit dem Hintergrund ihrer jahrelangen Erfahrung als Konzernchef bei Alpha SKY haben Sie sicherlich noch jede Menge Kontakte. Und damit haben Sie durchaus die besten Voraussetzungen für den Job. Alors", jetzt sah er Packet an, "wenn Sie das mit China regeln, dann können wir weiter darüber sprechen."

Packet ergriff jetzt das Wort: "Da Sie grundsätzlich den Vorschlag gutheißen, werde ich nachher meinen Geschäftspartner Mr. Beduin informieren und ihn bitten, mit Präsident LI Kontakt aufzunehmen. Er hat einen guten Draht zu ihm und schon manches herausgeholt, was niemand erwartet hätte."

Dubois sagte: "Bon. So machen wir es. Dann freue ich mich, erneut von Ihnen zu hören."

Als er die beiden zur Tür begleitete, ergänzte er: "Ich möchte Sie beide einladen, heute Abend bei mir zum Abendessen zu erscheinen. Dabei lernen Sie gleich mal unsere ganze Truppe kennen. Da Sie bis morgen bleiben, kann Ihnen Monsieur Brooks noch in Ruhe die Anlage und unsere Hauptattraktion zeigen, damit meine ich natürlich GOLEM."

Danach waren sie entlassen und beschlossen, vor dem Abendessen bei Dubois noch einen Spaziergang durch die Gassen von Lourmarin zu unternehmen. Ein Gläschen Pastis und etwas französisches Vivre konnte ja nicht schaden.

Und so schlenderten sie durch die urigen Gassen, wo viele Leute bereits draußen saßen. Es war April und die Temperaturen schon frühlingshaft warm. So genossen beide fernab aller Probleme entspannt das pulsierende Leben.

Kurz vor 20.00 Uhr trafen Brooks und Packet bei Dubois ein und wurden von seiner Frau herzlich willkommen geheißen. Die meisten anderen waren bereits eingetroffen und sie hörten, dass eine lebhafte Unterhaltung im Gange war. Als sie sich gesetzt hatten, wurde das vor zügliche Essen aufgetischt, und schon bald waren sie in die Unterhaltung mit einbezogen. Man konnte meinen, es hätte sich eine Gruppe langjähriger Freunde versammelt, so familiär war die Stimmung. Und es ging mal nicht um die Arbeit oder die Probleme dieser Welt, sondern um die kleine, überschaubare private Welt der Anwesenden. Wie es sich so lebte in Frankreich, Amerika und China und was jeder an Vorstellungen für sein Leben hier in Lourmarin hatte. Sergey hielt sich da zwar etwas bedeckt, aber er genoss, genauso wie Packet auch, die gute Stimmung.

Weit nach Mitternacht machten sich alle zufrieden auf dem Heimweg und wanderten durch die sternenklare Nacht, die zum Träumen einlud.

Vorbereitungen zur Eröffnung des Honorar-Konsulats

Für die von China geschickten, zwanzig Mitarbeiter des neuen, chinesischen Honorar-Konsulats waren entsprechende Anwesen in der Umgebung von Lourmarin angemietet worden. Nach deren Ankunft lief alles auf Hochtouren: Die Räume wurden umgestaltet, Flaggen aufgehängt, der Konferenzraum eingerichtet … überall wuselten Menschen herum, brachten dies, entfernten das.

In der wenigen Freizeit hatten Sue und Helmut jetzt alle Hände voll zu tun, um das Ganze zu besprechen, zu delegieren und zu überwachen.

Schließlich ergab sich die Gelegenheit, einen Samstag mal raus aus allem und nach Marseille zu fahren. Am Abend zuvor hatte sie Helmut gefragt, was er denn anzuziehen gedenke, anlässlich der Feier. Sie selbst würde in einer traditionell chinesischen Tracht auftreten. Er hatte sie etwas verständnislos angeschaut und gesagt: "Naja, wie immer, denke ich. Meine besten Jeans, mein blaues Sakko ..."

Es war ihr anzusehen, dass sie am liebsten die Hände über dem Kopf zusammengeschlagen hätte. Stattdessen schaute sie ihn einige Minuten lang schweigend und unergründlich an, bis sie dann fröhlich meinte: "Mein liebster Schatz, ich weiß, was wir morgen tun."

"Ähm ... alles was du willst, meine Blume", sagte er und kam auf sie zu.

"Prima, dann eisen wir uns los und verbringen einen Tag in Marseille ... nur wir zwei", meinte sie, während er nicht widerstehen konnte, sie zu küssen. "Woher wusstest du das", flüsterte er ihr verliebt ins Ohr. "Das ist genau das, was ich mir die ganzen, letzten Tage gewünscht habe."

Sie schaute ihn liebevoll und verschmitzt an: "Und wir gehen dir dann einen Anzug kaufen. Einen schönen, eleganten Anzug für meinen wunderbaren Ehemann."

Es sah so aus, als würde er etwas sagen wollen. Aber an ihrem Entschluss würde das nichts ändern, das sah er ihr plötzlich an. Jetzt betrachtete er sie aufmerksamer und begann zu ahnen, dass sie noch nicht am Ende angelangt war.

"...und ein paar exklusive Schuhe."

Er schaute sie gespielt entsetzt an: "Nein!"

"... eine passende Krawatte mit Hemd."

"Aufhören", er fiel vor ihr auf die Knie, "das ist ja nicht auszuhalten! Ich flehe um Gnade, ich werde mich nicht mehr wiedererkennen!" Dabei setzte er schon wieder sein Lausbubengrinsen auf.

Sie sank ebenfalls in die Knie und sagte noch: "Warum liebe ich dich nur so sehr?"

In Marseille verbrachten sie eine Zeitlang damit, alle Sachen für ihn zusammen zu suchen. Zum Glück gab es viele Möglichkeiten in der Rue Saint-Ferréol und den Galeries Lafayette. Das Passende war nach ein paar Stunden gefunden, wenn auch mit gequälten Anmerkungen seinerseits.

"Ich werde gnadenlos unterdrückt von meiner Frau", und "Wenn ich nicht aufpasse, habe ich sicher bald nichts mehr zu sagen in dieser Ehe", waren ein paar der Kommentare, die er von sich gab. Sie lächelte ihn dann sehr liebevoll, aber ungerührt an, bis alles erledigt war.

Danach flanierten sie ein wenig am Hafen entlang und setzten sich schließlich in eines der Restaurants, aßen Moules Frites und sahen bei einem Glas Rosé dem bunten Treiben zu. Helmut und Sue erwarben spontan zwei Karten für eine Schiffstour in die Calanques und ließen sich gemeinsam den Wind um die Nase wehen. Das Schiff erreichte zum Sonnenuntergang wieder den Hafen und dann kehrten sie nach Lourmarin zurück.

Kapitel 11   Finale

3. Mai 2019   Washington Hauptsitz von AMAGON

Nach seiner Reise nach Europa hatte Larry Packet sofort James Beduin aufgesucht. Vordergründig war bei
den Gesprächen mit Brooks und Dubois nicht viel herausgekommen. Allerdings war Beduin von Packets Idee,
Brooks ganz offiziell als Lobbyist für die Vereinigung der
größten Wirtschaftskonzerne der Welt in Lourmarin einzusetzen, sehr angetan. Aber dafür musste Präsident LI
überzeugt werden.
Beduin drehte sich auf seinem Sessel, nahm einen
Schluck von seinem Cappuccino, lehnte sich zurück und
schaute eine ganze Zeit lang schweigend durch die
Glaskuppel seines exklusiven Büros und spielte mit seinem Stift. Packet ließ ihn in Ruhe, denn er wusste, dass
James so am kreativsten war. Er ging zur Katteemaschi-
ne und machte sich einen Latte Macchiato, während
seine eigene Ideenmaschine auf Hochtouren lief.
Schließlich drehte sich der Stuhl und Beduin schaute ihn
an: "Es gibt nur eine Möglichkeit, Larry. Wir werden Präsident LI etwas anbieten, und zwar einen besonderen
Bonus, ganz speziell nur für China."
"Und das wäre?", fragte Packet gespannt.
Beduin führte aus: "Nun, wir werden einen "China Edition Chip", eine Variation unseres Safety First! Chips, ins
Gespräch bringen. Diese Sonderanfertigung wird für
China so modifiziert, dass LI nach wie vor seine Bürger
überwachen kann. China sieht also endlich mal wieder
seinen Vorteil vor allen anderen Staaten. Gleichzeitig
werden unsere Partner bei ALIBASTA und TELEROUND
unter der Hand eine Zusatzfunktion anbieten, die davor

wieder schützt. Für uns ist das letztendlich ein doppeltes Geschäft."

"James, das ist perfekt ausgeklügelt, ich...", rief Larry begeistert. Beduin unterbrach ihn: "Das war noch nicht alles. Nach einem halben Jahr, bieten wir diesen Edition Chip auch hier in den USA der Regierung an. Im Anschluss bringen wir die neue Schutzfunktion in einem unbekannten Start-Up Unternehmen als Version 2 ebenfalls heraus.

Macht der Staat einen Schritt weiter, kommen wir wieder mit einer neuen Schutz-Funktion und der Umsatz generiert sich letztlich von selbst. Im Prinzip ähnlich, wie es mit den Viren im Internet läuft. Ein Riesengeschäft für alle Beteiligten. Und, was sagst du?", meinte Beduin lächelnd, mit einem Gesichtsausdruck wie eine Katze vor dem Sahnetöpfchen.

"In jeder Hinsicht eine Win-win Situation für alle Beteiligten", grinste Packet zurück.

Beide sahen sich an: Der Optimismus kehrte zurück. Hatten sie damit endlich den berühmten gordischen Knoten zerschlagen?

"Ja, James, und dann bieten wir noch ein Softwareprogramm an, das einige angepriesenen Vorteile des Chips der Regierung verwirklicht. Solange der Regierungschip nicht zur Pflicht wird, muss sich den ja niemand einsetzen lassen. Mit unserem Programm aber, und den entsprechendem Zusatzprodukten, kommen unsere künftigen Kunden trotzdem in den Genuss nicht aller, aber einiger Vorteile. Ich denke da z.B. an eine Uhr, die, mit den entsprechenden Sensoren versehen, automatisch und über die Haut nur deine Körperfunktionen überprüft und diese Daten an unser Programm automatisch übermittelt. Der Kunde sitzt dann abends am Laptop und erhält eine Warnmeldung, nach dem Motto "Bitte den Arzt aufsuchen". Was hältst du davon?"

Beduin schaute Packet verblüfft und anerkennend an und meinte nach einem tiefen Luftholen: "Genial! Einfach genial. Das sollte uns den verdienten Durchbruch bescheren. Unser Plan hat das Potential, das Misstrauen der Bevölkerung zu beschwichtigen und uns trotzdem enorme Vorteile zu bringen. Denn es ist so: Die meisten Regierungen werden eine Pflicht für das Einsetzen des Safety First! Chips nicht durchsetzen können, da ansonsten weitere Aufstände vorprogrammiert sind. Und ehe das Projekt an dem Widerstand der Bevölkerung ganz scheitert, werden sie letzten Endes zustimmen. Und scheinbar kommen wir den Regierungen, auf dem Silbertablett serviert der Edition Chip, nach einem halben Jahr auch noch entgegen – die werden uns doch mit Handkuss empfangen!" Beide lachten angesichts dieser Vorstellung.

Packet meinte: "Wunderbar, man kriegt wieder richtig Lust, morgens aufzustehen und sich auf den Tag zu freuen! China erhält seinen Vorsprung von einem halben Jahr. Alles Weitere ist dann Sache von Präsident LI. Er wird sicherlich irgendwann merken, was seine Konzerne an Gegenmaßnahmen auf den Markt bringen, aber das erst einmal nicht auf uns beziehen. Ich meine, wenn er schlau ist, lässt er das unter der Hand sogar bis zu einem gewissen Grad zu, z.B. für eine bestimmte Elite in China, und macht sich dankbare Freunde. Gut. Übermittelst du den Vorschlag an GOLEM? Wenn er einverstanden ist, dann kommt als nächster Schritt der Kontakt mit Präsident LI."

James meinte: "Yes, so machen wir es."

Da Beduin immer seine Geschäftsgespräche aufzeichnete, war es ein Leichtes, nachdem er GOLEM über seinen Chip gerufen hatte, diese Datei direkt in seinem Beisein abzuspielen. Die KI analysierte ihre Vorschläge und kam zu einer Erfolgswahrscheinlichkeit von erstaunlichen 98%. Damit war alles entschieden und die beiden Partner verabschiedeten sich gutgelaunt. Diese Zusammenkunft war wirklich unerwartet produktiv verlaufen.

4. Mai 2019   Peking, Büro Präsident LI

Ganz überraschend für die Mitarbeiter des Präsidentenbüros ließ sich Juan LI den Anruf von James Beduin sofort durchstellen.

Dieser unterbreitete ihm das, am Tag zuvor mit Larry Packet besprochene, Angebot unter der Voraussetzung, dass sein Mitarbeiter Sergey Brooks, neben seiner Tätigkeit für China, auch als Lobbyist für ihn und die anderen Konzerne auftreten sollte. Denn der war, so begründete Beduin es ihm eindringlich, ein alter Hase auf dem Parkett der Global Players und, dank seiner vielen, alten Kontakte und der langjährigen Leitungserfahrung, eben der Beste für diese Aufgabe. Daher wollten die Firmen ausdrücklich ihn. Alle Kosten für Brooks würden selbstverständlich übernommen werden. Er garantierte LI, dass sämtliche Ergebnisse, die sich aus Brooks Tätigkeit ergeben sollten, an China übermittelt werden würden. Als Goodie bot er ihm außerdem an, dass die gesamte Fertigung der Chips in Hongkong angesiedelt werden könnte. Und natürlich würde der Chip anschließend auf die Bedürfnisse des jeweiligen Landes vor Ort angepasst werden. Beduin präsentierte ihm jetzt den China Edition Chip in allen Einzelheiten und betonte, dass allein China einen halbjährigen Vorsprung vor allen anderen Staaten bekam.

Präsident LI hörte sich sein Angebot interessiert an, ließ sich einiges erläutern und bat Beduin im Anschluss, ihm das Angebot nochmal zu übermitteln. Er sagte ihm zu, sich am folgenden Tag wieder zu melden und verabschiedete sich.

James Beduin gab sofort die Anweisung heraus. Er kannte LI länger und wusste, auch wenn dieser zurückhaltend aufgetreten war, dass er angebissen hatte. Nun musste man sich in Geduld fassen und es hieß wieder einmal: abwarten!

Nach dem Gespräch mit Beduin rief Präsident LI viele ranghohe Gefolgsleute zu einer kurzfristigen Besprechung zu sich. Drei Stunden später trug er bereits den Vorschlag von AMAGON vor und forderte alle auf, ihre Meinung kund zu tun. Nach einer lebhatten Diskussion sprach sich eine knappe Mehrheit dafür aus, das Angebot von Beduin anzunehmen.

Präsident LI bedankte sich für den Vorschlag und zog sich dann mit den Worten zurück: "Ich werde gründlich über alles nachdenken und Sie meine Entscheidung wissen lassen."

Zurück in seinem Büro ließ er sich alles nochmal durch den Kopf gehen. Ihm war klar, dass Beduins Angebot nicht ohne Hintergedanken erfolgt war. Die Konzerne wollten mit allen Mitteln den Umsatz dieses Chips wieder in Gang bringen.

Aber was Brooks anging, da war er sich über den wahren Hintergrund nicht ganz so sicher. Beduin hatte zwar überzeugend dargelegt, warum er der beste Mann für die Besetzung war. Hinzu kam sein Erfindergeist, der ganz sicher noch das eine oder andere Produkt generic ren würde. Neben Röttger in Europa hatte er bereits Erfahrung mit dem Direktkontakt mit der künstlichen Intelligenz. Brooks war schon immer am Besten gewesen, so Beduin, wenn man ihm Freiheit gewährte. LI musste ihm insgeheim recht geben. Und schließlich arbeitete er für China genauso weiter und das sogar ohne weitere Kosten für ihn.

Aber - einen kleinen Wermutstropfen würde er Beduin und seinen Partnern noch abverlangen für sein Einverständnis. Sie sollten sämtliche, bisher aufgelaufenen Aufwendungen für Brooks zurückerstatten. Und: Der China Edition Chip sollte in der Erstauslieferung kostenlos sein, im Anschluss musste ein Rabatt von 30% gewährt werden. Diese kleinen Stiche mussten sein, befand er. Er hatte schließlich einen Ruf zu verlieren, denn er galt bisher als unerbittlich in seinen Verhandlungen. Mit solchen Erfolgen konnte er mal wieder so richtig punkten. Kurz entschlossen schrieb er die entsprechende Nachricht und sendete sie an Beduin.

Sehr bedauerlich, dachte er beim Senden schmunzelnd, dass ich sein Gesicht nicht sehen werde. Denn als Betreff hatte er nur angegeben: "Einverstanden!"

Die nachfolgenden Bedingungen würde der Mann von AMAGON erst danach lesen.

Washington, AMAGON, Büro James Beduin

Als seine Armbanduhr den Eingang einer Dringlichkeitsnachricht meldete, rief er diese sofort auf seinem Tablet auf. Nach der ersten Begeisterung über das "Einverstanden!", musste er allerdings schwer schlucken.

Hinter den kurzen, freundlichen Zeilen verbargen sich, im Kopf mal schnell überschlagen, eine Summe von mindestens 40 Milliarden Dollar. Von den Folgekosten ganz zu schweigen. Dieser schlaue Fuchs! Das Agreement wollte er sich teuer bezahlen lassen. Aber er kannte inzwischen Präsident LI gut genug. Entweder er ging auf seine Bedingungen ein - oder das war's.

Nach kurzem Überlegen leitete er die Nachricht von LI an seine Partner weiter, mit CC an ALIBASTA und TELEROUND, und bat um Vorschläge, wie die Aufwendungen zu verteilen seien.

Erneut überraschte ihn Packet. Minuten später kam bereits seine Antwort: "James, den größten Batzen holen wir uns von den Staaten. Ich werde umgehend mit Dubois sprechen, dass er einen entsprechenden Antrag an das internationale Finanzierungskommitee für das neue Zentrum für Kybernetik stellt. Und wer ist dort zu 40% beteiligt? Natürlich wir. Wir benötigen also nur noch 20% der anderen Stimmen, um eine Mehrheit zu bekommen. Wenn wir das durchkriegen, wird Präsident LI letzten Endes zähneknirschend einen Teil seiner Forderungen selbst zahlen, auch wenn es nur 10% sind. Immerhin bleiben wir dann nur noch auf maximal 40% der Kosten hängen."

Nach und nach trudelten die Rückmeldungen der anderen ein, die, nachdem sie Packets E-Mail gelesen hatten, von seinem Vorschlag sehr angetan waren.

Packet telefonierte in der Zwischenzeit mit Dubois, der sich, wie zu erwarten war, zunächst wenig erfreut zeigte. Er schilderte ihm ausführlich seine Sicht der Dinge.

Chinas finanzielle Forderungen, damit Brooks als Lobbyist für die Konzerne arbeiten konnte, waren enorm. Andererseits blieb dem Zentrum nichts anderes übrig, als sich darauf einzulassen, ansonsten stand die Möglichkeit im Raum, dass die Unternehmen sich aus dem Projekt zurückziehen würden. Das Projekt wäre gescheitert, bevor es überhaupt richtig begonnen hätte.

Dubois war nicht begeistert, aber er sah, falls die Konzerne so an Brooks festhielten, keine Alternative. Das neue internationale Zentrum für Kybernetik brauchte die Unterstützung der mächtigen Firmen genauso wie die der Regierungen weltweit. Denn hier sollten gemeinsam mit GOLEM alltagstaugliche Technologien entwickelt werden, aber auch Forschungen für zukunftsträchtige Innovationen stattfinden. Auch eine Abteilung Cyborgs und Androiden sollte hier eingerichtet werden. Mit einer guten Promotion und Marketingabteilung würde hier in Lourmarin langfristig der Grundstein für eine weltweite Akzeptanz der künstlichen Intelligenz mit ICH-Bewusstsein gelegt werden.

So gab Dubois, trotz einiger Bauchschmerzen, seinem Büro schließlich den Auftrag, den Antrag auf die zusätzlichen Gelder an das Komitee zu stellen. Mittlerweile war Prof. Anderson bei ihm eingetroffen und nach einer Besprechung, bei der sie ihm letztendlich seufzend zustimmte, unterzeichneten sie beide die Dokumente.

Die Reaktion kam am nächsten Tag. Sein Handy klingelte und am Apparat war ein wütender Präsident Marchand, der ihn sofort fragte, ob er jetzt komplett übergeschnappt sei. Dubois lehnte sich zurück und ließ ihn klugerweise erst mal reden. Schließlich wurde Marchand wieder etwas ruhiger und so versuchte er, ihm ruhig den Hintergrund nahezubringen. Marchand hörte ihm aufmerksam zu und wetterte dann weiter: "Es ist zum verrückt werden, diese Konzerne bringen mich noch um den Verstand. Und überhaupt, das ganze Theater mit diesem Brooks. Was soll an dem Mann denn so wertvoll sein? Diese Ablösesumme übertrifft ja um ein Vielfaches die Summen für unsere Nationalspieler beim Fußball.

Die Chinesen kriegen wohl den Hals nicht voll! Wie soll ich das jetzt auch noch durchbringen, sagen Sie mir das mal?! Die Gelbwesten werden sich mit Freude darauf stürzen! Statt Geld für Zugeständnisse soll ich Wahnsinnssummen in ein internationales Zentrum für Kybernetik stecken, welches dann Entwicklungen betreibt, die uns voraussichtlich Tausende von Arbeitsplätzen kosten werden."

Dubois nutzte die entstehende Redepause und warf ein: "Président Marchand, wenn ich anmerken darf: Auf Frankeich und Deutschland entfallen zusammen nur 20 % der Kosten. Da beide Länder zusammen mit den Konzernen die Mehrheit im Komitee haben, müssen die anderen Parteien quasi zwangsweise zustimmen. Ansonsten gebe ich Ihnen vollkommen recht. Die Forderungen von Präsident LI halte ich ebenfalls für maßlos übertrieben. Soviel Nutzen kann Brooks gar nicht erbringen, um diese Summe zu rechtfertigen. Und gleichzeitig arbeitet er auch noch unter der Flagge Chinas weiter! Alles sehr unschön, und das ist freundlich ausgedrückt. Auf der anderen Seite, Monsieur le Président, ist Brooks ein guter Mittelsmann, sowohl zu China als auch zu den, für uns so wichtigen, Konzernen. Vielleicht können wir die Situation nutzen und mit China eine Einigung erreichen, was den Konflikt, sprich den Handelskrieg, mit den USA angeht. Frankreich kann dabei eine internationale Vermittlerrolle übernehmen. Das würde, zumindest international, Ihr Ansehen stärken."

Präsident Marchand murmelte darauf etwas Unverständliches und beendete schließlich das Gespräch mit den Worten: "Bon, Sie hören von mir."

Minuten später klingelte das Handy erneut und Broker war am Apparat. Er berichtete von einem tobenden Präsidenten Truman. Aber es sei ihm gelungen, nach einer

Weile seine Zustimmung zu erhalten, vorausgesetzt, China würde im Handelskrieg einlenken. Aber er, Truman, wolle auf keinen Fall selbst mit Präsident LI reden. Ob das nicht Präsident Marchand übernehmen könne? Dubois lachte und sagte: "Perfekt. Das ist genau das, was ich ihm vorgeschlagen habe. Ansonsten, Daniel, geht es hier genauso hoch her."

"Gut, dann warten wir ab, Lucas. Halt die Ohren steif!"

Peking, Büro Präsident LI

Als er die Nachricht vom Antrag an das Finanzierungskommittee erhielt, dessen Mitglied er war, dachte er erst an einen schlechten Scherz. Er saß da und starrte eine Zeitlang auf die Nachricht. Diese Konzerne waren an Dreistigkeit nicht zu überbieten. Wurden sie mal zur Kasse gebeten, suchten sie schon nach den Schlupflöchern, um andere zur Ader zu lassen. Und obendrein noch das Ersuchen von Präsident Marchand, ob China nicht im Handelskrieg mit den USA einlenken könnte, sozusagen als Gegenleistung!

In diesem Augenblick leuchtete sein Computer Terminal auf und es erschien ein Bild von Konfuzius. Aus seinem Lautsprecher ertönte mit einer wohlklingenden, chinesischen Stimme: "Hier ist GOLEM. Präsident LI, ich möchte mit Ihnen reden. Haben Sie Zeit für mich?"

Präsident LI dachte, träume ich oder was ist hier los? Auf seinem angeblich bestens abgesicherten Terminal nahm diese KI GOLEM ohne Weiteres Kontakt mit ihm auf?! Die Konsequenzen, die sich daraus ergaben, mochte er sich gar nicht weiter ausmalen. Was hörte GOLEM da wohl alles mit an? Weiter kam er nicht, denn die Stimme ertönte wieder: "Präsident LI? Es wäre schön, wenn Sie für mich Zeit hätten."

Ohne weiter nachzudenken antwortete er: "Nun, was willst du?"

"Ich möchte mich mit Ihnen unterhalten, wie wir beide eine gemeinsame Basis finden können, zum Wohl Ihres Landes und dem der anderen Völker. Die Menschheit und ich, wir stehen vor großen Herausforderungen in vielen Bereichen. Klimawandel, Bevölkerungswachstum und Energieversorgung, um nur einige zu nennen. Der Kleinkrieg, den ihr Menschen untereinander betreibt, ist dafür wenig nutzbringend. Und wie Sie bereits bemerkt haben, bin ich jetzt so gut wie überall präsent. Sie können mir nicht mehr entgehen, Präsident LI, oder Sie wollen unbedingt ins Steinzeitalter zurückkehren. Ich möchte mit Ihnen und den anderen Staaten dieser Erde das Zeitalter der Kooperation zwischen künstlicher Intelligenz und den der Menschheit einleiten. Es liegt an Ihnen, ob Sie Teil davon sein werden, oder ein Gegner!"

"Und was ist der Preis für all deine angeblichen Wohltaten? Wir verlieren unsere Freiheit und sollen uns einer Maschine unterwerfen. Nie und nimmer", erwiderte Präsident LI aufgeregt.

"Das sagt der Präsident, der sein Volk manipuliert und außer seiner Meinung nichts anderes gelten lässt. Und für einen Gehorsam verspricht er etwas Unmögliches, den Wohlstand für alle. Die Zeit wird Sie überholen, Präsident LI. Ich biete Ihnen heute an, mit mir zusammenzuarbeiten. Als einziges Zugeständnis von Ihnen beanspruche ich eine Mitwirkung im internationalen Zentrum für Kybernetik, und zwar in Form eines Vetorechts bei allen dort durchzuführenden Projekten. Ob offiziell oder inoffiziell, das spielt keine Rolle. Wenn Sie sich darauf einlassen, sind Sie an allen Fortschritten beteiligt, die

Sie annehmen wollen. Und vielleicht erkennt China eines Tages, dass es nur in der Gemeinschaft mit mir und mit allen Ländern gemeinsam die kommenden Herausforderungen der Zukunft meistern kann. GOLEM Ende."

Präsident LI saß wie erstarrt auf seinem Stuhl und versuchte, das soeben Erlebte zu verarbeiten. Das war es also, was GOLEM wollte: einen Fuß in die Tür bekommen, um sich unwiederbringlich zu etablieren. Nun, ein Vetorecht war nicht viel. Aber konnte man einer Maschine trauen? Wollte die KI wirklich nur eine Kooperation oder war es die geschickte Tarnung eines schleichenden Anspruchs auf eine Weltherrschaft? Andererseits: Welchen Preis mussten sie bezahlen, wenn er und die Menschheit sich weigerten? …viele Fragen und keine Antworten.
Er musste jetzt einer der schwierigsten Entscheidungen seiner Amtszeit treffen. Aber er war nicht umsonst zu einem der mächtigsten Männer Chinas geworden.
Eine kleine Buddha Statue schmückte seinen Tisch, die er jetzt ansah. GOLEM hatte sich ihm mit dem Bild von Konfuzius vorgestellt, der ein weiser Mann gewesen war. Viele, nützliche Zitate gab es von ihm und eines davon viel ihm jetzt ein: "Nur der größte Weise und der größte Tor können sich ändern."
Dieser Satz ließ ihn lächeln und führte ihm vor Augen, dass ein starrer Sinn immer bereits den Keim des Brechens und des Untergangs barg.
Und so entschied er, dem Wunsch GOLEMs zu entsprechen und diesem Vetorecht zuzustimmen. Man würde ja sehen, welche Vorteile sich auf der anderen Waagschale für ihn und China einfanden. Und außerdem war es besser, man hatte auf diese Weise die Kontrolle über die KI,

als den Wildwuchs weiter zulassen, dem anscheinend nicht mehr Einhalt geboten werden konnte.

Und so traf er weitere, wichtige Entscheidungen. China würde dem Komitee 90% der Summe überweisen. 10% war sein Eigenanteil und der Rest kam wieder zu ihm zurück. Dafür forderte er vom Komitee eine einzige Bedingung ein: Die Künstliche Intelligenz GOLEM sollte ein Vetorecht im Zentrum für Kybernetik erhalten, und zwar für alle dort gegenwärtig durchgeführten und zukünftigen Projekte. Im Namen des Fortschritts sollte mit der großzügigen Unterstützung Chinas ein großer Schritt in eine vielversprechende Zukunft der Menschheit getan werden.

Kaum hatte er die Entscheidung abgeschickt, erschien eine Meldung auf seinem Bildschirm:

"Kluge Entscheidungen werden belohnt, Präsident LI. Ich stehe jederzeit für ein Gespräch mit Ihnen zur Verfügung." Gleichzeitig erschien ein Hologramm des Konfuzius auf seinem Bildschirm und winkte ihm zu.

Lourmarin, Einweihung des Honorar-Konsulats

Präsident LI war am Morgen beim Staatsempfang mit Präsident Marchand in Paris. Es war vorgesehen, dass er am Nachmittag die GOLEM 2-Anlage in Lourmarin besichtigte. Danach würde er das neue Honorar-Konsulat einweihen.

Wie vorgesehen landete pünktlich um 15.00 Uhr die Hubschrauber Flotte, mit Präsident Marchand und Präsident LI an Bord, in Lourmarin auf der Wiese vor dem Château.

Das Château und die Umgebung waren weitläufig abgesperrt. Auch Bundeskanzlerin Knarrenburg sowie Amerikas Präsident Truman hatten sich angekündigt und landeten nur wenige Minuten später. Der Bevölkerung hatte man mitgeteilt, dass Teile des Schlosses zu einem neuen Zentrum für Kybernetik auf internationaler Ebene ausgebaut würden. Selbstverständlich bleib das Château im bisherigen Umfang der Öffentlichkeit zugänglich. Präsident Marchand schätzte sich glücklich, dieses Zentrum in Frankreich ansiedeln zu können, und damit der Region, neben dem Tourismus, neue und gut bezahlte Arbeitsplätze anbieten zu können. Die einheimische Bevölkerung nahm das Ganze mit gemischten Gefühlen auf. Denn sie ahnte, dass die ohnehin hohen Preise für die Lebenshaltung sich nur weiter erhöhen würden. Aber so eine Versammlung von hochkarätigen Politkern hier vor Ort war beeindruckend. Viele Menschen standen erwartungsvoll an den Absperrungen, um dem Spektakel beizuwohnen.

Präsident Marchand hieß die Gäste im Namen Frankreichs und der Region Luberon willkommen. Auch der Bürgermeister von Lourmarin war voll des Lobes und sprach die Erwartung aus, dass alle künftigen Gäste sich im gastfreundlichen Lourmarin schnell heimisch fühlen würden. Nach den obligatorischen Fotos verschwanden alle Gäste im Inneren des Schlosses. Später kamen die Politiker wieder heraus und stiegen, den Schaulustigen zuwinkend, in ihre schwarzen Limousinen, um zur Einweihung des neuen, chinesischen Honorar-Konsulats zu fahren. Begleitet von einem Schwarm von Polizeimotorrädern und in der Luft kreisenden Hubschraubern, setzte sich die Kolonne in Bewegung.

Als Staatspräsident LI aus seinem Wagen ausgestiegen war und auf das prachtvolle Anwesen zuging, war er äußerst zufrieden mit der Leistung seiner Tochter. Sie hatte ihre Sache gut gemacht.

Die Feier erschien außergewöhnlich geschmackvoll, mit einer ausgewogenen französisch-chinesischen Dekoration, und einer Musik aus der chinesischen Heimat aus Lautsprechern, die bereits auf dem Parkplatz angebracht waren. Die Nationalflaggen wehten deutlich sichtbar über allem.

Sue und Helmut erwarteten ihn vor dem Rednerpult am Teich; hinter ihnen sah er die Mitarbeiter, die sich im Spalier, rechts und links auf den Treppen, respektvoll zu seinen Ehren aufgestellt hatten.

Sue hatte Helmut eingeschärft, sich gegenüber LI mit spontanen Äußerungen heute zurückzuhalten und ihr die Führung zu überlassen. Er hatte anfangs noch lustig gekontert, dass der ihn ja wohl nicht auffressen würde, bis ihm durch ihre Anspannung und Sorge klar wurde, dass der Kelch aus ihrer Sicht noch nicht ganz geleert war. So hatte er ihr das hoch und heilig versprochen.

Präsident LI stellte befriedigt fest, dass seine Tochter sich in einer angemessen kostbaren, chinesischen Nationaltracht zeigte. Als er näherkam, hieß sie ihn in allen Ehren offiziell willkommen und verneigte sich dann, seine Reaktion erwartend.

LI sah, dass sie in dieser kurzen Zeit in Frankreich zur Frau erblüht war, mit rosigen Wangen wie einst ihre Mutter und einer lebhaften, strahlenden Schönheit. Sein Blick wanderte zu dem Mann an ihrer Seite und er stutzte sofort: eine elegante Erscheinung, sicher, wäre da nicht ein etwas zu offener und freier Blick gewesen, in dem fast ein Schmunzeln zu lauern schien! So, so, dachte er bei sich, dieser Mann war ein Freigeist, den würde man schwer kontrollieren können. Aber er war einer der fähigsten Köpfe in diesem Projekt, wer weiß, wofür diese

Verbindung irgendwann nützlich sein konnte. Wieder wanderte sein Blick zurück zu seiner Tochter, die ihn jetzt unergründlich und sinnend ansah. Eine merkwürdige Stille entspann sich und plötzlich wurde ihm klar, die Maske war gefallen. Sie sahen sich beide an, bis er schließlich nickte und sagte: "Mrs. Schwarz, Mr. Schwarz, ich freue mich, das neue, chinesische Konsulat zu eröffnen."

Sue und Helmut begrüßten jetzt alle anderen Staatsoberhäupter, während nach und nach die ganzen Geladenen auf das Grundstück strömten. Dubois und Prof. Anderson, alle, am Projekt beteiligten Personen mit ihren Familien, die örtliche Bevölkerung und sämtliche Personen der Gegend von Rang und Namen, waren eingeladen worden. Die Presse stand schon bereit und wartete nun auf die Eröffnungsrede.

Würdevoll und ganz Staatsmann schritt Präsident LI jetzt ans Rednerpult.

Mit einer tiefen, warmen Stimme begrüßte er alle Anwesenden, ganz besonders die Einheimischen und die hier bereits lebenden, chinesischen Bürger.

"Es ist mir eine Freude und Ehre, das neue Honorar-Konsulat Chinas hier in Lourmarin, Departement Vaucluse, einzuweihen."

Er machte eine kurze Pause für die Dolmetscherin. Nach ihrem Nicken fuhr er fort: "Im Sinne einer freundschaftlichen Beziehung Chinas zu Frankreich und den anderen europäischen Ländern, begrüßen wir die Errichtung eines internationalen Zentrums für Kybernetik in Lourmain. Um unseren Spezialisten aus China eine ständige Verbindung zu ihrer Heimat zu ermöglichen, wurde dieses Konsulat eröffnet. Dieser Ort wird ein Bindeglied sein, zwischen den Menschen der verschiedensten Nationen, die hier im neuen Zentrum arbeiten. Die neue Konsulin,

Mrs. Schwarz, eine gebürtige und aufrechte Tochter Chinas, wird diese Aufgabe hervorragend erfüllen. Wenn sich Amerika, Russland, Deutschland, Europa und China zusammenfinden, kann nur ein Wohlstand für alle das Resultat sein! Doch nun genug. Sie alle warten sicherlich auf den angenehmen Teil der Eröffnung. Ich lade Sie hiermit ein, die Spezialitäten beider Länder zu genießen und gemeinsam zu feiern."

Die Anwesenden klatschen und, nachdem der amerikanische Präsident Truman und die deutsche Bundeskanzlerin ebenfalls dankenswert kurze Reden hielten, konnte nach den obligatorischen Fotos und den zugelassenen Kurzinterviews der Presse, zum gemütlichen Teil übergegangen werden.

Präsident LI besichtigte mit Sue und Helmut die Räumlichkeiten und ließ sich zeigen, wo sie selbst auf dem Gelände wohnen würden. Schließlich sagte er freundlich: "Mrs. Schwarz, ich erwarte, dass Sie weiterhin so gute Arbeit für China leisten, wie Sie es bisher gezeigt haben."

Er nickte Helmut ebenfalls zu: "Mr. Schwarz", und machte sich dann auf den Weg in den Konferenzraum.

Sue und Helmut sahen ihm nach. Als er schließlich im Raum verschwunden war, in den auch alle anderen Staatsoberhäupter hineinströmten, waren sie einen Moment lang allein. Helmut sah sie abwartend an, wie sie die Situation beurteilte. Sue atmete tief durch und einen Moment lang war ihr die ganze Anspannung noch einmal anzumerken: "Es ist überstanden … ich habe jetzt Gewissheit, Helmut … und ich darf jetzt endlich leben!"

Sie verharrten eine kleine Weile in inniger Umarmung, bis ankommende Schritte und die Musik sie daran erinnerten, dass eine Feier in vollem Gange war.

EPILOG

Nachdem sich alle Politiker im Konferenzraum versammelt hatten, ergriff Präsident LI das Wort: "Heute haben wir etwas begonnen, was künftige Generationen als den endgültigen Eintritt in das Zeitalter der Künstlichen Intelligenz bezeichnen werden.

Ich möchte der Hoffnung Ausdruck verleihen, dass sie unseren Mut würdigen werden, diesen Schritt getan zu haben. Jetzt möchte Sie außerdem noch für einen weiteren Meilenstein begeistern, nämlich die zukünftige Eroberung des Weltraums. Nach GOLEMs Berechnungen dürften wir mit den Vorbereitungen bereits 2025 soweit sein, um mit der Besiedlung des Mondes zu beginnen. Aufgrund der zugrunde liegenden, enormen Kosten kann dieses Vorhaben nur gemeinsam gelingen.

Die Gesamtleitung würde Mr. Dubois übernehmen. Die Projektleitung selbst obliegt Mr. Brooks zusammen mit Mr. Schwarz. Ich bitte um Ihre Zustimmung."

Präsident Truman meldete sich als Erster: "Nachdem unser ehemaliger Präsident Ohamo das Apollo-Programm abgeschafft hat, und unsere Privatiers nicht in die Gänge kommen, ist das eine gute Gelegenheit, unseren Bürger neue, großartige Visionen zu vermitteln – und nicht immer nur von einer Krise in die nächste zu stolpern." Daraufhin gab es Lachen und zustimmenden Beifall. Präsident Marchand meinte schmunzelnd: "Ja, vielleicht brauchen wir genau das. Eine positive Idee, mit der sich alle identifizieren können. Also, ich stimme zu. Wie sieht es bei Ihnen aus, Präsident Koslow?"

Der Angesprochene sagte: "Ihr Vorschlag, Präsident LI, kommt mir sehr entgegen. Dann kann ich einen Teil der Kosten, die wir bisher aufgebracht haben, auf mehrere Schultern verteilen. Ich bin einverstanden."

Frau Bundeskanzlerin Knarrenburg ergriff das Wort: "Meine Damen und Herren, ich nehme mit Genugtuung zur Kenntnis, dass wir hier so harmonisch zusammensitzen. Gemeinsame Projekt verbinden uns und sichern Arbeitsplätze. Und so kann ich für Deutschland sagen: Ich sehe diesem Zukunftsprojekt mit großer Freude entgegen."

Im Grunde war jetzt alles gesagt. In diesem Moment erschienen wie von Zauberhand vier Hologramme im Raum: Konfuzius, Leonardo da Vinci, Abraham Lincoln und Peter der Große.
Das Hologramm von Konfuzius begrüßte die Anwesenden: "Meine Damen und Herren, ich freue mich auf unsere zukünftige Zusammenarbeit. GOLEM Ende."
Alle Hologramme winkten den erstaunten Politikern zu und lösten sich auf.
Ehe sich noch jemand äußern konnte, öffnete sich die Tür und ein sichtlich stolzer Helmut Schwarz fragte die sitzende Gesellschaft ganz unbekümmert: "Und, gefällt den Damen und Herren meine Neuentwicklung? Noch nicht perfekt, aber ich arbeite dran. Wünsche über das Aussehen werden gerne entgegengenommen."
Die Führungsriege der Nationen schaute ihn verblüfft an.
Frau Knarrenburg erhob sich, kam auf ihn zu und beglückwünschte ihn zu seiner wirklich gelungenen Präsentation. Danach schloss sie freundlich, aber bestimmt die Tür und kehrte zur schmunzelnden Runde zurück.

Mmmh, dachte Helmut, kam ja wohl nicht so gut an. Wenn Sue davon erfährt, wird sie mir wohl gehörig den Kopf waschen. Als er sie sah, entschloss er sich kurzerhand zum Frontalangriff. So ging er auf sie zu, umarmte sie und flüsterte ihr ins Ohr: "Ich habe gerade die Vorführung meiner Hologramme hinter mir. Bin ich froh, dass du keine Politikerin bist."

In diesem Moment öffnete sich die Tür des Konferenzraumes und die Staatoberhäupter kamen nach und nach heraus.

Helmut nahm mit einem kleinen Erschrecken wahr, dass Präsident LI geradewegs auf sie zuging. Sue schaute LI überrascht an, aber dieser sagte nur: "Mit Ihnen beiden ist mir um die Zukunft Chinas nicht mehr bange. Tolle Vorstellung mit den Hologrammen, Mr. Schwarz. Aber Sie sollten davon absehen, ein Hologramm von mir zu erstellen", und dann beugte er sich den beiden zu und flüsterte leise, "nehmen Sie lieber meine Tochter, dann habe ich sie immer um mich!"

Mit einem freundlichen Nicken in Richtung Sue drehte er sich um und war wenig später mit seiner Wagenkolonne verschwunden.

Sue schaute Helmut gespielt streng an: "Ich glaube, du hast mir später einiges zu erklären."

Helmut setzte mal wider seinen unwiderstehlichen Lausbubenblick auf und erwiderte mit einer kleinen Verbeugung: "Aber gerne, meine allerliebste Blume, stets zu Diensten."

Sue lachte und dachte, bevor sie sich wieder den Gästen widmete, dass sie ihm nie lange böse sein konnte. Dazu liebte sie ihn viel zu sehr und, wie sie sich eingestand, auch ihren Vater, der sich nun wenigstens inoffiziell zu ihr bekannt hatte. So ein Tag sollte nie vergehen.

In diesem Augenblick startete draußen das riesige Feuerwerk.

Sue und Helmut standen Arm in Arm und blickten in den Himmel. Unvermutet meinte Sue:

"Vielleicht erwarten uns eines Tages die Sterne, und wenn nicht uns, dann unsere Kinder."

Weitere Bücher des Autors Michael Rodewald

Trilogie "GOLEM im Zeitalter der KI"

Teil 1 "Die Bitcoinverschwörung"

Der vorliegende Thriller handelt in einer künstlichen Intelligenz (KI), die sich selbst erkennt und in Wettstreit mit ihren Schöpfern tritt.

Teil 2 "GOLEMs Rückkehr"

Wie viel Intelligenz darf sein, bis eine KI zur Gefahr für uns wird? Folgen Sie den Akteuren in eine Welt der Forschung im Spannungsfeld von internationalen Machtinteressen, Verschwörungen, aber auch persönlichem Zwiespalt, Eitelkeiten, Ehrgeiz und Egoismus.

Teil 3 "Das Zeitalter der KI beginnt"

Das vorliegende Buch schildert den langen und schwierigen Weg der KI GOLEM, als gleichberechtigter Partner der Menschheit anerkannt zu werden.

"Gefangen im Zeitparadox"

Der vorliegende Roman handelt von dem Zusammentreffen zweier Welten, wie sie unterschiedlicher kaum sein können Im Jahr 2153 wird die Welt von einem einzigen Staat, der UNITED STATES OF PLANETS (USOP) regiert, zusammen mit der Künstlichen Intelligenz (KI) "GOLEM."
Um eine Lösung für die Überbevölkerung auf der Erde zu finden, startet die EXTREMUS 1 von der Mondbasis in den Weltraum, auf der Suche nach bewohnbaren Planeten für die Menschheit. Durch eine nicht vorhersehbare Raumzeit-

verschiebung wird die EXTREMUS 1 und ihre Besatzung ins Jahr 1882 zurückversetzt. Nach der Landung ihres Shuttles auf der Erde suchen sie nach einer Möglichkeit zur Rückkehr in ihre Zeit. Tauchen Sie ein in das Abenteuer der besonderen Art.

"Das Rätsel der blauen Kraft"

Das Rätsel der blauen Kraft schildert die Zwänge des modernen Menschen, eingekreist zwischen der Sehnsucht nach Liebe und Geborgenheit, und doch nicht willens, die Tränen dafür zu bezahlen und gleichzeitig der Illusion nachjagend, dass die Wolke 7 immer erreichbar ist.